D0190046

Demasiados héroes

Alfaguara es un sello editorial del Grupo Santillana

www.santillana.com.co

Argentina
Avda. Leandro N. Alem, 720
C 1001 AAP Buenos Aires
Tel. (54 114) 119 50 00
Fax (54 114) 912 74 40

Bolivia
Avda. Arce, 2333
La Paz
Tel. (591 2) 44 11 22
Fax (591 2) 44 22 08

Chile
Dr. Aníbal Ariztía, 1444
Providencia
Santiago de Chile
Tel. (56 2) 384 30 00
Fax (56 2) 384 30 60

Colombia
Calle 80 No. 9-69
Bogotá
Tel. (57 1) 639 60 00

Costa Rica
La Uruca
Del Edificio de Aviación Civil 200 m al Oeste
San José de Costa Rica
Tel. (506) 220 42 42 y 220 47 70
Fax (506) 220 13 20

Ecuador
Avda. Eloy Alfaro, 33-3470 y Avda. 6
de Diciembre
Quito
Tel. (593 2) 244 66 56 y 244 21 54
Fax (593 2) 244 87 91

El Salvador
Siemens, 51
Zona Industrial Santa Elena
Antiguo Cuscatlan - La Libertad
Tel. (503) 2 505 89 y 2 289 89 20
Fax (503) 2 278 60 66

España
Torrelaguna, 60
28043 Madrid
Tel. (34 91) 744 90 60
Fax (34 91) 744 92 24

Estados Unidos
2023 N.W. 84th Avenue
Doral, F.L. 33122
Tel. (1 305) 591 95 22 y 591 22 32
Fax (1 305) 591 91 45

Guatemala
7ª Avda. 11-11
Zona 9
Guatemala C.A.
Tel. (502) 24 29 43 00
Fax (502) 24 29 43 43

Honduras
Colonia Tepeyac Contigua a Banco Cuscatlan
Boulevard Juan Pablo, frente al Templo
Adventista 7º Día, Casa 1626
Tegucigalpa
Tel. (504) 239 98 84

México
Avda. Universidad, 767
Colonia del Valle
03100 México D.F.
Tel. (52 5) 554 20 75 30
Fax (52 5) 556 01 10 67

Panamá
Avda. Juan Pablo II, nº15. Apartado Postal
863199, zona 7. Urbanización Industrial
La Locería - Ciudad de Panamá
Tel. (507) 260 09 45

Paraguay
Avda. Venezuela, 276,
entre Mariscal López y España
Asunción
Tel./fax (595 21) 213 294 y 214 983

Perú
Avda. Primavera 2160
Surco
Lima 33
Tel. (51 1) 313 4000
Fax (51 1) 313 4001

Puerto Rico
Avda. Roosevelt, 1506
Guaynabo 00968
Puerto Rico
Tel. (1 787) 781 98 00
Fax (1 787) 782 61 49

República Dominicana
Juan Sánchez Ramírez, 9
Gazcue
Santo Domingo R.D.
Tel. (1809) 682 13 82 y 221 08 70
Fax (1809) 689 10 22

Uruguay
Constitución, 1889
11800 Montevideo
Tel. (598 2) 402 73 42 y 402 72 71
Fax (598 2) 401 51 86

Venezuela
Avda. Rómulo Gallegos
Edificio Zulia, 1º - Sector Monte Cristo
Boleita Norte
Caracas
Tel. (58 212) 235 30 33
Fax (58 212) 239 10 51

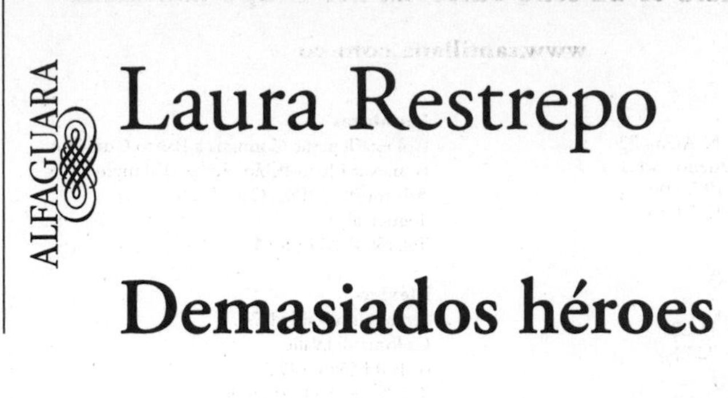

Laura Restrepo

Demasiados héroes

ALFAGUARA

© De esta edición:
2009, Santillana USA Publishing Co.
2023 N.W. 84th. Ave.,
Doral, FL, 33122
Teléfono: (1) 305-591-9522
Fax: (1) 305-591-7473
www.alfaguara.com

Demasiados héroes
ISBN 10: 16039-6642-0
ISBN 13: 978-16039-6642-9

Diseño:
Proyecto de Enric Satué

© Imagen de cubierta:
Carlo, untitled, 1964
Gouache on paper, 70 x 50 cm
Photo: Claude Bornard, Collection de l'Art Brut, Lausanne

Published in the United States of America
Printed by HCI Printing & Publishing

12 11 10 09 1 2 3 4 5 6 7 8 9 10

A Payán, a su lado

Todo el mundo tiene derecho a pensar que su padre es un buen tipo.

FÉLIX ROMERO

En este momento no estoy para escuchar cuentos de héroes.

ELIAS KHOURY

—Necesito saber cómo fue —le dice Mateo a su madre—. El episodio oscuro, quiero saber cómo fue exactamente.

—Te lo he contado mil veces —le responde ella.

Él mismo lo había bautizado así, *el episodio oscuro*, porque lo que ocurrió aquella vez fue dañino, pero también porque estaba sepultado bajo una montaña de verdades a medias. Lo peor de todo era su falta de recuerdos; aquello había ocurrido cuando él era demasiado pequeño para fijarlo en la memoria. Palos de ciego. Era una expresión que había escuchado por ahí. Así se sentía él, dando palos de ciego por entre una historia que no comprendía pero de la cual hacía parte y que lo atrapaba como una red.

—Dale, Lolé —dice Mateo, suavizando la voz y llamándola así, Lolé, como cuando era pequeño. Ahora prefiere decirle por su nombre de pila, Lorenza, y cuando se enfurece con ella le dice madre—. Dale, Lolé, cuéntamelo otra vez. Empecemos por lo del parque.

—Tú tenías dos años y medio. Era una tarde de jueves y tu padre, tú y yo estábamos en Bogotá, en el Parque de la Independencia.

—Y él tenía un suéter de lana grueso.

—Puede ser.

—En las fotos he visto que él usaba suéteres de lana gruesos.

—Suéteres no, pulóveres.

—Qué son pulóveres.

—Suéteres. Pero él decía así, pulóver. Los colombianos decimos suéter y los argentinos dicen pulóver. Ridículo, siendo en inglés ambas cosas.

—Lo que quiero saber es si también esa tarde, en el parque, él tenía puesto un pulóver de lana grueso.

—Quién sabe. Lo que sí recuerdo es que andaba de pelo largo. En Argentina tenía que llevarlo bien corto, la dictadura no toleraba mechudos. Pero al llegar a Colombia se lo dejó crecer. Si quieres saber cómo era tu padre, Mateo, mírate al espejo y ponte una docena de años más. Así era Ramón en ese entonces.

—No es cierto, yo no tengo los hombros anchos. Mi tío Patrick me contó que Ramón los tenía anchos.

—Dentro de poco los vas a tener así.

—Volvamos a esa tarde, en el parque.

—Vamos paseando Ramón y yo, y te llevamos de la mano. El cielo es de un color azul hortensia, como son los cielos de Bogotá cuando…

—No quiero saber cómo son los cielos de Bogotá —dice Mateo—. Quiero entender lo que pasó.

A veces Lorenza le dice a su hijo que lo más horrendo del episodio oscuro es que sucedió justamente cuando el horror estaba por terminar. Atrás iba quedando la dictadura argentina y Ramón y ella habían sobrevivido a la clandestinidad. Después de cinco años de militar juntos en la resistencia, se habían apartado del partido y habían abandonado el país, desconcertados como monjes que salieran del claustro y asomaran las narices al mundo de afuera. Para Lorenza, que era colombiana, el cambio no había sido tan difícil; al fin de cuentas el regreso a Bogotá le había permitido volver a estar entre su gente, en un mundo conocido al que se reintegró sin mucho drama.

En cambio Ramón, siendo argentino, quedó flotando en el aire. Le dio por detestar todo lo que lo rodeaba, encontró a la familia de ella aborreciblemente burguesa y empezó a verla a ella misma como a un ser desconocido que poco tenía que ver con la mujer de la que se había enamorado en Buenos Aires. Una vez rota la complicidad que los había unido durante la clandestinidad, se habían convertido en dos extraños.

—En Bogotá tu padre se me volvió invisible —le confiesa Lorenza a su hijo.

—Cómo, invisible. Nadie se vuelve invisible.

—Tal vez yo andaba demasiado ocupada contigo, con el trabajo, con la familia, a lo mejor conmigo misma. Además, suele suceder entre gente muy unida en tiempos de peligro. Pasa el peligro y descubren que sólo eso los unía. La cosa es que ya no hallaba lugar para tu padre. Haz de cuenta un abrigo muy pesado en pleno verano.

—Un pulóver de lana en pleno verano.

—No sabes qué hacer con eso, no pertenece a ese momento ni a ese lugar. Además Ramón tampoco ayudaba, porque empezó a comportarse de una manera, digamos, rara. No lograba entender de qué se trataba la vida fuera del partido. Pero era todavía más grave, creo que no lograba entender cómo se vive sin la dictadura, sin tener enfrente a un enemigo al que debes destruir para que no te destruya. Todo eso hizo que la convivencia se convirtiera en un malestar permanente, y nos separamos.

—Para, Lorenza. ¿*Nos separamos*? ¿Dices *nos separamos* y sales del lío? Quién se separó. De quién fue la idea de separarse.

—Mía.

—Tú te querías separar.

—Sí.

—Y mi padre no quería.

—No. Él no quería.

—Eso es muy distinto a *nos separamos*.

—Yo había conseguido trabajo como periodista, y cuando me separé me fui contigo a vivir a casa de mi madre, mientras que Ramón se quedó en el apartamento que habíamos alquilado en el centro de la ciudad.

—Nosotros otra vez clase alta, y él todavía a lo pobre.

—No del todo: tú y yo en un cuarto de huéspedes, tu padre en su propio apartamento.

—Volvamos al parque.

—Estamos en el parque. Jueves, cinco de la tarde. Te montamos en uno de los caballitos del carrusel, nos paramos a tu lado para sostenerte y mientras tanto conversamos. Una charla asombrosamente serena, diría yo; nada que ver con las violentas discusiones por las que acabábamos de pasar durante la separación. Ramón me pregunta si estoy segura de que separarnos es realmente lo que quiero. Unos días antes me lo hubiera dicho a gritos, pero ahora me formula la pregunta en tono neutral, como un notario que averigua un dato. Yo le respondo que sí, que estoy segura, que la separación ya es un hecho y que no vale la pena reabrir la discusión. Él dice que no quiere discutir nada, sólo necesita confirmar que la cosa no tiene vuelta atrás. No, le digo yo. La cosa no tiene vuelta atrás. Él no insiste y cambia de tema, me dice que el fin de semana te va a llevar de paseo a una finca. Va a recogerte temprano a la mañana siguiente, viernes, y te va a devolver el domingo antes de las siete de la noche. Es una finca por los lados de Villa de Leyva, y tu padre me dice que debo mandarte bien abrigado porque hará frío.

—¿No le preguntas de quién es la finca, o dónde queda exactamente? ¿No le pides el teléfono del lugar donde va a llevarme?

—No. No quiero que piense que me inmiscuyo en su nueva vida. Él es un excelente padre, te adora y te cuida y en ese momento me parece lo más natural que quiera estar solo contigo unos días. Pienso, además, que si ya anda organizando paseos, debe ser porque está más tranquilo con la idea de la separación. Cada uno te agarra de una mano, y mientras anochece caminamos los tres por los senderos del parque. En un momento dado tú te caes, te raspas una rodilla y lloras un poco, no mucho; no ha sido gran cosa. Lo raro es que Ramón y yo conversamos agradablemente, de nada especial. Por primera vez, desde que empezaron las garroteras de la separación, volvemos a pasar un buen rato juntos. Me da la sensación de que podremos llegar a ser una pareja separada que comparte un hijo en buenos términos, y eso me alegra.

—Bueno. Y ahora sí, al episodio oscuro —dice Mateo.

—El viernes te despierto temprano, te baño, te visto y le pido a la abuela que te dé el desayuno...

—Me habías dicho que tú me diste el desayuno.

—No, te lo da la abuela mientras yo organizo el maletín para tu fin de semana en tierra fría. Meto un par de overoles de pana, un suéter...

—Un pulóver.

—Un pulóver, medias y camisetas, tu piyama de ositos, que es la más abrigada, tu impermeable y tus botas para la lluvia. A las siete y media Ramón timbra y yo le entrego al niño, o sea a ti, junto con el maletín. Tú vas contento; te gusta estar con tu padre y te alegras de verlo. Le doy también una bolsa con un Choco-Quick, unas manzanas, una lata de leche en polvo, una caja de Rice Krispies y un par de juguetes tuyos.

—¿Recuerdas qué juguetes?

—Recuerdo cada detalle con una nitidez aterradora. Entre la bolsa meto un payasito verde que te hemos regalado en Navidad y unos cordones largos de lana que te encanta arrastrar por el suelo. Dices que son *las cuberas* y no dejas que te las quitemos ni para lavarlas. *Las cuberas*, al principio no entendíamos qué querías decir con eso ni por qué las arrastrabas, hasta que caímos en cuenta: *las cuberas* eran *las culebras*. Entre esa bolsa meto también un frasquito de desinfectante para que Ramón te eche en la raspadura que te has hecho en el parque. Ese frasquito se lo doy a último momento, cuando ya él ha salido del apartamento, ha tomado el ascensor y va atravesando el hall de entrada hacia la calle. Yo le grito que espere y corro en bata y descalza hasta donde están ustedes, le entrego el frasquito y aprovecho para darte el último beso. Tú haces el ademán de echarte a mis brazos pero tu padre te retiene. Yo te digo que vas a estar muy contento, y tú preguntas si habrá vacas. Quieres decir caballos; les dices vacas a los caballos. Ramón te responde que sí, que habrá vacas y que podrás montar en ellas.

—Vacas, caballos, cuberas. Ahora pasemos a ese día por la noche —pide Mateo.

—Yo trabajo en la sección de política nacional de *La Crónica*, un semanario nuevo que ha tomado mucha fuerza. Los viernes por la noche es cierre de edición y la redacción se convierte en un hervidero de gente. Allá van a parar ministros, abogados, dirigentes de las distintas tendencias, amigos de la casa: todo el que tiene una noticia fresca, o quiere participar en la discusión sobre las que serán publicadas, se deja caer por allí y engancha en la tertulia, y de esa olla de grillos van saliendo los artículos de última hora.

—No me hables del periodismo, madre.

—Bueno, pero no me digas madre.

—Pero si eres mi madre.

—Sí, pero lo dices con tonito. Ya, no peleemos. Volvamos a la redacción en *La Crónica.* Hacia la una y media de la mañana le ponemos punto final a la edición, y son más de las dos cuando regreso a casa de mi madre. Ella me escucha entrar, se levanta, me calienta una sopa de verduras y me acompaña mientras me la tomo en la cocina. Cuando nos damos las buenas noches, me dice que ha llegado un sobre para mí y que me lo ha dejado en la mesita de luz. Ella se va para su cuarto, yo me preparo una taza de té y subo al cuarto de huéspedes, que tiene dos camas, la tuya, que está vacía, y la mía. Lo que quiero en ese preciso momento es pegarme un baño largo y con agua bien caliente antes de acostarme, para aplacar el frenesí que me contagia cada cierre de revista. Todos los días tú me despiertas antes de las seis, y este fin de semana podré dormir un poco más.

—¿Abres el sobre que te han dejado?

—No, ni siquiera lo veo, porque al entrar no enciendo las luces del cuarto. Como me duele la espalda me tiro sobre la cama, así vestida, a oscuras, pensando que en unos minutos me levanto y me baño. Pero me quedo dormida. Unas horas más tarde me despierta el frío. A la luz del amanecer puedo ver el reloj: van a dar las seis. Me desvisto, me pongo el camisón y como tengo sed busco la taza de té, que ha quedado por la mitad sobre la mesita de noche. Ahí es cuando veo el sobre. Lo hubiera ignorado si no me llama la atención una cosa: está escrito en letra de tu padre. Dice *favor entregar a Lorenza.* ¿Por qué una nota de Ramón? Me extraña un poco, aunque no demasiado; digamos que lo abro desprevenidamente. No es una nota, es una carta manuscrita, larga, de varios pliegos, y eso sí me desconcierta. La letra de tu padre, que es pequeña y abigarrada, me obliga a buscar las gafas entre el bolso. Me las pongo y leo.

—Qué dice la nota.

—No es una nota, es una carta. ¿Qué dice? Pues dice *me voy para siempre y me llevo al niño, no vas a volver a vernos.*

—¿Así no más?

—Con muchas explicaciones. Páginas y páginas de explicaciones, de justificaciones, de inculpaciones. En un renglón pedía perdón por lo que iba a hacer y en el siguiente me echaba la culpa de todo.

—Dime qué decía la carta, yo necesito saber qué explicaciones daba mi padre.

—En ese momento no puedo leer más; apenas me doy cuenta de que me han quitado a mi hijo, me rompo por dentro.

—Pero después la leíste toda.

—No, nunca la leí completa, no me interesaban sus razones. Sólo esa frase brutal, *me voy y me llevo al niño, para siempre.* Por un instante vi todo negro y tuve que sostenerme para no irme al piso. Luego empecé a dar aullidos. Aullidos salvajes de loba a la que le han arrebatado a su cría.

—La abuela dice que eran unos aullidos como de la noche de los tiempos. Dice que la despertaron tus aullidos, y que pensó que te estaban matando.

—Era peor que eso.

—Y luego.

—No recuerdo.

—No recuerdas, o no quieres recordar. Esa madrugada, qué haces.

—Aullar. Agonizar. Morirme. Tu padre es un experto en moverse clandestinamente, en falsificar pasaportes, firmas, pasajes. Está acostumbrado a cambiar una y otra vez de identidad. Esconderse y desaparecer, esa es la especialidad de tu padre. Y acaba de desaparecer contigo.

* * *

Ramón Iribarren, soy tu hijo Mateo Iribarren y vine a Buenos Aires para conocerte, si recibes este mensaje puedes llamarme al Hotel Claridge habitación 506, voy a estar aquí hasta el fin del mes, muchas gracias, atentamente Mateo Iribarren. Fueron las palabras que Mateo escribió y firmó con su letra dispareja en una hoja de cuaderno, años después del episodio oscuro, cuando su madre acababa de contárselo una vez más.

Lorenza leyó el párrafo y se preguntó cómo era posible que ya entrando en la adolescencia y más alto que ella, su hijo Mateo todavía tuviera una letra tan dispareja, garabatos patudos y amontonados que subían y bajaban del renglón según se les iba antojando, y el contraste entre lo infantil de la caligrafía y el tono sobrio y digno del párrafo le hizo un nudo en el corazón. *Ramón Iribarren, soy tu hijo, Mateo Iribarren,* leyó Mateo en voz alta y le preguntó a su madre, ¿está bien así, Lorenza?

Pero ella debía irse por algunas horas y dejarlo solo en ese trance, no le quedaba más remedio que ocuparse del trabajo que la había llevado a Buenos Aires, aunque en realidad había ido a esa ciudad a otra cosa.

Había ido a cumplirle a su hijo la promesa que le había hecho años atrás, la de acompañarlo a buscar a su padre. Sabía que al salir de ese cuarto de hotel, Mateo se quedaría sentado frente al teléfono, fieramente concentrado en eso que había escrito en el cuaderno, repasándolo una y otra vez como si quisiera aprendérselo de memoria para que a la hora de la verdad no le fallara la voz ni fuera a equivocarse, *Ramón Iribarren, soy tu hijo Mateo Iribarren y vine a Buenos Aires para conocerte.*

—*Y vine a Buenos Aires para conocerte*. ¿Tú crees, Lolé, que debo decirle así, *para conocerte*? —volvió a preguntar, cuando su madre estaba ya en la puerta.

—Sí, supongo que puedes decirle así.

—Pero si ya lo conozco, va a decir que ya nos conocemos. Tal vez debería decirle más bien *para reconocerte*, pero no, no suena bien la frase, queda rara. Y el *atentamente*, ¿crees que debo decir *atentamente*?

—Creo que puedes quitarlo, si quieres, o cambiarlo por *un abrazo* o algo así.

—¿Un abrazo? ¿Estás loca, madre? ¿Cómo se te ocurre que le mande un abrazo? Eso suena fatal, eso de un abrazo, ¿no te das cuenta? Si quieres quito el *atentamente* pero no me pidas que le mande un abrazo a un señor que no tiene nada que ver conmigo. No nos ha hecho sino males, y ahora pretendes que le mande un abrazo.

—Olvídalo, Mateo, no le mandes abrazos, te lo sugerí porque tú me preguntaste.

—Mala sugerencia, Lorenza, la peor del mundo. Creo que lo voy a dejar como está, *atentamente Mateo Iribarren*, qué tanto joder, lo dejo así y ya está.

El muchacho escogía las palabras que le parecían precisas y descartaba las demás, no quería que sobraran y al mismo tiempo no podía permitirse el lujo de que faltaran. Su mensaje tenía que surtir efecto, tenía que producir resultados, y él sopesaba las posibilidades de que no hubiera respuesta a esa llamada telefónica que estaba a punto de hacer como quien lanza al mar un s.o.s. en una botella.

—¿Y si Ramón no me contesta, Lolé? —preguntó por décima vez y su voz disimulaba mal el miedo—, qué tal que su contestadora automática grabe mal y luego no se entienda, o algo así, qué tal si eso pasa, y entonces Ramón quiera llamarme pero no pueda porque no entienda bien mi mensaje, o a lo mejor ni siquiera se acuerda de mí, ¿tú crees, Lolé, que Ramón se acuerde de mí? —le daba mil vueltas a las eventualidades de un desencuentro como si en esta particular mañana de Buenos Aires pudiera deshacer tantos años de ausencia con su sola voz, con un solo párrafo que repasaba y volvía a repasar pero sin atreverse a marcar el número de su padre, a quien había visto por última vez hacía ya tanto, cuando tenía dos años y medio y él se lo llevó de casa.

Desde esa época no habían vuelto a saber nada de Ramón, ni una llamada, ninguna carta, o sí, unas cuantas cartas muy al principio y después ya nada, sólo las noticias vagas y contradictorias que de tanto en tanto les llegaban por azar y a través de terceros. Que Ramón cayó preso, que está calvo y perdió un diente, que vive con una boliviana y anda organizando a los mineros en Bolivia, que ahora es dirigente de las barriadas empobrecidas de Buenos Aires. Pero nunca tuvieron pistas ciertas de su paradero porque ni los buscó ni lo buscaron. Mejor dicho ni Lorenza buscó a Ramón ni Ramón los buscó a ella y al niño; a Mateo no podían incluirlo en ese tejemaneje porque no le habían dado la posibilidad de opinar al respecto hasta el momento de este airado reclamo suyo, esta adolorida exigencia que había obligado a su madre a viajar a Buenos Aires para acompañarlo.

Tras el episodio oscuro, vinieron para Lorenza y el niño unos años saturados de maletas, de autopistas y de aviones, durante los cuales nunca se cruzaron con Ramón. Ni siquiera se le acercaron. Todo lo contrario. Ella se había impuesto, como un destino, la urgencia de empujar al hijo lejos de su padre, de ponerle fuera de su alcance. Siempre le advertía que si su padre se lo había llevado una vez, podía volver a intentarlo, pero nunca le decía que Ramón fuera un mal hombre. Eso no se lo decía nunca.

—Cuéntame de ese tipo, Lolé —de tanto en tanto le pedía Mateo—. Dale, Lorenza, cuéntame de él.

Ella le contaba que era un hombre atrabiliario pero convencido de sus ideas, vital e inteligente. Le aseguraba que era valiente y bien parecido, y que habían sido felices durante los años de convivencia. Pero cada vez que Mateo quiso concretar el plazo para ir a buscarlo, ella inventó disculpas y propuso aplazamientos.

—Primero tienes que crecer, Mateo —le decía—, porque no es fácil.

—Qué cosa no es fácil.

—Tu padre. Tu padre no es fácil. Tienes que crecer y hacerte fuerte y después sí, después vamos a buscarlo.

Y Mateo cedía tan de buena gana, con tanta delicadeza para no lastimarla, y se disponía con empeño a aceptar como padre al hombre que en ese momento viviera con ella, y a los hijos del hombre como a hermanos, este sí, Lolé, con este podemos formar una buena familia y estar contentos, sí, este sí, le prometía ella, este sí es para siempre. Pero siempre hubo otro más, siempre hubo uno nuevo, y volvía a empezar el amor eterno y el alquiler de una casa en algún vecindario de una ciudad cualquiera, y la ilusión de una rutina de bus del colegio, de visitas regulares al dentista, la certeza de poder pedir cada domingo el plato favorito en el restaurante de la esquina, la tranquilidad de saberse de memoria los teléfonos de unos amigos que van a seguir siendo los mismos, y Mateo y Lorenza pegaban fotos de caballos en las paredes del cuarto de él, sembraban plantas en macetas, le ponían nombre a un gato y conseguían una bicicleta de segunda que pintaban para que quedara como nueva porque ahora sí, ahí iban a permanecer mucho tiempo, a lo mejor para siempre.

—¿Para siempre, Lolé?

—Sí, mi niño, para siempre.

Hasta que un día empezaban los indicios, las llamadas telefónicas que Lorenza recibía de larga distancia, las respuestas a medias, él tratando de mostrarle sus dibujos, de contarle alguna historia y Lorenza como pensando en otra cosa, hasta que Mateo se daba cuenta de que había vuelto la hora de regalarle el gato a los vecinos, de dejar abandonada la bicicleta en el patio, hacer maletas y despertarse en casa de extraños; Mateo que sacaba sus lápices de colores y pintaba durante largos vuelos de avión; Mateo queriendo saber, pero por qué, madre, dime por qué nos fuimos, si estábamos bien donde estábamos.

—Cambiar de bicicleta no era el problema, Lolé. Lo duro era cambiar de gato y de padre —le diría tiempo después.

Ella hubiera querido explicarle por qué pasó lo que pasó, por qué habían llevado esa vida que quizá fuera la culpable de que la letra de él siguiera siendo infantil y arrevesada, por qué esa acumulación de ausencias y de sobresaltos, por qué tanta mudanza de país, de casa y de colegio, tanto pavor nocturno, tanto decirle adiós a los amigos, tanto no tener padre o tanto tener tantos padres, por qué tantos porqués que a Mateo le desbarajustaron la niñez y se la prolongaron más de la cuenta. Ojalá ella hubiera podido darle razones precisas que cupieran en un solo párrafo.

—Mejor así, mejor no me cuentes —le decía a veces Mateo, porque las historias de política de su madre le sonaban raro y sus historias de amor le sonaban mal—. Siempre me has arrastrado a tus cosas, Lorenza, y yo ni siquiera entiendo cómo son tus cosas.

Hasta que él estuvo más alto que ella y se le plantó delante, desafiante y decidido, él ya tan grande y ella tan pequeña a su lado, y le dio el ultimátum.

—Ahora sí, Lorenza, quiero conocer a mi padre, si no me llevas a buscarlo, voy yo solo —dijo y escarbó entre los objetos que tenía embutidos en lo alto de su clóset hasta dar con una boina vasca que desde hacía tiempo guardaba para Ramón, para regalársela el día del reencuentro.

—Mi padre y yo somos vascos —le contaba con orgullo a quien quisiera escucharlo—. Bueno, somos argentinos, pero de origen vasco.

Viendo cómo se debatía Mateo con su adolescencia y los pleitos que mantenía con su propia identidad, Lorenza había empezado a comprender las implicaciones de criar un hijo para quien el padre no es más que un fantasma, alguien que se esfuma después de hacer un daño. Buscarían a Ramón, pero para eso Mateo debía comprender cada señal de la vieja historia, ponerse al tanto de cada capítulo, formar un todo con los fragmentos que ya conocía. Madre e hijo tendrían que pensar mucho, conversar mucho y jugar en equipo para no equivocarse, y además tendrían que confiar en sus propias fuerzas; a ninguna otra podrían recurrir en esta búsqueda.

La decisión había sido tomada y ya estaban en Buenos Aires. ¿Pero cómo podría Lorenza empezar a buscar a Ramón Iribarren, si mientras vivió con él no habían hecho otra cosa que esconderse para que no pudieran encontrarlos? ¿Si lo de todos los días había sido cambiarse los nombres, falsificar los documentos de identidad, mantener ocultos los lugares donde habitaban, inventar empleos que en realidad no tenían?

—Cuéntame, Lorenza. Cuéntame cómo te enteraste de que el nombre de mi padre era Ramón —le preguntaba Mateo aunque ya lo sabía, porque ese era un cuento que los dos habían repasado muchas veces, como la vieja retahíla del gato con pies de trapo, este era un gato que tenía los pies de trapo y la cabeza al revés, ¿quieres que te lo cuente otra vez?

—Dale, cuéntamelo otra vez. Lo del nombre de Ramón, cuéntamelo otra vez.

—Sólo me enteré de que tu padre se llamaba Ramón al mes de estar viviendo con él, porque llegó a casa un recibo de la luz donde vi por primera vez su nombre. Cuando me di cuenta sentí que el recibo me quemaba las manos, quise no haber leído lo que decía ahí, no debí haberlo leído pero no hubo remedio, el recibo me cayó en las manos y antes de que yo pudiera impedirlo, se me coló por los ojos ese *Ramón* que resultó ser su nombre y también ese apellido que luego habrías de llevar tú, ese *Iribarren* que revelaba el origen vasco de su familia.

—Muy raro, todo.

—Por seguridad. Por seguridad no debía saber su nombre. Así era la cosa en la clandestinidad.

—*Clandestinidad*, esa palabra no me gusta. Es una de esas palabras tuyas. Y ahora contesta esto con palabras normales, ¿antes de leer el recibo de la luz, cómo creías que se llamaba Ramón?

—No tenía idea. Le decía Forcás, como le decían todos en el partido.

Lorenza estaba tan acostumbrada ya al falso nombre, que le resultó una sorpresa casi dolorosa toparse con ese recibo que de buenas a primeras le hablaba de alguien a quien ella no conocía, un tipo con otra identidad, un tal Ramón que habitaba mundos que la excluían porque tenían que ver con la niñez de él, con su familia, con su pasado, es decir, con lo verdaderamente suyo, con la historia de su intimidad. Todo un lado de su vida del cual ella no hacía parte y al que no debía asomarse.

¿Por dónde empezar a buscar a Forcás, tantos años después, si ella ni siquiera sabía los nombres reales de quienes habían sido sus compañeros de partido? ¿A quién podría preguntarle por Ramón Iribarren, un nombre que quizá no habrían escuchado ni siquiera ellos, los viejos compañeros, porque sólo se conocían los unos a los otros por sus seudónimos de entonces, lo que en aquella época llamaban *nombres de guerra*?

—Buen nombre de guerra, ese de Forcás —dijo Mateo—. Suena muy guerrero. Ramón me gusta menos. Mejor dicho, Ramón no me gusta nada, me suena a nombre de alguien que no conozco. ¿Y tu nombre de guerra, Lolé? Ya lo sé. Aurelia. A ti te decían Aurelia. Muy raro, todo.

—Un gato con los pies de trapo y la cabeza al revés —le dijo su madre—. Esta historia es un gato con la cabeza al revés. Vamos a ver, kiddo, cómo le hacemos para ponérsela al derecho.

Todo indicaba que buscar a Ramón sería como buscar una aguja en un pajar, pero a la hora de la verdad resultó fácil. Años sin saber de él y sin embargo sólo les tomó unos cuantos días averiguar su paradero.

* * *

Dos noches antes, Lorenza había regresado tarde al Hotel Claridge y había entrado al cuarto casi corriendo, a contarle a Mateo que los había visto, que llegaron, que había vuelto a encontrarse con ellos, con los viejos compañeros. Pero se contuvo al ver que el muchacho dormía.

Él siempre le criticaba que ni dormía ni dejaba dormir, así que se quedó callada y se puso a observarlo. El sueño de Mateo no era tranquilo; por lo general no lo era, hablaba dormido, se agitaba, se enroscaba en la sábana dejando el colchón pelado y Lorenza se preguntaba qué tierras serían esas que su hijo recorría, qué tan lejos se iría y qué tan solo estaría durante el viaje. De todos los lenguajes posibles, el de los sueños del hijo era el que más hubiera querido descifrar, pero era una jerga traída por vientos de otros mundos, un diálogo a oscuras con seres para ella desconocidos.

—Quiénes son los macabeos —le había preguntado Mateo una vez, completamente dormido—. Los macabeos, quiénes son los macabeos.

Ella por supuesto no lo sabía, un pueblo bíblico pero hasta ahí le llegaba la información, y tampoco le hizo falta responder porque su hijo había vuelto a perderse en el sueño y el diálogo sonámbulo había terminado. Pero Lorenza quedó inquieta. Qué estará haciendo esta noche mi niño, había pensado, allá con los macabeos.

Cuando Mateo dormía era idéntico a Ramón, y ella se sobresaltaba al descubrir en su hijo los rasgos definidos de un adulto. Ya no un niño sino un hombre, ya no su niño sino casi un extraño. El espejismo duraba hasta el despertar, cuando se desdibujaba de su cara la huella del padre y se le animaban unos gestos que ella reconocía como propios, tanto que podía verse en su hijo como en un doble, él su único hijo, ella su única madre, y entonces recuperaba a ese niño que era tan suyo, tan casi nada de Ramón, tan sólo muy remotamente de Ramón, tan exclusivamente de ella.

Mateo pareció adivinar su presencia y entreabrió los ojos por un instante.

—Qué pasa, Lolé —murmuró.

—Nada, kiddo, no pasa nada, no quiero despertarte, sigue durmiendo.

—Algo quieres decirme.

—Pero si estás dormido…

—Ya me despertaste, ahora dímelo.

Entonces Lorenza se sentó al borde de su cama y le habló de ellos, de sus antiguos compañeros del partido, de cómo hacía unas horas habían llegado nueve de ellos a la presentación de su novela y la habían buscado cuando terminó el acto.

—¿Estaba Ramón? —le preguntó Mateo, sentándose de un solo envión, pero como ella le respondió que no, se echó de nuevo hacia atrás y se tapó la cabeza con la manta.

—¿Estás oyendo, allá entre esa cueva?

—Un poco.

Aunque él se hacía el sordo, ella le contó de los abrazos con los compañeros en plena calle, ahora por fin despreocupados, armando escándalo y en montonera, sin mirar por encima del hombro a ver quién los seguía, sin bajar la voz por si alguien los escuchaba, y le contó también que luego fueron a una pizzería que se llamaba Los Inmortales porque tenía las paredes tapadas con fotos de los grandes del tango.

—Vaya nombre, Los Inmortales, y nosotros allí, conmovidos y soltando la lágrima por nuestros desaparecidos, el Negro César Robles, Pedro Apaza, Eduardo Villabrille, Charles Grossi —iba enumerándolos Lorenza—, figúrate, Mateo, nuestros muertos, ¡y estábamos allí, recordándolos en una pizzería que se llama Los Inmortales! Nos rapábamos la palabra para ponernos al tanto de todo lo que ha pasado desde que cayó la dictadura, y era bien extraño conversar en voz alta en un lugar público, siendo que antes no podíamos juntarnos más de tres en un bar ni permanecer ahí más de quince minutos, apenas susurrando.

Pero esa noche, tantos años después, se habían reencontrado ya sin alias, ya sin miedos, a celebrar con pizza y cerveza el fin de la pesadilla; mejor dicho a celebrar con ella, Aurelia, ahora Lorenza, porque entre ellos habrían celebrado ya; llevaban rato saliendo del hueco y tratando de acoplarse a la vida, a la luz del día, a lo que había empezado a llamarse democracia.

—Lo que pasa, Mateo, es que yo me fui de Argentina antes del fin de la dictadura y he estado ausente todo este tiempo, ¿entiendes? Para mí es como si el viejo escenario hubiera quedado congelado. Hasta esta noche en que no has querido acompañarme y mira todo lo que sucedió.

—¿Hablaron de Ramón? ¿Te dijeron dónde está? —la voz de Mateo salió de la cueva.

—Sí, hablamos de él, y no, no saben dónde está. Pero me dieron pistas... Nada demasiado claro. Pero deja que te cuente poco a poco.

A ella le había dado risa cuando empezaron a confesarle sus nombres verdaderos y sus oficios, como Dalton, que estuvo preso, un flaco rubión, buena persona, que fue dirigente del magisterio y que, según le contó en Los Inmortales, en realidad se llamaba Javier alguna cosa, dizque Javier, quién iba a decir, no le cuadraba para nada ese nombre, y daba clases en la universidad y tenía ya tres hijos. O como Tuli, una morena echada para adelante que en tiempos de la militancia apoyaba a las Madres de Plaza de Mayo y que luego resultó que en realidad se llamaba Renata Rocamora y que tocaba el contrabajo en un cuarteto de tango, que justamente esa semana se estaba presentando en el Café Tortoni.

—Si quieres vamos —le propuso Lorenza a Mateo, y él gruñó como un oso—. Qué alegría saber que Tuli se dedica al tango; le pregunté si en tiempos de militancia también lo hacía y dijo que sí. Raro, por ese entonces poco teníamos que ver con tangos, esa es la verdad; la música de la resistencia fue el rock en español, lo que llamábamos *rock nacional*.

—¿El rock argentino era de izquierda? —Mateo pareció de repente interesado—. Yo creía que era música de hippies fumahierba.

—¿Fumahierba? No, cómo crees, esa música era de nosotros, o a lo mejor sí, también era de los que fumaban hierba, pero era sobre todo nuestra, mira que ahí en Los Inmortales Dalton contó que durante los meses en que estuvo preso, hubo un momento en que tocó fondo y se quiso morir, y lo salvó descubrir la frase que algún otro preso había rayado en uno de los muros de la celda, por allá abajo, casi invisible en un rincón; era una línea de *Canción para mi muerte*, de Sui Generis, la que dice *hubo un tiempo en que fui hermoso y fui libre de verdad*, aunque dijo Dalton que sólo estaba escrito *y fui libre de verdad*, y que apenas descubrió esa frase, escrita por otro, ya no se sintió solo y ya no se quiso morir.

—Como en *La noche de los lápices*—dijo Mateo—, esa película ya me la vi.

—Pues sí, no es nada nuevo. A estas alturas todas esas hazañas son como el gato con pies de trapo: ya se han contado demasiadas veces. Y sin embargo en su momento significaron tanto... En cualquier caso el rock en español era la música de tu padre. La primera vez que fui al sitio donde vivía, me mostró sus discos como si fueran un tesoro. Y claro, cuando Dalton contó en Los Inmortales lo de la frase arañada en la pared, enseguida nos dejamos venir con la canción entera, y esa fue llevando a otras, las de Charly García y Fito Páez, León Gieco, Spinetta, no sabes qué bueno fue cantar a lo loco después de tantos años de silencio.

—Muy romántico. Pero creo que Spinetta vino después, Spinetta es más joven.

—Qué va, kiddo, el Flaco Spinetta era ídolo en ese tiempo, con Almendra. ¡Y Sui Generis! Cómo me gustaba *Rasguña las piedras*, de Sui Generis.

—Hoy pones a Sui Generis en una fiesta y te sacan cagando, ni se te ocurra.

—Es extraño, eso de venir a enterarte años después de los verdaderos nombres y las verdaderas vidas de personas que fueron tan cercanas...

—Como si Batman y Spiderman se reunieran en una pizzería, se quitaran las máscaras y se revelaran el uno al otro sus identidades secretas —dijo Mateo—. Y para rematar, arrancaran a cantar canciones prehistóricas. ¿Les hablaste de mí a tus compañeros?

—Pero claro, si de eso se trataba.

—Lo que no entiendo es cómo pudiste encontrarlos, si ni siquiera sabías sus nombres.

Lorenza le dijo que el lanzamiento de una novela era un acto público al que se convocaba a través de la prensa para que asistiera el que quisiera, y que así se habían enterado los compañeros de que ella estaba en Buenos Aires.

—Eso ya lo sé, pero cómo supieron que una tal Lorenza que ahora escribe libros es la misma Aurelia que antes militaba con ellos.

—Alguno se enteró y pasó la voz.

En medio de la presentación, el coordinador le había entregado una hoja de papel doblada en dos. Te la mandan del público, le dijo, y a ella se le subió la sangre a la cara cuando leyó la primera palabra que traía escrita: *Aurelia*. Desde hacía años nadie le decía Aurelia, nadie había sabido siquiera que alguna vez en Argentina le habían dicho así. La nota preguntaba, «¿Aurelia, tenés tiempo para un café con tus viejos compañeros?». Desde el escenario ella no podía verlos, porque la zona del público no estaba iluminada, pero antes de que terminara el acto dijo por el micrófono, sé que están aquí algunos de mis antiguos compañeros y quiero que sepan que sí, que tengo todo el tiempo del mundo para tomar café con ellos.

—Pero lo que te quiero contar, Mateo, es que te traigo noticias.

—No me digas que Ramón estaba ahí… —le pidió él, casi le suplicó, y a ella le pareció notar que su hijo palidecía.

No, Ramón no estaba, ya se lo había dicho. Pero ella había podido preguntar y había conseguido algunas pistas. Un metalúrgico de SITRAC-SITRAM que se llamaba

Quico —o que se llamaba Quico en tiempos de la militancia, cuando vivía en Córdoba, y que ahora se llamaba de otra manera y ya no vivía en Córdoba, y no era metalúrgico sino jubilado— le había confirmado que era cierto que Forcás había estado preso un tiempo, pero no por asuntos de política, porque cuando lo agarraron ya hacía unos años había caído la Junta Militar, sino más bien por un enredo de dineros. Quico creía que después de unos meses de cárcel, Ramón había quedado libre y se había ido a Bolivia, y Gabriela, que también estaba en la pizzería, la Gabrielita que había militado con ella en el frente de comercio, su mejor amiga por esos tiempos, le dijo que había oído decir que Forcás ya había regresado de Bolivia, que se había establecido en La Plata y que allá había montado un bar.

—¿Un bar? —le preguntó Mateo a su madre.

—Eso me dijo Gabriela, no sabes lo que significa para mí haber reencontrado a Gabriela, las dos quedamos embarazadas casi al tiempo, Gabriela y yo, y nos íbamos juntas hasta el Once, cada una con una panza grande como el mundo, a las reuniones de…

—Y dónde dicen que está ese bar —interrumpió Mateo.

—Según Gabriela, en La Plata.

—No creo, Lolé, ese dato tiene que estar equivocado, estoy casi seguro de que Ramón está en Bariloche; debe andar de lobo estepario por esas montañas de allá, o al menos eso creo.

—Para, deja que te siga contando lo de La Plata. Gabriela cree que a Ramón no le ha ido bien con el bar pero que ahí sigue pedaleando, a ver si lo saca adelante. Ella no sabe más, pero me dio las señas de un compañero de La Plata que a lo mejor sí sabe.

—Ramón no está en La Plata, Lorenza, no insistas, no me suena lo de La Plata. Y lo del bar, menos. Ramón debe estar en una cabaña en la nieve, allá en Bariloche.

* * *

—Escupe, Lolé —le dijo Mateo a su madre a la mañana siguiente, mientras ella se cepillaba los dientes con dentífrico—. Escupe eso que tienes entre la boca, me pone histérico que hables con la boca llena de espuma. Además, Ramón debe estar en Bariloche. Seguro está en Bariloche, como la última vez que lo vi. A él le gustan las montañas, como a mí. Será heredado de Ramón, eso de que me gusten tanto las montañas.

—No delires, kiddo, no está en Bariloche, ¿no oyes que dijeron que en La Plata?

—Vas a escupir, o no.

—Bájale al televisor, así no podemos conversar.

—Yo le bajo al televisor y tú escupes la espuma.

—Mira, ahhhh, ya escupí, pero de ahora en adelante cada quien se lava los dientes como le venga en gana.

—Fíjate en lo que estás diciendo. Entonces no más cantaleta de dientes amarillos, ni de caries, ni de que hace días no me los lavo. Cada quien como le venga en gana. ¿Y acaso siempre podías confiar en tus compañeros?

—Recoge tu ropa, kiddo, ahora viene el room service con el desayuno y no quiero que todo eso esté tirado —le ordenó Lorenza y él como quien oye llover—. Dale, Mateo, recoge un poco. Sí, siempre podías confiar en ellos.

—¿En quiénes?

—Pues en los compañeros del partido, ¿no era eso lo que preguntabas?

—¿Aunque los torturaran para sacarles confesiones?

—Pues a mí nunca me delataron. En general en nuestro partido no se delataba. Había mucha moral entre los compañeros, mu-cha mo-ral en-tre los com-pa-ñe-ros, qué frase tan de ese entonces, pero es la verdad, había mucha moral.

—¿Alguna vez te torturaron?

—No.

—Y si te hubieran torturado, ¿habrías delatado?

—La tortura es una vaina muy jodida, vaya a saber cuánto aguantas.

—Y qué preguntaban. Los que interrogaban torturando, qué querían saber.

—Nombres, direcciones... A veces iban tras la pista de algo concreto, a veces preguntaban generalidades.

Otras veces pasaba que no tenían idea de a quién estaban torturando, ni por qué lo estaban torturando, y entonces ni siquiera sabían bien qué preguntarle. Años después, ya de vuelta en Colombia, cuando Lorenza llevaba un tiempo trabajando de periodista en *La Crónica*, le hizo una entrevista a un ex sargento que había sido torturador en la Argentina durante la dictadura. El hombre le contó que ellos iban apuntando en cualquier papelito los datos que le arrancaban al torturado, o a la torturada, y que al rato se les perdían los papelitos esos.

—A lo mejor nos vamos hasta La Plata a buscar a tu padre —dijo Lorenza—, mañana no puedo y pasado tampoco, pero el jueves sí, de jueves a lunes tengo libre y podríamos tomar un autobús a La Plata, y si eso no resulta pues tendremos que buscarlo en Polvaredas, en la casa que tenían allá los abuelos.

—Y si lo buscamos más bien en la guía telefónica de Buenos Aires —Mateo agarró el mamotreto y empezó a pasar las páginas—. Por la i, por la i, Irigoyen, a ver, tiene que estar antes, Iriarte, Iriarte, más abajito, Iturbide, coño, ya me pasé, más arriba, aquí, Iribarren Cirlot, Dolores; Iribarren, Pablo Armando; ¡Iribarren Darretain, Ramón! Aquí está, Lorenza, Iribarren Darretain, Ramón…

—¿Cómo?

—Aquí está, mira. Iribarren Darretain, Ramón.

—No puede ser, Mateo, déjame ver. Pues sí, aquí hay un Ramón Iribarren, pero debe ser otro, imposible…

—Cómo va a ser otro, Lorenza, con ese par de apellidos. Es él.

—Sería un chiste, qué prosaico, el enigmático Forcás al alcance de todos y por orden alfabético, no me lo creo, pasar de la clandestinidad a la guía telefónica, no me jodan, estas son las mieles de la democracia.

—Miren aquí a mi papá, después de tantos años de misterio —dijo el muchacho y los dos se echaron a reír, porque no supieron qué otra cosa hacer.

—Déjame ver —le decía Lorenza, y le volvía a arrebatar la guía.

—Iribarren Darretain, Ramón —repetía Mateo—, aquí está, quién más va a ser.

—¿Dice dónde vive?

—Pues en Buenos Aires, esta es la guía de Buenos Aires. Mierda, qué cagada, Lolé, a lo mejor vive aquí al lado, qué desastre, qué susto, suelta esa guía, déjala donde estaba. Y ciérrala, te lo pido por favor, por qué se me habrá ocurrido abrirla.

—Deja que al menos anote el número...

—Ven, Lorenza, salgamos ya de este hotel.

—Pero si acabo de ordenar el desayuno a la habitación...

—Pues cancelas el pedido y nos vamos. Cancela el pedido, Lorenza. Nos desayunamos abajo.

—Pero si estás en piyama...

—Entonces esconde esa guía. Ponla debajo de la cama, o donde quieras, pero que yo no la vea. Ven —le dijo acercándosele y apretando la mano de ella contra sus ojos cerrados, como cuando era pequeño y algo le producía miedo—, tápame los ojos, mamita, por favor, por favor, tápame los ojos.

* * *

Cuando Lorenza regresó al cuarto del hotel, ya entrada la tarde, encontró a su hijo todavía en piyama y con el pelo revuelto, al lado del teléfono.

—¿Llamaste? —le preguntó.

—No.

—Dale, kiddo, de una vez, qué te pasa —trató de animarlo—, qué somos, ¿héroes o payasos? —la frase era del papaíto, el padre de ella; siempre que tenía que arriesgarse la repetía, *¿héroes o payasos?*

—Prefiero payaso, toda la vida mejor payaso —dijo Mateo—. Los héroes que se vayan al diablo.

—Entonces voy a llamar yo. Sólo para confirmar que de verdad sea el número —propuso ella y él gritó que no, que no lo hiciera.

—¡No te metas en esto, madre! Esto lo tengo que resolver yo mismo, yo solo —le quitó la bocina pero enseguida se serenó y se la devolvió—. Está bien, llama,

Lolé, pero te prohíbo que le hables; sólo escuchas su voz y cuelgas enseguida.

Ella le juró que no diría nada, que perdiera cuidado porque tenía claro que en ese asunto quien tenía la palabra era él, Mateo, solamente Mateo. Luego marcó el número y dejó que el aparato timbrara varias veces, mientras él se enroscaba compulsivamente el mechón que le caía sobre la frente con el dedo índice de la mano derecha, como hacía siempre que estaba nervioso.

—¿No contestan?

—Todavía no.

—A lo mejor Ramón ya no vive ahí —dijo Mateo, y ella pudo percibir hasta qué punto la duda lo atormentaba—, o a lo mejor sale a trabajar temprano y sólo regresa a la noche.

—Eso no lo sabremos si no llamamos —dijo la madre y esperó hasta que se disparó una grabación que pedía que dejaran el mensaje porque en ese momento no se encontraba nadie en casa. Escuchó la voz y colgó sin dejar mensaje, tal como habían pactado.

—Es él —le dijo—, es la voz de tu padre.

—¿Estás segura?

—Claro que estoy segura.

—¿Dijo su nombre? ¿La voz dijo que era Ramón Iribarren?

—No, no lo dijo, sólo dijo en este momento no estoy, o algo así. Pero yo sé que es él.

—Bueno, al menos sabemos que está vivo. Eso ya es algo. A no ser que se haya muerto después de grabar ese mensaje, pero no creo, qué va, eso sería demasiado gótico. ¿Y cómo dijo, en este momento no estoy, o en este momento no estamos? Tienes que acordarte,

Lorenza —Mateo se impacientó cuando ella le confesó que no recordaba exactamente, y la miró con ira.

—Tienes razón, he debido fijarme —reconoció ella—, pero no me fulmines con tu famosa mirada asesina.

—Respóndeme porque es importante, si Ramón dijo no estoy a lo mejor vive solo, pero si dijo no estamos tal vez tenga otros hijos, otra mujer. ¿Tú crees que les haya hablado de mí a sus otros hijos?

—Si quieres vuelvo a llamar…

—¡Es que mira la cara que pones!

—Qué cara pongo.

—Ninguna cara, ese es el problema, hacía no sé cuántos años no escuchabas la voz de Ramón, y ahora que la escuchas no pones cara de nada, y contestas como un robot. Ni siquiera sé si tú a Ramón lo quieres o lo detestas.

—Ni lo quiero ni lo detesto. Lo vigilo.

—¿Para que no me haga daño? Más daño me haces tú, cara de robot —le dijo Mateo, aplicándole un cariño un poco rudo en la mejilla, y se puso a dar saltitos por la habitación a lo Mohamed Alí, «bailando como la mariposa y picando como la abeja»—. Mierda, mierda, mierda —repetía mientras tiraba jabs y uppercuts al aire—. ¿Estás segura, Lorenza?

—De qué.

—De que era su voz.

—La reconocería entre un millón de voces, esa voz ronqueta y en sordina es la suya, y además es casi igual a la tuya, Mateo, ambos hablan tan bajito y enredado que casi no se les entiende.

—O sea que su voz no ha cambiado nada.

—Su voz no ha cambiado, nada, ni un poquito, tiene exactamente la misma voz que tenía de joven, y en cambio la tuya ha ido cambiando y por momentos suena igual a la suya.

—No creas —dijo Mateo sin parar de boxear contra un enemigo invisible—. Nada de lo mío se parece a lo de Ramón. No me gustaría parecerme a él, en nada. Mierda, mierda, que mierda tan hijueputamente mierda —repetía, y sus puños atacaron una almohada que empezó a exhalar pelusas. Pero no había rabia en él, sólo un tropel de ansiedad que necesitaba descarga.

—Calma, Cassius Clay —le pidió ella y le pasó la bocina del teléfono—, ahora sí, déjate de monerías y llama.

—¡No, Lorenza! Qué tal que ya haya llegado a su casa y me conteste él mismo, qué le digo si es él mismo el que contesta.

—Dile que estás en Buenos Aires.

—¿Y luego cuelgo?

—Luego le conversas, si quieres.

—No, no quiero —dijo, y sin embargo marcó y escuchó con atención—. Qué tipo para hablar enredado, este Ramón, es verdad que casi no se le entiende. Además habla en argentino... Qué berracamente argentino es mi padre.

—Calma, Mateo, estás eléctrico como una ardilla.

—Es verdad —se rio—, parezco una puta ardilla electrocutada. ¿Recuerdas, Lolé, esa vez que una ardilla se me encaramó por el pantalón y la camiseta y se me paró en la cabeza? Yo creo que esa vez Ramón todavía estaba con nosotros.

—Eso fue mucho después, en el Parque de Chapultepec. En México.

—Increíble, lo único que recuerdo de Ramón no es a Ramón, sino a una perrita amarilla que recogió en la calle y le puso Malvina. Sé que yo jugaba con esa perrita, pero no sé en qué ciudad sería.

—Eso fue en Bogotá. En un apartamento de las Torres de Salmona. No el que tenemos ahora; otro más pequeño que alquilamos con tu padre.

—Qué habrá sido de esa perra, ¿tú crees que Ramón se la llevó con él? O a lo mejor volvió a dejarla en la calle, donde la encontró. Dime por qué no nos quedamos tú y yo con Malvina. O no, mejor no, no quiero saberlo —dijo Mateo, tirando otro puño de box al aire. Los recuerdos que tenía de su padre en realidad no los tenía él, sino que los tenía su madre, y tener que estar preguntándole a ella era peor que andar pidiendo prestado el cepillo de dientes.

Volvió a marcar, esperó, escuchó un momento y de nuevo colgó.

—Sólo quería saber si es verdad que su voz se parece a la mía. Es raro volver a oír a Ramón después de tantos años —murmuró, y una sombra de desaliento le oscureció la mirada.

—¿Y? —le preguntó Lorenza—. Cómo dijo.

—No hay nadie en casa. Sólo dijo no hay nadie en casa.

Mateo se dejó caer en la cama. Se recostó contra las almohadas, prendió el televisor con el control remoto, aflojó la tensión del cuerpo y quedó absorto en *Thundercats*, esos monos animados que tanto le gustaban de pequeño y que esa tarde de Buenos Aires, tanto tiempo después, volvían a hipnotizarlo. Diez minutos, veinte y Mateo seguía ahí, ausente, callado, con los ojos clavados en la pantalla y haciéndose perezosamente el rulito en el mechón con el índice.

—¿No vuelves a llamar, Mateo?

Respondió que sí pero que en ese momento no, que más tarde.

—Entonces vístete, quieres, salgamos a comer algo, debes estar muerto de hambre. Toc, toc, ¿hay alguien ahí? —Lorenza le dio golpecitos en la cabeza con el puño porque parecía que no la escuchaba—, te estoy preguntando si quieres que salgamos.

—Sí, pero ahora no, Lolé. Más tarde.

* * *

Una vez, el psicólogo del colegio le pidió a Mateo que escribiera un perfil de su padre. Él lo tituló «Retrato de un desconocido», y esto fue lo que puso:

Me llamo Mateo Iribarren y no sé mucho de mi padre. Sé que se llama Ramón Iribarren y que le dicen Forcás. *¡Sit, Forcás! ¡Stay, Forcás!* Buen nombre para un perro.

En cambio a la perra que tuvimos con Forcás, él la bautizó Malvina. No Lassie, ni Scooby-Doo, ni siquiera Lucky, sino Malvina, como las islas por las que se estaban dando en las muelas los argentinos contra los ingleses. Eso era lo de mis padres: el conflicto político y la lucha de clases.

Ramón Iribarren se fue de casa cuando yo tenía dos años y medio.

Está en la Argentina, me decían mi abuela, mi tía y mi madre.

Un año después me mandó su última carta, y ya no volví a saber de él. Mi abuela me cuenta que cuando él desapareció, empecé a detestar las verduras y me volví miedoso de la oscuridad. Ya lo superé, al menos lo de la oscuridad, aunque todavía antes de dormirme tranco con una silla la puerta del clóset, porque nunca se sabe qué puede salir de ahí cuando todo está negro. Para imaginarme a mi padre pienso en personajes de la televisión, como el poderoso venado rey de cuernos enormes que aparece al final de la película *Bambi*. Y por qué no, si todo el mundo tiene derecho a pensar que su papá es un buen tipo. Félix Romero, uno de mi salón, repite mucho esa frase, a pesar de que acusan a su viejo de mafioso. Y si Romero opina bien de su papá, yo tengo derecho a pensar que el mío es un ciervo.

Lo que pasa es que Ramón no pertenece al mundo de lo real, y hablar de él es como tratar de pintar un fantasma. Con mucho cuidado, voy coleccionando los comentarios de las personas que lo conocieron y con eso armo un collage en el que aparece su figura. Cuando todo eso me hace doler la cabeza, vuelvo a pensar en el rey de los venados y así es más fácil. Uno puede permitirse ese tipo de cosas cuando su padre es un enigma.

La única pista que me dejó es su última carta, una hoja de papel dibujada por él en la que hay pitufos y sapos y ardillas en un árbol con flores. Parece pintada por una maestra de preescolar.

Tu papá tenía las muñecas anchas y la espalda enorme. Como un toro, me dice mi tío Patrick, el marido de mi tía Guadalupe, y echa para atrás los hombros inflando el pecho, para imitarlo. Siempre que le pregunto por mi padre, dice lo mismo y hace los mismos gestos.

Mi tía Guadalupe me asegura que era inteligente y que vivía enterado de las noticias. Parece que sabía lo que estaba sucediendo en cualquier parte del mundo y que se la pasaba leyendo sobre historia y economía.

Era un papacito rico, decía Nina, cerrando los ojos y suspirando. Nina fue una niñera muy anciana que nos cuidó a mis primos y a mí cuando éramos bebés.

Esos datos son importantes. La imagen del venado con cuernos ha ido evolucionando hasta convertirse en un supermacho estilo He-Man. Según lo que me cuentan, mi padre es un tipo inteligente, fuerte y buen mozo. ¿Qué más se puede pedir?

A los ocho años le propuse por primera vez a mi madre que me llevara a conocer a Ramón a la Argentina pero ella no quiso, dijo que esperáramos a que yo fuera mayor. Lo último que supe de él es que estuvo en la cárcel, y creo que sigue ahí. Creo que lo metieron preso por delitos políticos, me lo ha dicho alguien que lo conocía de antes.

Lorenza (así se llama mi madre) opina que a lo mejor por eso desapareció de nuestra vida. Pero hay algo en esa historia que no me cuadra. Si es así, por qué Lolé y yo no hemos ido a ayudarlo, si está preso necesitará nuestra ayuda. Pero ella me repite que sólo iremos cuando yo sea mayor. Antes no, por ningún motivo.

De todas maneras la imagen que tengo de mi padre es bastante buena. A las características que le adjudican mis tíos y mi nana, ahora se añade que Ramón fue una especie de súper héroe de la guerra contra la dictadura, y yo, que soy fanático de los mitos griegos, me lo imagino encadenado a una roca, como Prometeo, gimiendo desesperado por zafarse para venir a verme. Luego me imagino a mí mismo, ya de dieciocho años cumplidos, igualmente heroico y con espalda de toro como la suya, yendo a la Argentina a rescatarlo.

Lorenza (no sé si ya dije que así se llama mi madre) y Ramón (ese es el verdadero nombre de mi padre) fueron opositores clandestinos a una dictadura sangrienta. Es una palabra muy de Lorenza, eso de sangrienta, o mejor dicho muy de los de su generación, que son aficionados a hablar de represión, que es otra de sus palabras, y a hablar de sangre. Dicen dictadura sangrienta, tirano sanguinario, ríos de sangre, país ensangrentado. Cuando se lo critico, se defiende diciéndome tienes razón, hoy día no se puede hablar de sangre, es de mal gusto hablar de sangre, a menos que seas cirujano o carnicero.

Nunca he sabido en qué fecha nació Ramón Iribarren, ni dónde. En un álbum viejo que guarda Lorenza encontré una foto suya a los nueve años, disfrazado de soldado prusiano para una obra de teatro escolar. En otra ya es adolescente y aparece uniformado de futbolista, en medio de su equipo. Yo creo que era el capitán, por la posición enérgica de sus brazos. Pero quién sabe, de pronto Ramón era tan paquete para el fútbol como yo.

Cuando me contaron que había entrado al partido a los doce años, creí que me estaban hablando de un partido de fútbol. Ya luego supe que era un partido político y que a él le decían el niño rojo. Quién sabe cuándo le cambiaron el apodo por el de Forcás. A los quince había dejado la escuela para dedicarse a la lucha, así dice Lorenza, y yo me pregunto si ella estaría dispuesta a utilizar el mismo tono de admiración para hablar de mí si también yo abandonara el colegio.

* * *

—Háblame del episodio oscuro —le pide Mateo a Lorenza, y ella dice que sí pero no puede, de repente experimenta una enorme dificultad para recordar, como si su memoria fuera una caja negra que tras un accidente permaneciera hermética y se negara a soltar la información que contiene—. Qué pasó esa madrugada, cuando supiste que Ramón me había secuestrado —la presiona Mateo.

—Secuestrar es una palabra muy gorda.

—Entonces cómo se llama lo que hizo.

—No tiene nombre.

—¡Por qué les quitas el nombre a las cosas que hace Ramón!

—¿Ramonadas?

—Mal chiste.

—Ya veo.

Esa madrugada Lorenza se había hundido en una angustia irracional que apenas si le dejaba resquicios para pensar; de ahí la dificultad que tiene ahora para poner aquello en palabras. Más que palabras, son ecos los que han quedado resonándole por dentro. Uno en particular: el eco detestable de la premeditación. La escena del parque, la tarde anterior, cuando ella no sabía lo que iba a suceder. Y Ramón sí lo sabía, lo conocía hasta el último detalle, lo traía tan planeado que hasta le pidió a ella que hiciera el equipaje. Y ella, sin saber qué fatalidad ayudaba a tramar con ese ritual macabro, puso entre el maletín del niño las provisiones para el tiempo sin cuenta en que ya no lo vería: su ropa, su comida, el payaso verde, las cuberas.

—Durante las primeras horas, después de la noticia, la imagen de cada uno de esos objetos tuyos se agrandaba y se achicaba en mi cabeza, se agrandaba y se achicaba —quiso explicarle a Mateo—. Como cuando tienes fiebre.

¿Cómo convertir ahora la obsesiva desazón en un recuerdo sereno, y el recuerdo en palabras? Lorenza no sólo había entregado voluntariamente al niño, sino que lo había preparado, paso a paso, para el extraño sacrificio de perderlo para siempre. Ella había entregado a su hijo como se entrega a la víctima propiciatoria. El rito había sido cruento, y ella misma lo había oficiado. Ella había dado el sí, el permiso, la bendición, en el parque, el día anterior, cuando Ramón le preguntó si estaba segura de querer separarse, y ella asintió. Ella selló su propia desgracia cuando Ramón le preguntó si no habría vuelta atrás y respondió que no, que no habría vuelta atrás. Otro gesto ritual de Ramón, darle a ella la oportunidad de echar ese siniestro cara o cruz, que perdió sin saberlo. La puso a apostar, sin advertirle cuál era la apuesta. Ella misma, ingenuamente, torpemente, había propiciado el castigo. Con una sola palabra hubiera podido impedirlo, pero no lo impidió.

—Pero si no sabías —trataba de hacerla entrar en razón la mamaíta, esa mañana de tinieblas—, cómo ibas a saber, no es culpa tuya, no podías saber.

—Sí hubiera podido —ladraba ella—, sí hubiera podido saber, hubiera debido saber.

Todo estaba claro desde esa tarde en el parque, o quizá desde mucho antes. Las señales estaban expuestas, la advertencia había sido hecha. Todo hablaba de lo que Ramón estaba a punto de cometer, hasta el propio Ramón. Habría bastado con mirar, con escuchar, para darse cuenta.

—Anduve de arriba abajo por toda la casa como una loca —le cuenta Lorenza a Mateo—, convencida de que no habría remedio. Mi cabeza era una masa adolorida que repetía una sola cosa: no hay remedio.

Actuando como una autómata y sólo porque su madre insistía, hizo las pocas llamadas telefónicas que podía hacer, sabiendo de antemano que de nada servirían. Marcó los tres o cuatro números telefónicos que tenía de personas que conocían a Forcás, pero era obvio que él no iba a esconderse donde ella pudiera encontrarlo. Y esas personas nada sabían, en efecto. ¿Ramón? ¿El niño? No, no los habían visto. No, no tenían idea de dónde podrían estar. De nada sirve, le decía Lorenza a su madre, que la animaba a seguir intentando. De nada sirve. Los padres de Ramón no tenían teléfono en Polvaredas, pero ella se comunicó con unos vecinos que les hacían el favor de llamarlos y hacerlos pasar, y así pudo escuchar la voz del abuelo Pierre al otro lado de la línea y percibir la emoción del viejo al volver a saber de su nieto, de su hijo, de su nuera.

—¿Cómo están? —había preguntado el abuelo—. ¿Cuándo vienen a visitarnos? Mirá que la abuela anda tristonga, hace mucho que no ve al nieto, manden fotos, che. Pará que te llamo a Noëlle, la vieja se anda quejando de que ustedes no escriben, nos dejan sin noticias, pará que la llamo, le vas a dar un alegrón.

Estaba clarísimo que el abuelo Pierre y la abuela Noëlle no tenían idea del paradero de Forcás. En sus cabezas ni siquiera cabía la sospecha de la tragedia que acababa de ocurrir. No, por supuesto que no. No iba a ser la casa de sus padres el lugar escogido por Forcás para esconder a Mateo. Y Lorenza ya no tenía adónde más llamar. En Colombia Forcás no se trataba casi con nadie, y como en Argentina no se debía conocer nombres, Lorenza no los conocía. No había que tener números telefónicos, y Lorenza no los tenía.

—Espera, Lorenza. Te estás saltando algo importante. Cuéntame cómo fue esa conversación con los abuelos. Debió ser la última vez que escuchaste su voz.

—Ya no volvimos a comunicarnos, ni supe más de ellos.

—Dime bien cómo fue. Esa última conversación.

—No recuerdo, Mateo. Tenía demasiada angustia. Registré que tú no estabas con ellos y lo demás ni siquiera lo escuché.

—Hablaste con los dos, o sólo con el abuelo.

—Con los dos, primero con él y luego con ella.

—Les contaste lo que había pasado.

—No.

—Entonces debieron preguntarte por mí y por Ramón.

—Supongo que les dije que tú estabas bien y que Ramón no se encontraba, que por eso no pasaba a saludarlos. Algo así debí decirles.

—Y esa fue la despedida para siempre.

—Me temo que sí.

—O sea que Ramón me quitó a mí de ti, y tú me quitaste de los abuelos.

—No supe hacer mejor las cosas.

—Y yo tampoco. No te preocupes, Lolé, tú y yo somos equipo.

Pudo haber evitado y no evitó. Pudo haber visto y no vio. Pudo haber sabido y no supo. Pudo haber impedido, y no impidió. El sonsonete aturde la mente de Lorenza. Podría tener ahora mismo a su hijo en brazos y no lo tenía. Ahí su pensamiento se enredaba y no podía salir, un gato con los pies de trapo y la cabeza al revés, un gato sin cabeza, un gato sin pies. La enloquecía descubrir, ya tan tarde, la torcida ritualidad a la que la habían inducido, la trampa que le había tendido Forcás para hacerla responsable y copartícipe. Una trampa en la que sólo habría caído alguien que, como ella, se negara a ver.

A las siete se puso en contacto con el director de su revista, un hombre influyente que la podría ayudar. Ella hizo un enorme esfuerzo por contarle lo ocurrido de manera coherente, y a través de él tuvieron acceso a información confidencial, al conseguir que varias aerolíneas les facilitaran los listados de los pasajeros que habían salido en las últimas veinticuatro horas de Bogotá. Diligencia inútil, de antemano se sabía que Ramón habría utilizado nombres falsos. ¿Vuelos adónde?, le preguntaban a Lorenza. Vuelos a cualquier lado. ¿Nacionales o internacionales? Nacionales o internacionales, cualquier cosa podía ser, o ninguna; también era posible que ni siquiera hubieran salido de Colombia, o de Bogotá. Desde luego lo más probable era que Ramón hubiera regresado con Mateo a Argentina, donde conocía el terreno como la palma de su mano. Era bastante obvio; no iba a arrancar para Francia, o para Australia, con un niño pequeño, poco dinero entre el bolsillo y sin conocer el idioma. Lo más plausible era que se hubiera devuelto a Argentina, pero también podía ser que se hubiera ido para cualquier otro lado.

El jefe de la policía aeroportuaria era de la teoría de que por aire no habían salido, y quiso tranquilizar a Lorenza asegurándole que nadie, ni siquiera el padre, podía sacar a un niño del país sin permiso expreso de la madre, sin una carta firmada ante notario por ella, autorizando el viaje del menor. Pero nada más fácil para Forcás que falsificar un permiso; ese no era impedimento para él. Lo único claro para Lorenza era que no había remedio.

La cosa no tiene vuelta atrás, le había dicho ella misma a Ramón en el parque. Ella misma había pronunciado esa condena, no hay vuelta atrás, sin percatarse de su significado. Nunca más, decía la carta de Ramón. Nunca más tendría Lorenza a su hijo. Nunca más. ¿En qué parte del mundo podría buscarlo, si en cualquiera podría estar? Con otro nombre, borradas las huellas, refundido el rastro. Un niño pequeño perdido en el mundo inmenso. Fuera de su alcance. Su hijo Mateo se le había vuelto una gota de agua en el mar. Le habían arrebatado a su hijo. Lo que no habían podido hacerle los torturadores de la dictadura, se lo acababa de hacer Forcás.

Por ser sábado la mayoría de las oficinas estaban cerradas, y sin embargo todas las horas de todo ese día, siempre acompañada por su madre, Lorenza estuvo contactando y consultando a un abogado y un funcionario que tuvieron la gentileza de recibirla en su propio apartamento, incluso en su casa de campo. No era que ella creyera en la utilidad de lo que estaba haciendo, todo lo contrario. Sabía de sobra que las gestiones en la superficie no darían resultado; Ramón ya se habría sumergido y estaría moviéndose por debajo. Su hermana y su cuñado hicieron por su lado lo que les fue posible, y en la revista el director asignó un equipo para que se dedicara a investigar. Pero dieron las ocho de la noche y todos seguían con las manos vacías. No había rastros del niño ni de Forcás. Habían corrido las horas y seguían anclados en el punto de partida.

Las personas consultadas le habían recomendado denunciar inmediatamente el secuestro de su hijo ante las autoridades de ese país, para que pusieran a la fuerza pública sobre el caso. Su familia tenía los contactos para hacerlo, empezando por un viejo amigo de su padre que había sido embajador en Argentina y que dijo estar dispuesto a hacer la gestión ante la Junta Militar.

—No —dijo Lorenza—. No, no, no, no. Esa raya no la cruzo. Esos criminales no encuentran niños, los desaparecen.

No. Aunque la decisión pareciera incomprensible o aborrecible: No. ¿Denunciar a Forcás ante la dictadura? No. Hasta allá no llegaría. No iba a aliarse con sus enemigos para perseguir a quien había sido su aliado; hasta ese grado de perversión no iba a arrastrarla la situación a la que la habían abocado. ¿Buscar a su niño apoyándose en criminales que habían secuestrado a cientos de niños, hijos de las prisioneras que habían sido asesinadas? No. Ni siquiera la pérdida de su hijo la haría cruzar esa raya.

—Qué bien, madre —le dice Mateo con desprecio, y el resentimiento le tiembla en la voz—. Te felicito, típico de ti. Ante todo tus convicciones políticas.

—Espera, Mateo, espera. Oye lo que voy a decirte.

—No quiero saber más —dice él, sale de la habitación del hotel, camina rápidamente por el corredor y va llegando al ascensor cuando lo alcanza su madre.

—Tú no vas a ningún lado —se le atraviesa ella—. Te quedas aquí, y me escuchas. ¿Pediste que te contara? Ahora esperas hasta que termine. Ven, volvamos al cuarto. ¿Quieres una Coca-Cola con hielo, para enfriar los ánimos?

Mateo no responde pero la sigue, y una vez en la habitación, llena hasta el tope un vaso de hielo y se sirve una Ginger Ale que toma del minibar.

—Y ahora mírame a los ojos —le dice la madre—. Había también otra consideración, Mateo; una de carácter práctico. Piensa. Dime cuál podía ser.

Mateo se toma muy poco a poco la Ginger Ale y luego se demora otro rato masticando los hielos.

—¿Habría sido inútil? —dice por fin.

—Exacto, esa era la otra consideración: que no servía de nada. Si durante tantos años los esbirros de la dictadura no habían dado con Forcás, tampoco ahora iban a encontrarlo. Pedirles socorro no sólo era repugnante e indecente; sería además un error garrafal. Yo llevaba todas las de perder si me jugaba esa carta. Estaba desesperada, pero no tan ciega como para no darme cuenta.

* * *

Lorenza quería que aprovecharan lo que quedaba de una bella tarde de sol, pero Mateo nada que se duchaba, tan amañado estaba entre esa piyama que caminaba sola de tanto usarla y ese par de medias que había arrastrado por los tapetes del hotel. Por fin se metió al baño, tardó eternidades allá adentro y cuando hizo su aparición en la habitación, entre nubes de vapor y de colonia, estaba guapísimo, relumbrante y como nuevo. Salió canturreando *Pinball Wizard* de The Who, rasurado con Gillette, de aliento mentolado, peinado al champú de jojoba, enjuague revitalizador y doble mano de gel, camisa limpia, Levi's negros de pierna estrecha, zapatos Clarks originales en vez de los Converse deshechos de siempre, sonrisa desenfadada y repentino interés por salirle al encuentro a Buenos Aires.

Le había entrado un ataque de hambre que no daba tregua y su propósito era tirarse de cabeza en la primera cafetería que se les atravesara, pero Lorenza logró convencerlo de que aguantara hasta llegar a La Biela, un bar en el corazón de la Recoleta, a orillas de un parque espléndido, que ella había frecuentado de adolescente durante los paseos de la familia a Buenos Aires.

Escogieron una mesa contra la ventana para ver pasar a la gente, y Mateo, que parecía decidido a actuar acorde con su pinta de hombre de mundo, retiró la silla para que su madre se sentara. Luego puso su mejor voz de adulto y, como quien ordena un whisky doble en la barra, le pidió al mesero dos vasos de leche.

—¿Desea los dos de una vez?

—Sí, por favor, si no es mucho problema.

—Guao, kiddo, qué estilacho —le celebró Lorenza.

Por la acera pasó una familia que llevaba de la correa un cachorro bernés de la montaña, una bola irresistible y esponjada de carantoñas y brincos, con la más encantadora cabeza negra de hocico blanco, y Mateo, que era un adorador de perros, se levantó de la mesa, salió a la calle, les preguntó a los dueños cómo se llamaba la preciosura esa y si podía acariciarlo, y se quedó un rato haciéndole fiestas. Regresaba contento a contarle a su madre que el cachorro se llamaba Oso, pero ella se le anticipó para anunciarle, con gran sonrisa, que había pedido para los dos lomo de cerdo horneado con piña, uno de los platos favoritos de su padre.

—Me estás diciendo que pediste para ti lomo de cerdo con piña —dijo Mateo, remarcando el *para ti.*

—Para los dos, te va a encantar, al papaíto le encantaba, qué emoción, vamos a comer el mismísimo plato que él siempre pedía cuando veníamos a este lugar.

—Pero si tú sabes que detesto la piña y que me hace daño el cerdo —la desolación de Mateo parecía insondable.

—Este te va a gustar, te lo prometo, tan pronto lo pruebes me vas a dar la razón, vas a ver qué bien lo preparan.

—Eso no se hace, madre, yo quería comer otra cosa, cuándo vas a dejar de decidir por mí.

La expresión radiante había desaparecido de su cara y su aire desenvuelto se había esfumado. Se hundió en la silla y empezó a enroscarse compulsivamente el mechón, sin preocuparse ya por el peinado que se había hecho con tanto esmero, y Lorenza trató de disculparse sabiendo que era demasiado tarde, que el silencio ensimismado que se había apoderado de su hijo ya no lo rompería nadie. Nadie salvo el mesero, que se acercó para entregarles de nuevo el menú, porque se había agotado el lomo de cerdo.

—Cualquier otra cosa con el mayor gusto —les ofreció—, desafortunadamente nos hemos quedado sin lomo de cerdo.

—Bendito sea Dios —dijo Lorenza, y pidió un tostado de jamón y queso, una ensalada y un té.

Mateo agarró el menú desganadamente pero se enderezó en la silla, se fue entusiasmando con la lista de pastas y después de considerar las opciones, se decidió por unos fettuccini alla panna, que empezó a devorar tan pronto se los pusieron delante y que le devolvieron el alma al cuerpo.

—Así que a esta Biela viniste con el papaíto —dijo, como anunciándole a su madre que estaba dispuesto a pactar una tregua—. ¿Y con Forcás viniste alguna vez?

—No habríamos podido pagar la cuenta. Además en este restaurante hicieron un atentado, lo volaron con una bomba y estuvo cerrado un tiempo.

—Para, no te pedí cuentos de atentados y guerras. Lo que quiero es que me digas por qué te viniste para Buenos Aires, la vez que conociste a Ramón.

—Mira cómo es la vida…

—Huy, no, qué pereza, eso tampoco. No empecemos con tus *mira cómo es la vida.*

—No más, Mateo. No quiero hablar contigo. Me equivoqué con lo del cerdo, pero no seas grosero.

—Dale, no te pongas brava.

—Entonces no jodas tanto.

—De acuerdo, no jodo tanto.

—La cosa es así, tú has venido aquí buscando a tu padre, y hace años yo también vine tratando de encontrar al mío.

—Pero si tu padre vivía en Bogotá y además ya se había muerto.

—Se acababa de morir, pocos días antes.

—¿Y entonces?

—Entonces en alguna parte tenía yo que buscarlo; uno anda por ahí, buscando a sus muertos.

—No pudiste llorar cuando él se murió. Al menos eso me has dicho.

—Dicen que una muerte que de verdad te importa no te hace llorar, sino que te derrota —le dijo ella, y le preguntó si quería un poco de su ensalada.

Él negó con la cabeza pero ella insistió, trató de pasarle unas hojas de lechuga de su plato y él le detuvo la mano con el brazo y la miró con rabia.

—¿Otra vez, madre?

Era la vieja guerra de la comida que estaba casada entre los dos desde hacía mucho, casi desde siempre. Lo que ella sentía al respecto también era, de alguna manera, rabia. La descontrolaba que el hijo se negara a comer frutas o verduras; la indignaba, la preocupaba, la violentaba que él sintiera semejante aversión por cualquier alimento que tuviera más de un color, más de una textura, un sabor que no fuera elemental. Le parecía que atentaba contra toda norma de supervivencia, casi de decencia, esa predilección por la comida blanca y blanda, la leche, el pan, el helado de vainilla, la pasta, como si temiera llevarse a la boca cosas sorprendentes, oscuras o desconocidas. Como si su interior sólo aceptara las primeras comidas, las de antes del miedo: los teteros y las compotas del bebé que había sido y que allá en el fondo quizá seguía siendo.

—Cómo es ese cuento de que no puedes llorar —preguntó él, ya apaciguado y de nuevo buscando cese al fuego.

—No es cuento, es una alergia. Alergia a las lágrimas, que me queman la piel. Al fin de cuentas son gotas de agua salada.

—A lo mejor tienes una personalidad marcada por esa alergia.

—A lo mejor. Los que pueden derramar la lágrima no salen corriendo cuando tienen una pena, sino que se quedan quietos y la lloran hasta que la domestican.

—Y en cambio tú saliste corriendo en vez de ir al entierro de tu padre. Pero no me convence, eso de las lágrimas no explica nada. Dime por qué no estuviste ahí, si lo querías tanto. Por qué en vez de tomar un avión de regreso a Bogotá para ir a enterrarlo, tomaste otro que te trajo a Buenos Aires.

—Una mañana me despertó el teléfono en Madrid y me anunciaron que el papaíto acababa de morir, de un infarto masivo. Se le había reventado el corazón en mil pedazos. Colgué el teléfono, me levanté, me bañé, me vestí, tomé el metro, entré a la oficina que el partido tenía en Virgen de los Peligros, cerca a Puerta del Sol, y dije que estaba lista para viajar a Argentina.

—¿No les contaste a tus compañeros que tu papá acababa de morir?

—No.

—¿No?

—Haz de cuenta que el partido fuera una mezquita, que los sentimientos y todo lo personal fueran los zapatos, y que al entrar a la mezquita tuvieras que dejar en la puerta los zapatos. Cuando murió el papaíto no se lo conté a nadie, y unos días después estaba tomando el avión para Buenos Aires.

—Raro, Lorenza, raro, raro, raro. Trata de explicármelo.

—Pero antes termino mi té, en calma. No sabes cuánto disfruto una taza de buen té. En calma.

—¿Ahora sí?

—Aquí va. Desde que me fui de la casa de mis padres, todos los días soñaba con regresar. Ponle que militaba en Madrid, básicamente en tareas de apoyo desde el exterior a la resistencia argentina. Vivía mi vida, seguía mi pasión, trabajaba como loca, la pasaba bien. Digamos que sentía que estaba cumpliendo con mi destino, eso que cada quien llama *su destino* y que vaya a saber qué es, o por qué nos obstinamos en que tiene que ser ese y no otro cualquiera. Decimos *mi propio destino* con una convicción que quién sabe de dónde sale y por ahí derecho nos vamos montando en la vacaloca.

Ella sentía que estaba cumpliendo con eso, con su destino, pero en el fondo lo que quería era regresar. Quería pero no lo hacía, o sea que quería y no quería. Aunque hubiera preferido que no fuera así, la verdad era que extrañaba demasiado a su padre y que todos los días se decía a sí misma, hoy no regreso a casa pero mañana sí, esta semana que viene no puedo, pero la siguiente me voy, ya no aguanto más, pasaré aquí el verano pero en el otoño ya estaré allá, con mi gente. Y así se le fue yendo el tiempo, siempre aplazando el regreso, mes tras mes, año tras año. Y sucedió que su padre murió, y ya no hubo para ella regreso posible. Donde su madre y su hermana siempre podría volver, y de hecho siempre volvía, pero el reencuentro con el padre se le quedó pendiente. Regresar para su entierro hubiera sido atroz, ese no era el regreso que ella quería, ese regreso no lo hubiera podido soportar.

—Te voy a contar algo que no te he contado, creo —le dijo a Mateo—. Sobre mi padre. Una historia pequeña sobre el papaíto. Se trata de un vestido que me envió de regalo a Madrid unos días antes de morir; un vestido que él mismo debió cortar en su taller de costura cuando ya llevaba la muerte al hombro, aunque no lo sabía, porque estaba joven y el infarto iba a caerle sin aviso. A mí no me alcanzó a llegar ese vestido, que fue su despedida, porque se le anticipó la noticia de su muerte y yo me largué a Argentina. Meses después vine a saber que los compañeros de Madrid lo habían recibido, pero a mis manos nunca llegó, y no supe de qué color era, o si venía con una carta, o esa carta qué decía, y no sabes cómo me duele ese vestido, Mateo, llevo años con el recuerdo incrustado y todavía me duele.

* * *

El episodio del cerdo con piña había sido el remake de uno anterior, muy anterior, con un mango. La misma historia que se repite. Mateo debía tener ocho o nueve años y Lorenza quería obligarlo a comerse un mango, costara lo que costara. Había cosas que su madre no comprendía. Por ejemplo, que la tragedia de él no eran las frutas ni las verduras, su tragedia era la propia Lorenza, cuando se empeñaba en que comiera frutas y verduras. Él se veía a sí mismo como un tipo tolerante. Si ella quería comer mango, mucho mango, una docena de mangos, pues adelante, él no iba a impedírselo. Que se comiera una zanahoria si le gustaba. O un tomate y una espinaca, o una cebolla cruda a los mordiscos. A Mateo no le importaba, él era tolerante. En cambio Lorenza se empeñaba en meterle a la boca cuanta cosa atroz salía de la tierra. O del mar. Pretendía embutirle moluscos y calamares y otras faunas con tenazas y espinas. Animales que Dios creó para que vivieran su vida secretamente en las profundidades marinas, donde quién sabe qué cosas harían, allá donde nadie los veía. En lo más oscuro del mar es donde debían estar, y no entre su estómago. Pero ella insistía en que lo alimentaban y lo fortalecían, y para colmo juraba que eran deliciosos. Sólo pruébalos, le decía en un tono que a él le sonaba falso y dulzarrón. Era sádica con eso de la comida. Sabía que Mateo no quería probar nada que viniera del plato de ella, o de su tenedor, y sin embargo no se daba por vencida. No sabes de lo que te pierdes, le decía, y se comía un bocado con lujuria. Él la oía decir, prueba, Mateo, o peor aún, prueba, mi niño, y sentía que su tolerancia bajaba a nivel cero, y es que además él no era su niño, coño, cuándo iba a dejar de decirle mi niño, y le entraban ganas de vomitar y de escupir como si estuviera poseído. Pero ella insistía, dejaba la tolerancia para la política, pronunciaba esa palabra con voz altisonante, como por ejemplo, el Gobierno debe ser tolerante con la oposición. ¿Acaso no comprendía que tolerar tenía que ver con no ponerse histérica porque

Mateo le tuviera asco a un tubérculo verde o un queso podrido? Es un queso francés, le decía Lorenza, como si con eso lo fuera a convencer. Y está delicioso. Delicioso: esa palabra se le había vuelto odiosa porque ella se la repetía mientras se le lanzaba blandiendo un tenedor. ¿Estaba exagerando? No, no era exageración, las escenas eran grotescas, sólo que Lorenza no se daba cuenta, no podía verse a sí misma mientras le echaba esos discursos eternos y le montaba un circo con lo de la comida.

De pequeño Mateo cerraba los ojos, abría la boca y masticaba. A veces lloraba y regurgitaba un poco, pero sin abrir la boca para que ella no se molestara, y luego se tragaba esa porquería agria. Tres bocaditos más, le decía ella con dulzura. Pero Mateo había crecido y ya no aguantaba que ella le pusiera cara de está delicioso; le daban ganas de partirle la nariz de un puñetazo. Claro que no lo iba a hacer, nunca le pegaría a Lorenza, pero sería bueno que ella supiera que le entraban deseos de hacerlo.

Antes cedía y aceptaba cualquier cosa con tal de verla tranquila y contenta. Y ella se aprovechaba de eso, como la vez del mango. Dijo que un mango era la dicha misma, la pasión tropical, la fruta del paraíso, y si no dijo eso, dijo algo por el estilo. Pero Mateo no quiso abrir la boca, ni siquiera cuando ella le chuzó los labios con el tenedor. Sí, sí se los chuzó, pero él ni por esas quiso abrir, no iba a aceptar el segundo bocado aunque le costara la vida y a su madre la suya. Había escupido el primero apenas sintió en la lengua la textura irregular y fibrosa de esa fruta, no homogénea ni confiable, de un color anaranjado que era revulsivo entre la boca. Lorenza le decía, si no comes fibra el estómago se te va a dañar, y él hubiera querido gritarle, lo que me daña el estómago es ese veneno que tú quieres embutirme. Pero se habían trenzado en el todo o nada, la vida o la muerte, el mango o la tragedia, y no había espacio para el diálogo. Cero tolerancia: Mateo se refugió debajo de la mesa, sintiendo que su madre preferiría verlo muerto —un niño asfixiado, atragantado con un mango— a aceptar una derrota. Lorenza se puso en cuatro patas y le tendió el cerco con un tenedor en la mano, como un demonio con su tridente, haciéndolo sentir como un imbécil por no comer mango, siendo que después, en el colegio, vino a saber que a casi ningún niño le gustaba el mango, o sea que al fin de cuentas él no era un caso tan raro.

Lo verdaderamente raro era que ella se descontrolara de esa manera, que se le cerrara el cerebro cuando se enfurecía y no pudiera pensar. Esa vez del mango lo salvó Guadalupe, que al ver el drama gritó ¡cálmense, los dos!, y su grito surtió efecto. En la familia, Guadalupe encabezaba la fracción sensata y dialogante y Lorenza la fracción frenética, y a cada rato Guadalupe lo salvaba de Lorenza. Claro que a veces a Mateo le gustaba el estilo de su madre, la forma enérgica como hacía las cosas. Pero cuando exageraba se convertía en una pesadilla, y por lo general exageraba. Su mejor personalidad aparecía cuando se sentaba a escribir, porque se quedaba quieta durante horas y se olvidaba de que él debía alimentarse debidamente. Mateo aprovechaba esas treguas para comer espaguetis y tomar leche, espaguetis y leche, leche y espaguetis, y como también él estaba tranquilo, se metía a escondidas en la cocina y probaba, por ejemplo, una uva. Sin que ella se diera cuenta, porque si llegaba a enterarse se entusiasmaba con los progresos, quería que festejaran la uva comida y emprendía una campaña educativa comprando un racimo entero y pretendiendo que Mateo reconociera que las uvas eran deliciosas y se las comiera una por una.

Él disfrutaba los períodos tranquilos en que Lorenza escribía, porque sabía que no iba a tener que salir corriendo detrás cuando a ella le diera por lanzarse a viajar, a tomar decisiones repentinas, a embarcarse en nuevas causas políticas y a mandar todo lo anterior al diablo, sólo porque ella era Lolé y Lolé hacía lo que le venía en gana. ¿Acaso Mateo no había notado la furia asesina que le salía por los ojos cuando él se negaba a comer algo? Ahora que estaba alto y empezaba a ser corpulento nadie podría forzarlo a nada, y aunque él no moviera un dedo, ella lo miraba como si él fuera un monstruo amenazador de madres. Cada vez que recordaban el viejo episodio del mango, Lorenza se reía porque le parecía simpático, y a lo mejor el propio Mateo también se reía, pero ojo, porque en el fondo la odiaba por eso. Y ahora, a lo del mango se sumaba lo del cerdo con piña. De eso Mateo tampoco iba a olvidarse nunca. Nunca. Prueba, niño, te lo ruego, prueba. No, Lorenza. Se acabó. De ahí en adelante Mateo no probaría nada. No le daba la gana.

* * *

Acostumbrate desde ya a no andar por ahí preguntando lo que no te incumbe, le habían advertido a Lorenza los compañeros de Madrid en vísperas de aquel viaje a Buenos Aires, el que emprendió tras la muerte de su padre. Así le habían dicho aunque ella sólo había preguntado por qué a Forcás le decían Forcás, un apodo que le hizo recordar ese poema extraño de Rubén Darío, «Forcás el Campesino». Este Forcás argentino era uno de los miembros de la dirección del partido dentro de la propia Argentina, es decir, un ser mítico ante los ojos de quienes apoyaban la resistencia desde el exterior. Como no lo conocían personalmente lo consideraban una leyenda, al fin de cuentas era el secretario de la organización, el que manejaba los hilos operativos del tinglado secreto. Imprentas clandestinas, movimientos de dinero, casas de seguridad, ubicación de los dirigentes, contactos internacionales, listados de simpatizantes, elaboración de pasaportes y documentos falsos para que los perseguidos pudieran huir del país: todo eso dependía de él. En Madrid lo sabían porque le colaboraban en algunas de esas cosas, las que se podían hacer desde afuera.

—¿Pedimos un helado?

—Mejor flan caramel.

Muchos argentinos se habían exiliado en Madrid y desde allá colaboraban, y gentes de otros países se habían sumado. Ella también. Hacían denuncias, levantaban fondos y coordinaban campañas en toda Europa por la aparición con vida de los desaparecidos. Pero el verdadero sueño de varios de ellos era poder entrar algún día a Argentina para formar parte de la propia resistencia interna contra la dictadura.

—Creíamos que había que jugársela —dijo ella.

—¿Jugar a qué? —preguntó él.

—*Jugársela*, otra palabra de la jerga, supongo que así decíamos.

—*Creíamos, decíamos*… ¿Por qué hablas en plural, como si fueras una multitud? Como el diablo en *El exorcista*, que me eriza los pelos cuando dice *no soy uno, soy legión.* Y ahora sí, dime por qué llamaban Forcás a Ramón.

—Eso mismo pregunté yo, allá en Madrid, y como me contestaron que ni idea, les recité lo que recordaba de ese poema de Darío.

—A Ramón lo llamaban Forcás porque sus padres eran campesinos. Pierre y Noëlle. Mi abuelo Pierre, mi abuela Noëlle. Pierre Iribarren, Noëlle Darretain. ¿Y tú crees, Lolé, que la abuela Noëlle me quería?

—Te quería muchísimo, figúrate, eras su único nieto. De bebé te poníamos ropa tejida por ella, en lana para los inviernos, en algodón para los veranos.

—Qué habrá sido de ellos, Lorenza, ¿tú crees que todavía viven?

—Eso lo sabremos cuando te animes a llamar a tu padre.

A Lorenza se le vino a la mente el recuerdo punzante de aquella vez, Mateo tenía diez años y ella encontró por casualidad entre su monedero la foto de Alice Hughes Leeward, una señora inglesa que había vivido un tiempo en Bogotá, más o menos amiga de la mamaíta, pero que aparte de eso no había tenido mucho que ver con la familia. Y sin embargo, ahí tenía el niño la foto de esa señora muy cuidadosamente guardada. Alice Hughes Leeward entre el monedero de Mateo, y Lorenza había soltado la risa.

—¿Qué hace esta señora entre tu monedero, loco? —le había preguntado—, ¿de dónde sacaste esa foto?

—La encontré en un álbum de mamaíta, déjala ahí, Lorenza, que es Noëlle —había respondido él, muy serio y quitándole la billetera.

—¿Cuál Noëlle?

—Pues la abuela Noëlle, la madre de Ramón, mi abuela.

—¡Ay, mi niño! —lo había abrazado Lorenza—, esta no es la abuela Noëlle, esta no es, vida mía, pero si quieres una foto de ella, en algún lado la conseguimos, y vas a ver, Mateo, la abuela Noëlle tiene unos ojos preciosos, como los tuyos; los ojos grises se los heredaste a ella.

A partir de ese incidente, Lorenza se impuso como tarea buscar la manera de llevar a Mateo al país vasco francés, para que conociera el origen de sus abuelos paternos y de la sangre que llevaba en las venas. La oportunidad se presentó cuando la invitaron a participar en unas mesas redondas sobre literatura en el festival de cine de la vecina Biarritz, y para allá se llevó al niño.

Desde el bello y mínimo pueblo de Ascain, en el corazón del Euskal Herria, Mateo le escribió una carta a su tía Guadalupe. Parece que aquí nacieron mis abuelos, le decía. Estamos al lado de una tremenda cuchilla de piedra negra que se llama La Rhune, el cerro sagrado de los vascos. Lorenza dice que si los abuelos no nacieron en este pueblo, nacieron en otro igual. Pues sí. Son las cosas que dice ella, convencida de que con eso me soluciona el problema. Ayer me quedé viendo a unos tipos que jugaban frontón, lanzando una pelota violentamente contra un muro, y después me compré una boina negra como la del Che Guevara. Me dijeron que era una boina vasca, idéntica a la que usan por aquí todos los vascos. Y yo que creía que sólo la usaba el Che Guevara, por ser el Che Guevara. El abuelo Pierre también tenía una de esas. Lorenza dice que andaba con ella puesta y que por eso nunca le vio la cabeza. Le pregunté si Forcás usaba una cuando militaba, y me dijo que hubiera sido una güevonada, que ningún militante clandestino iba a andar por ahí disfrazado de Che Guevara. Pero se equivoca, porque el Che Guevara era un militante clandestino y andaba disfrazado de Che Guevara.

Antes de que se hiciera noche visitamos el cementerio, para buscar en las lápidas los apellidos de los abuelos. Pero no tuvimos suerte, y eso que buscamos con cuidado, tumba por tumba, porque a Lorenza se le ocurrió que a lo mejor habrían querido morir en su tierra natal. Si es que ya están muertos, eso no lo sabemos. Por el pueblo hemos preguntado por ellos, por si acaso están acá pero vivos, y nadie sabe nada. En una taberna conocí a un viejo de boina vasca que me contó que mucha gente se había ido a América y que nunca había regresado. Yo le conté que mi abuelo había sido leñador. Él dijo, si tu abuelo era leñador, seguro le fue bien en América, allá sobran los árboles porque no hay ciudades ni carreteras, allá todo es selva, y yo le iba a discutir que sí había ciudades y también carreteras, pero no valía la pena porque los vascos son cabeciduros, como Forcás y como yo.

Lorenza es la más cabecidura de todos nosotros, aunque no sea vasca. Me trajo a buscar a los abuelos a Francia, donde será un milagro si los encontramos, y en cambio nunca ha querido que los busquemos en la Argentina, donde es casi seguro que estén. Le pregunté por qué y dijo que precisamente por eso. Dice que en Argentina a lo mejor los encontramos y que con ellos debe estar mi padre, que mejor no meternos en ese enredo.

Mis abuelos llegaron a Polvaredas, una región de Argentina que no conozco, y es verdad que el abuelo era leñador. Tenía una motosierra y le pagaban por árbol cortado. Claro que Lorenza dice que vio pocos árboles en Polvaredas, las veces que fue a visitar a los abuelos. A lo mejor el abuelo ya los había cortado todos. Debía ser muy fuerte, como Ramón, si manejaba todo el día algo tan pesado como una motosierra.

Además hay unas historias de unos conejos. Tenían unos conejos. A lo mejor todavía los tienen, si es que están vivos. Los abuelos, no los conejos. Quién sabe.

A lo mejor Pierre y Noëlle siguen viviendo en Polvaredas y me echan de menos, y me están buscando. Pero sería raro; si me estuvieran buscando, ya me habrían encontrado. Cuando yo era bebé, iban a visitarnos y me llevaban conejos muertos para que me hicieran un guiso. Ramón los metía al congelador y ahí se quedaban, porque mis papás no sabían hacer el guiso y además les daba asco tocar los conejos, así rojos y despellejados. Luego los abuelos llamaban de Polvaredas y Ramón les decía que yo me había comido todo el conejo, que seguía creciendo y que me estaba convirtiendo en un gigante. Entonces los abuelos me traían más conejos, que iban a reunirse con sus hermanitos en el congelador.

Cuando se hizo oscuro y ya no se veía La Rhune, caminamos otra vez hasta la tienda de las boinas vascas y compré otra. Para Ramón, para dársela cuando vuelva a verlo.

* * *

Cuando Lorenza anunció en Madrid que estaba dispuesta a trasladarse a Buenos Aires para militar adentro, le encomendaron la tarea inmediata de llevar en el avión, camuflados, unos microfilms, unos pasaportes de distintas nacionalidades y unos dólares en efectivo, no recordaba cuántos, en todo caso muchos, o al menos en ese momento le había parecido que era una cantidad enorme. Todo eso para entregárselo a él, a Forcás. Cómo lo busco, había preguntado, y le dijeron vos no lo buscás a él, él te encuentra a vos.

—Mieeeerda —le dijo Mateo—, mi papá, el Indiana Jones de la revolución. Qué videos te montas, madre.

No debía llevar encima números telefónicos o nombres de contactos. Tendría que llegar a cierto hotel, donde la contactaría la organización. Le habían dicho que iría a buscarla una compañera llamada Sandrita, que le daría alojamiento, le haría el enlace y la pondría al tanto de lo básico para empezar a trabajar. Forcás aparecería después, cuando ella hubiera sorteado los obstáculos de la llegada.

También le dijeron que debía montar un minuto. Preguntó qué era eso, *un minuto*, y resultó ser un cuento verosímil para justificar qué andabas haciendo allá, en caso de que te interrogaran. Decidieron que al principio diría que quería matricularse en Literatura en la Universidad de Buenos Aires y que había venido a hacer las diligencias del caso.

—¿Te acuerdas del monstruo de Gila? —cambió de tema Mateo, como siempre que se saturaba de las historias de militancia de su madre. Ella se alegró de abandonar ese campo minado por donde debía transitar con un cuidado agotador, porque a la menor equivocación, lastimaba la susceptibilidad del hijo y él hacía explotar las minas. Al margen de eso, tenían una galería de recuerdos compartidos que no hacían parte del campo de batalla. Uno de ellos era aquel monstruo de Gila que habían visto una vez, cuando vivían en ese rancho aislado en medio de la selva panameña. Apareció una madrugada en la cocina, arriba, camuflado en una esquina de la pared y el techo. Mateo fue el primero en verlo, mientras ella se comía una naranja y él quién sabe qué hacía, a lo mejor mirar hacia el techo. Era un lagartazo gordo y rosado, con manitas. Los compañeros panameños les advirtieron que era un monstruo de Gila y que su mordedura era mortal, y quisieron cazarlo pero se les escapó.

—Parecía un bebé feote —dijo ella.

—Un bebé feote y venenosísimo. Muerde y no suelta, el hijueputa. Y además mastica —dijo Mateo—. Mejor dicho te mastica, para que te entre el veneno y te mate bien matado. Tanto soñar yo pesadillas con monstruos inventados y ahí en Panamá me encontré con ese de Gila, que era uno de verdad. ¿Y recuerdas la serpiente suicida? Esa serpiente suicida es lo más increíble que he visto.

Fue en el mismo rancho de Panamá. Estaban dormidos en las hamacas y los despertó un ruido silbante, extraño, como si alguien estuviera pegando latigazos. Era una culebra verde y grande, de metro y medio o así, que se azotaba a sí misma contra la pared; un bicho pavoroso y demente que estaba haciendo una cosa muy rara. Mateo y Lorenza lo contemplaban con los ojos como platos, paralizados entre sus hamacas, mientras a unos pasos de distancia esa cosa loca se levantaba sobre la cuarta parte posterior de su cuerpo, como si se parara, y se dejaba venir contra la pared con velocidad de látigo. Como si quisiera suicidarse. De pequeño, Mateo contaba esa historia diciendo que los compañeros habían tenido que *maniatar* a la culebra para sacarla de ahí. Como si las culebras tuvieran manos.

—Mis amigos no me creen cuando les cuento que una vez vi en mi propia casa una culebra suicida. Pero sí que la vimos, Lolé, la vimos tú y yo. ¿Estaría tratando de quitarse la piel? Me gustaría conocer a un biólogo que me explicara qué era lo que estaba haciendo el animal ese.

* * *

Mateo y Lorenza salieron de La Biela y se fueron hasta Corrientes a caminar entre libros y discos y mesas de café. Lorenza se preguntaba dónde habrían ido a parar en tiempos de la dictadura todos los libros de Corrientes, no recordaba haberlos visto, no recordaba haber comprado alguno, ni siquiera haberse parado a ojearlos, quizá porque no había tenido dinero o porque no convenía por seguridad, o a lo mejor sí lo había hecho pero esa era una de tantas cosas que no habían quedado en el registro; sus recuerdos de ese entonces se limitaban a la trama central, eran escuetos y apegados a lo sucedido, sin utilería ni escenario, y lo que es más raro, casi sin palabras.

—¿Sientes el olor, Mateo? —preguntó ella—. A moho. Es el olor de Buenos Aires.

Era un olor rancio que tenía algo de aristocrático. Lo había sentido cuando había venido con su padre, y años después cuando había vivido con Ramón, y también ahora, que estaba aquí con Mateo. No era permanente. Nacía en los rincones oscuros y húmedos de la ciudad, los parques sombríos, los peinados de peluquería de las viejas señoras, los vagones del subte, las pilas de libros de segunda mano, y asomaba a la calle por ráfagas. Ahí... acababa de salir por una rejilla, como un vaho. Ahí otra vez, les había pasado por el lado, prendido a la campera de un transeúnte. El viejo olor. Porque los dictadores habían venido y se habían ido, pero Buenos Aires siempre había olido a eso, a abrigo de astracán guardado en un sótano.

—Acerca la nariz a ese libro que compraste —le dijo a Mateo—. ¿Te das cuenta? Huele a Buenos Aires. Llevas en la mano el olor de Buenos Aires. Cuando estás aquí no lo sientes tanto, porque la nariz se acostumbra y ya no lo percibes. Pero cuando te vas viaja contigo, y dondequiera que llegues y abras las maletas, te salta a la cara y enseguida lo reconoces. Ahí es cuando te pega la nostalgia.

—Pareces guía de turismo, Lolé. Más bien dime qué contenían esos microfilms que debías entregarle a Forcás.

—No sé, no pregunté, ya te dije que preguntar era cosa que no convenía; en todo caso los escondimos entre un tubo de dentífrico al que le habíamos vaciado la pasta, y cuando quise saber qué minuto inventaba si en el aeropuerto de Ezeiza me descubrían tanta cosa que llevaba, los compañeros me respondieron, si eso te pasa rezate un padrenuestro, porque no va a haber minuto que valga.

—¿Nunca has leído *Fundación*? —preguntó Mateo, y sin esperar respuesta arrancó a contar un argumento interminable, como hacía siempre que se leía un libro, se soñaba una pesadilla o veía una película. Una vez que empezaba no podía parar hasta llegar al gran final, y esta vez igual, sólo dejó de hablar cuando su madre le informó que iban más perdidos que turco en la neblina.

—¿Así dicen los argentinos, *turco en la neblina*? —preguntó él.

—Así dicen, es un dicho que tienen.

Lorenza maldecía su incapacidad para orientarse, ese mal que Trotsky llamó cretinismo topográfico, que hace que toda ciudad se te vuelva un laberinto y que ella padecía sin remedio. Por desgracia Mateo le había heredado esa tara, la de vagar al garete por no tener brújula interna. Lo bueno de ser despistado, opinaba él, es que ni siquiera te das cuenta de que estás perdido. Ayacucho,

Riobamba, Hipólito Yrigoyen, llevaban horas caminando por donde quisieran llevarlos los pies, y las calles del centro les bailaban alrededor. ¿Tucumán? ¿Virrey Cevallos? ¿Sarandí?

Ya no iban agarrados de la mano. Hacía varios años que no. Antes la mano del niño cabía en la de ella como si fueran hechas la una para la otra, una mano grande, una manita chiquita, y les gustaba decir que empataban como las piezas del Lego. Pero cuando fue la de ella la que cupo en la de él, Mateo ya no quiso saber nada de eso. Se zafaba enfadado cuando ella lo abrazaba y miraba hacia atrás para asegurarse de que nadie lo hubiera visto en ese trance de pública vergüenza. Entonces Lorenza se contenía para no incomodarlo, pero no se reconocía en esa lejanía que su hijo le había impuesto. Cuando era pequeño andaba siempre pegado a ella, apiñados los dos como entre madriguera de hurones, porque si era a medianoche, lo atacaban las pesadillas y se pasaba a su cama; si era en el mar, quería jugar a lucha de tiburones; si era en la calle, zigzagueaba sobre los pasos de ella metiéndole pisotones con sus tenis de talla sobredimensionada y doble suela de goma. A toda hora los dos, como criatura de dos cabezas y ocho patas, y cuántas veces no habrían estado al tiempo entre el escaso metro cuadrado del probador de una tienda, ella bregando a medirse la ropa mientras él alineaba sus Transformers en el suelo. O en casa, ella tratando de escribir mientras él le aplicaba una llave de ju-jitsu en el brazo, o él mirando su programa favorito de televisión y ella importunándolo con cucharadas de sopa, o él a amarrarle cordones en el pelo, ella a peinarlo, él a no dejarse. Después Mateo se volvió implacable a la hora de delimitar su propio espacio y de marcar distancias; trazó entre los dos una Línea Maginot y no le permitía a ella traspasarla ni un centímetro. Y así debía ser, Lorenza comprendía que así debía ser, y también que hacía ya rato Mateo no era su niño, que no era más un niño, ni suyo ni de nadie, y se daba cuenta de cuánto lo indignaba que ella pretendiera ignorarlo. Mateo tenía razón en su reclamo territorial, lo que pedía era más que justo. Pero a ella esa dureza le arrancaba lágrimas, de las que producen alergia.

—Crees que Ramón ya llegó a su casa de Buenos Aires —preguntó él—. O a su cabaña, esa que debe tener en la nieve...

—O a su bar, ese que debe tener en La Plata. Si quieres, puedes llamarlo desde un teléfono público, traigo el número en el bolsillo.

Él negó con la cabeza. Sin saber cómo, dieron las once de la noche y apareció frente a ellos el Obelisco, partiendo en dos el resplandor rojo de un aviso gigante de Coca-Cola y chuzando con su punta la oscuridad. ¿Pero a qué hora se les había hecho tan tarde aquella noche? Solía sucederles así, ya no caminaban abrazados pero la conversación entre ellos era tan envolvente como un abrazo, tan cerrada que el tiempo se les iba sin saber cuándo y el mundo quedaba relegado a telón de fondo, y así siguieron caminando por ahí, a la buena de Dios, a ratos divertidos, a ratos tirándose los trastos por la cabeza, y cuando ella creyó reconocer a Santa Fe, estaban en cambio otra vez en Avenida de Mayo.

—No hay caso, Mateo, conformémonos con dar las vueltas del perro.

—Pero si viviste aquí un buen poco de años, Lorenza, cómo es posible que te pierdas en esta ciudad.

—Hasta en Bogotá me pierdo. ¡Atención! ¿Sentiste el olor? En esta esquina huele otra vez a Buenos Aires.

Fueron a parar a una calle sucia y atestada de cines y night clubs que resultó ser Lavalle. Se movían con aprensión por entre neones pálidos que no alcanzaban a caldear la noche, esquivando manos que pretendían entregarles pases para los espectáculos de striptease.

—Alejémonos de aquí, Lorenza, este lugar está muy border, o mira, mejor metámonos a ese cine, están dando una de terror.

La película les resultó un pifiazo pero eso dejó sin cuidado a Mateo. Cuando su madre sugirió que desertaran, respondió que mejor aguantaran hasta el final. Ella pensó que su hijo era capaz de cualquier cosa, hasta de soportar una película infame, con tal de aplazar la llegada a ese cuarto de hotel donde en algún momento tendría que hacer una llamada que no encontraba cómo.

* * *

—Ramón debe pensar que soy un débil —dijo Mateo—. Un debilucho sin carácter. Debe pensar que como él no me crio, yo soy un imbécil. Me gustaría contarle que en Roma le di en la jeta a un tal Joe Ferla. Cuando se lo cuente me apoyas, le dices que debe creerme, porque es cierto.

Cuando vivían en Roma, la secretaria del rector del Istituto donde estudiaba Mateo había llamado un día a Lorenza para decirle que el niño había tenido un *scontro di una inammissibile aggressività* con otro muchacho, y que al rector le urgía hablar con sus padres. A Lorenza le sonó extraño; desde pequeño su hijo tenía buena contextura pero no era ningún matón, ni dado a irse a los puños o a las patadas. La era de las grandes iras le vendría después, con la adolescencia; de niño había sido tranquilo y complaciente. El Istituto romano quedaba en el EUR, y durante la larga trayectoria en metro que Lorenza tuvo que hacer del centro hasta allá, para cumplirle la cita al rector, fue haciendo memoria del único antecedente que tenía que ver con actitudes agresivas de Mateo. Algo que había ocurrido años antes, en la escuela a la que había asistido en Ciudad de México.

—Fíjese no más —le había dicho en ese entonces la profesora mexicana, preocupada por el contenido de los dibujos de Mateo, mientras exhibía sobre una mesa todas las cartulinas que había pintado a lo largo del semestre—. No hay una sola en la que no haya representado armas, guerras, agresiones, sangre…

Los dibujos sí impresionaron a Lorenza, pero más bien por coloridos y por lindos, y así lo expresó.

—Me parece que pinta bien, mi Mateo…

Pero la maestra no estaba interesada en valoraciones estéticas, lo de ella era la alarma por los impulsos violentos que afloraban en esos trabajos, que indicarían la urgencia de asesoría psicológica. Decía que Mateo debía estar perturbado por *situaciones ásperas*, fueron sus términos, que quizá habría presenciado en Colombia. Lorenza se quedó callada y recogió los dibujos, uno por uno, con la devoción con que toda madre recoge los trabajos manuales de un hijo, como si fueran obras de museo. Esa misma noche extendió los dibujos por el piso de la sala para mirarlos con Mateo, que por ese entonces debía tener siete años.

—Dice tu profesora que son agresivos —le dijo—. ¿Tú qué opinas?

—¿Cómo así, agresivos?

—Bueno, ella dice que pintas unos tipos que están atacando…

—No están atacando, Lolé, se están defendiendo. Es muy distinto.

Era una explicación contundente. Ciertamente en esas pinturas se estaba librando una guerra, por lo demás sangrienta; ese punto había que concedérselo a la maestra. Pero también era cierto que todos los personajes estaban en actitud defensiva. Lo cual también preocupó a Lorenza; se desveló esa noche pensando de qué tendría que defenderse su hijo con tanto ahínco, y a la mañana siguiente se lo preguntó a la hora del desayuno.

—¿Para qué tanta fortaleza y tanta armadura, Mateo? Digo, en tus dibujos... Todos esos escudos y esos yelmos...

—Nunca se sabe, es mejor estar prevenidos —su respuesta fue más bien vaga, así que ella intentó una aproximación desde otro ángulo.

—¿Y crees que tus personajes saben defenderse bien? Digo, ¿serán resistentes sus fortalezas?

—No te preocupes, Lolé, son in-fran-quea-bles —dijo Mateo, cuidando de no saltarse ninguna de las sílabas de esa palabra complicada, y salió corriendo hacia el camión que lo llevaba todos los días a la escuela.

El rector del Istituto romano le dijo a Lorenza que Mateo le había pegado a un compañero llamado Joe Ferla. Ya sabía ella quién era, porque más de una vez Mateo había regresado descompuesto de la escuela porque Ferla le había metido un cigarrillo entre el pupitre y por poco le quema los cuadernos, o lo había chuzado con un lápiz.

—Y a mi hijo, ¿qué le pasó en la pelea? —le preguntó al rector.

—Poca cosa, *signora.* Recibió unos cuantos golpes y tiene un moretón en las costillas.

—Mi Mateo es un buen muchacho, *signor diretto-re*, y en cambio entiendo que Joe Ferla es un *malandri-no* —el término *malandrino* era excesivo para la ocasión, pero fue el más cercano a *matón* que encontró en su pobre vocabulario italiano.

—Malandrino no —la corrigió el rector, amablemente—, digamos con más precisión que Ferla es un muchacho con pautas de comportamiento alteradas. De hecho, tiene matrícula condicional por actos repetidos de agresión contra distintos niños. En cambio a Mateo es la primera vez que le vemos ese tipo de desmanes.

—Ahí tiene. Entonces no me sorprende que un buen tipo, como Mateo, acabe perdiendo la paciencia frente a las pautas alteradas de Ferla.

—Pero lo grave no es tanto que le haya pegado a Ferla, es la brutalidad con que lo hizo. Lea, por favor, el parte médico.

Fractura de clavícula, hematomas en la cara, corte de dos centímetros sobre la ceja izquierda. Mejor dicho, Mateo le había propinado a Ferla una soberana paliza.

—Ha crecido mucho en los últimos meses —lo justificó Lorenza—. Pasó rápido de ser un chiquito a ser un grande, aún no tiene noción de su propia fuerza...

—Puede ser, *signora,* pero lo grave es que eso tampoco fue lo más grave, lo más grave fue la alevosía con que me respondió cuando quise reprenderlo.

—Lo siento mucho, *signor direttore*. ¿Puedo preguntarle qué le dijo mi Mateo?

—Cuando le dije que habría que llamar a su padre para informarle de lo sucedido, me respondió de manera altanera *se vuol lamentarsi con mio padre, dovrá andare a cercarlo in carcere.*

—Mateo no lo estaba ofendiendo, *signor diretto-re*, le estaba diciendo la verdad. No sabemos dónde está su padre, pero sospechamos que puede estar preso. De todas maneras, lamento lo que ocurrió.

—Antes de que se vaya, *signora* —le dijo el rector cuando ella iba ya de salida—, quiero que sepa que hubo algo bueno en todo esto. Mateo apenas está aprendiendo el italiano, pero esa frase me la dijo con buen acento y sintaxis correcta.

* * *

—Esa parte de la historia me gusta, Lolé, la del aeropuerto de Ezeiza, cuando tus compañeros te dicen *rezate un padrenuestro porque no va a haber minuto que valga*, me suena bien así, sin tilde en la e, *rezate*, como hablan los argentinos; es una frase bien de película. Y ahora repite lo del diario.

—¿Qué es lo del diario?

—Lo que te advirtieron, que no leyeras periódicos en el avión, ni tampoco después, en un café o en el metro, porque cualquier mujer que leyera el diario era sospechosa. ¿Y qué te pasó al fin de cuentas en el aeropuerto, digo, con los microfilms y eso?

Durante todo el vuelo, Lorenza se había defendido de la muerte de su padre parapetándose en una especie de sopor, como si su mente se hubiera apagado durante esas horas detenidas allá arriba, entre las nubes. Iba mecida en su letargo, como cuando ante el ataque de una migraña te quedas callado e inmóvil, casi desaparecido, esperando a que el enemigo se olvide de ti y pase de largo. Pero al aterrizar la despabiló el sacudón del avión al tocar suelo: estaban en Argentina. Y justo entonces la invadió el desasosiego y empezó a preguntarse qué diablos hacía ahí, qué estupidez era esa, para qué se había metido en semejante enredo. De repente su participación en esa historia le parecía irreal y traída de los pelos, y el miedo la paralizó. Una de las últimas campañas que había ayudado a organizar en Madrid había sido por la aparición con vida de un matrimonio y sus dos hijas, bajados a la fuerza de un avión cuando estaban a punto de alzar vuelo hacia Suecia. *Morituri te salutant*, iba diciendo mentalmente Lorenza mientras el avión carreteaba hacia la boca del lobo, *nevermore*, hasta aquí te trajo el río, *this is the end, my friend.*

—El miedo paraliza, Mateo. ¿Has visto? —le preguntó—. No es metáfora, puede suceder de verdad.

Le dio por sentir que no podía mover las piernas. Su cabeza, más decidida, se ordenó a sí misma que adelante, que había que hacer lo que había que hacer. Pero sus piernas no opinaban lo mismo. Querían quedarse donde estaban, en ese asiento de avión, y buscaban cómplices para el saboteo; invitaban a las manos a no desabrochar el cinturón de seguridad e intentaban ganar para su causa al resto del cuerpo mandándole mensajes engañosos, este avión es tu última cápsula protectora, le decían, mejor quédate aquí, no te muevas de tu silla. En esas debió permanecer unos cuantos minutos, como quien se detiene al borde del trampolín buscando fuerzas para saltar al agua. Ya luego se sobrepuso y cuando atravesó los controles iba tranquila, otra vez casi entregada al letargo, así que no se alteró ni cuando la requisaron, cosa que hicieron por encima, ni cuando la interrogaron, que tampoco fue mucho, apenas las preguntas de rutina.

—Y es que detrás de todo estaba lo otro, la muerte del papaíto, que me había dejado blindada; la verdad es que entré a Argentina convencida de que no podía pasarme nada peor de lo que acababa de pasarme con su muerte.

Sus primeros días en Buenos Aires habían sido así; iba haciendo las cosas como flotando, como si no fuera del todo ella la que estuviera en esas. Se sentía actuando sobre un escenario y esa sensación de extrañeza, de representación, la acompañó durante los primeros meses.

—¿Aurelia, yo? ¿Aurelia clandestina en Buenos Aires? Eso me parecía como muy teatral.

La primera vez que sintió en carne propia, como un pinchazo, que la dictadura existía y que apretaba, la primera vez que comprobó que tras bambalinas el monstruo respiraba envenenando el aire, no fue porque viera milicos allanando una casa, o deteniendo, o disparando. Fue más bien una tarde en un café cualquiera, más o menos a la semana de haber llegado, cuando se percató de la desaprobación y la ira con que unas personas mayores miraban a una pareja de jóvenes que se estaban besando en una de las mesas. Poco después, iba por una avenida en una de las últimas tardes de ese otoño, y como hacía algo de calor, llevaba puesta una falda de algodón ligero con la que se le debían transparentar un poco las piernas, pero un poco nada más, y al subirse a un colectivo escuchó el insulto, agudo, vibrante de indignación, que le gritaba un hombre desde la acera: ¡Vestite, puta, o andate a un cabaré a mostrar las gambas! Ahí supo que la dictadura no solamente la ejercían los militares, sino también una parte de la población sobre la otra, y que no sólo era política sino también moral, como un agua podrida que iba impregnándolo todo, hasta los pliegues más íntimos de la vida.

* * *

—Qué tanto hacía Ramón en Bariloche, mejor dicho, antes de que tú lo conocieras —preguntó Mateo.

—Había trabajado allá como guía de alta montaña, supongo que por temporadas; me parece que era el único oficio que había desempeñado en su vida, aparte de la militancia.

Ramón arrullaba a Mateo recién nacido contándole historias de las montañas de Bariloche. Como quien dice, le cantaba nanas al bebé para dormirlo, sólo que en vez de eso, le contaba cosas de allá. Le hablaba de unos bloques de hielo monumentales que se desprendían del cerro Tronador produciendo un rugido como de trueno, y de una taberna en el pico del cerro Otto desde donde podías contemplar el mundo entero, todo cubierto de nieve, mientras te servían chocolate caliente frente a una gran chimenea prendida. Le contaba de una cueva natural donde se refugiaron unas monjas eslovenas durante una avalancha de nieve, para salir con vida cuatro días después.

—Pero yo no entendía esas historias —dijo Mateo.

—Y cómo, si eras un bebé. Pero él te las contaba igual, y yo las oía y luego te las repetí, cuando ya tu padre no estaba y tú eras más grande y las podías entender. Me parece que aparte de las montañas de Bariloche, que lo llenaban de añoranza, tu padre era un hombre sin recuerdos.

A ella le había hablado poco, o nada, del pueblo en que nació, de los amigos que tuvo de niño, de las novias de su adolescencia. O no tenía recuerdos, o no se los contaba. O se los contó y fue ella quien los olvidó, y quizá por eso ahora le resultaba tan difícil decirle al hijo cómo era el padre. A esas alturas ya ni ella misma lo sabía, o a lo mejor nunca lo supo. Y al fin de cuentas no era tan raro que Forcás no tuviera recuerdos, si por ese entonces todos ellos funcionaban un poco así. No eran épocas para remembranzas. Demasiada tensión para andar cultivando jardines interiores.

—Yo me he construido un cuento, o me he inventado un recuerdo. De Ramón. Un recuerdo que me gusta —dijo Mateo—. A lo mejor es real, no sé. Se trata de una presencia grande, que debe ser él, de manos grandes, que me acuesta en una cuna en la nieve. Pero no tengo frío, estoy calientico, y ese hombre grande me da el tetero, mejor dicho esas manos grandes sostienen el tetero y yo veo mucha luz.

—Eso pasaba tal como lo dices. Tu recuerdo es real. Cuando estuvimos los tres en Bariloche, tú ya tenías dos años y medio y él te llevaba en hombros durante las caminatas que hacíamos por la montaña. Eran días de nieve, no demasiada, y también de sol, y al llegar a un pico bien alto, a él le gustaba ahuecar la nieve en forma de cuna, recubrirla con su gamulán y el mío y acostarte ahí, a que te tomaras la leche y durmieras un rato. Fíjate que yo conservo en la mente otra imagen tuya con tu padre en Bariloche, ambos con gorros de lana y botas de piel, y allá al fondo los resplandores de la aurora boreal.

—¿Ves? Ya empezaste a exagerar. Te digo que tengo un recuerdo bueno, uno solo, y ya tú corres a adornar toda la historia con resplandores. Hasta al patán de mi padre le pones resplandores, como si llevara aureola de santo. Carajo, Lorenza, cómo inventas. Ni siquiera hay aurora boreal en Bariloche; cerca del Polo Sur lo que hay es aurora austral.

Mateo se quedó callado, mirando hacia ninguna parte. Se había disgustado con su madre, como solía suceder cuando hablaban de Ramón. La cosa empezaba bien, seguía bien, subía un poco la temperatura, seguía subiendo hasta que él estallaba, y luego venían largos silencios.

—Borro las auroras y los resplandores —dijo ella, tras dejar pasar un tiempo prudencial.

—Es que no quieres entender que mi cuento con mi papá no es un cuento feliz, yo tengo un dolor con eso y tú no me dejas tener mi dolor, ¡y eso me duele! —a Mateo el malestar se le enredaba en un trabalenguas—. Hay otra cosa que tampoco hay en el Polo Sur —dijo al rato—. Osos polares.

—¿Verdad?

—Te lo juro, ni oso polar ni aurora boreal. Pero no creo que a estas horas Ramón todavía ande por fuera, con el frío que debe estar haciendo allá. Creo que ya entró a su casa y prendió la chimenea. ¿Cierto que tenía chimenea la casita que alquiló esa vez, en Bariloche?

—Tenía una chimenea que debíamos mantener prendida toda la noche, porque no había calefacción. A veces se apagaba mientras dormíamos y nos despertaba el aire helado. Si este es el frío de la vida, cómo será el de la muerte, decía tu papá; quién sabe de dónde habría sacado ese dicho. Le gustaba repetirlo siempre que hacía frío.

—¡Si este es el frío de la vida, cómo será el de la muerte! —repitió Mateo, ahora contento—. Así decía mi papá, ¿cierto, Lolé? Y allá en Bariloche cortábamos leña para volver a prender la chimenea, que se había apagado... A lo mejor en este preciso momento Ramón se acaba de quedar sin leña y está saliendo al bosque para traerse un buen cargamento que le dure toda la noche.

—¿Y si está en La Plata, kiddo loco? ¿Y si está aquí en Buenos Aires, como indica la guía telefónica?

* * *

Lorenza llevó a Mateo a pasear por Puerto Madero, a la orilla del río, un lugar de moda, iluminado y resplandeciente, lleno de gente, de cafés y restaurantes. Le contó que antes aquello había sido el puerto, el puerto de Buenos Aires, y que ahí había tenido ella reuniones clandestinas con los estibadores.

—Quiénes eran los estibadores.

—Los que cargaban y descargaban buques; bueno, los buques que todavía llegaban, de vez en cuando. Por aquí mismo, donde estamos ahora, por aquí más o menos, entre un cablerío revuelto y un poco de canecas rotas, por aquí nos reuníamos.

Por aquel entonces, el puerto había quedado reducido a un lugar fantasmagórico, casi abandonado, y los docks estaban medio vacíos. Ella le explicó al hijo que se llamaban docks, o depósitos, esas construcciones de ladrillo rojo que veían alrededor, ahora transformadas en grandes restaurantes. La dársena que ella había frecuentado era poco más que un cementerio de grúas, de carcasas inservibles, de cajas de madera por ahí tiradas; sombras de esa Argentina rica y exportadora que había dado en llamarse a sí misma *el granero del mundo*. Ahí se encontraba Lorenza con ellos, con los estibadores, entre los fierros oxidados y la bruma que venía del río. Por lo general eran seis o siete, medio desocupados y en desuso ellos también, y la esperaban enfundados en sus camperas gruesas, oscuras, con las manos hundidas en los bolsillos. Allí mismo hacían la reunión.

—Y si los pillaban reunidos y hablando de esas cosas, ¿no los desaparecían, o algo así?

—Algo así. Pero para que no nos pillaran estaba el minuto: un asadito. Para quien pasara por ahí y nos viera, no estábamos haciendo más que un asadito.

—Ustedes se hacían los que comían...

—Comíamos de verdad. Organizábamos unas brasas, encima colocábamos una reja y ahí poníamos a asar unos chorizos que nos comíamos con pan y vino ordinario. Mientras tanto conversábamos en voz baja sobre lo que estaba sucediendo, sobre lo que la prensa callaba. Ellos nos contaban su tragedia y nosotros les contábamos la nuestra. Mejor dicho, conspirábamos.

—Así que eso es conspirar. Y qué daño podía hacerles a los de la Junta Militar que ustedes estuvieran ahí escondidos, comiendo chorizo y hablando mal de ellos.

—Bastante daño, aunque no lo creas. La dictadura necesitaba del silencio como tú del aire, el solo hecho de juntarse para conversar de ciertas cosas era de por sí una manera de resistir.

—De qué conversaban.

—Les informábamos sobre los chupaderos, por ejemplo, unos pudrideros donde los militares torturaban y asesinaban sin que se enterara la opinión pública. O les pasábamos noticias frescas de la insurrección contra Somoza, en Nicaragua. De eso la prensa no decía nada, y era lo que a los estibadores más les gustaba escuchar. Me decían, cuentenós, compañera, ¿avanzan los sandinistas? Les parecía increíble que fuera posible sacarse de encima a los tiranos, que en otra parte del mundo la gente se hubiera insurreccionado contra la tiranía y la hubiera derrocado. Algunos hasta me daban algo de dinero, tome, me decían, esto es para que les haga llegar a ellos, a los que están peleando allá, en Nicaragua.

—Pues sí, muy bien. Pero no sé, Lolé, de todas maneras no me parece tan útil.

—Difícil medir qué tan útil era eso que hacíamos. A lo mejor tienes razón. Claro que aparte de ser extranjera yo era militante de base, ten eso en cuenta. De la puta base, como decíamos. Yo me movía al detal, y supongo que los de la dirección se movían al por mayor. Además teníamos dirigentes obreros que sí estaban en lo fino, en la mera boca del lobo, bregando a serrucharle las patas a la dictadura desde los sindicatos. De todas maneras el asunto era infinitamente complicado, infinitamente infinitesimal.

Cada mes el partido sacaba un periódico clandestino, en una imprenta clandestina, con mucho riesgo y una cadena interminable de dificultades. Lo distribuían uno por uno, dedicándole varias horas a la tarea: le quitaban el celofán a una cajetilla de cigarrillos, la abrían por abajo, la vaciaban, enrollaban cada una de las ocho páginas del periódico hasta que quedaba del tamaño de un cigarrillo, llenaban la mitad de la cajetilla con cigarrillos falsos y la otra mitad con verdaderos, la cerraban y volvían a colocar el celofán. Era un viejo truco de vendedores de marihuana que ellos habían copiado para burlar la represión. Un periódico por vez, para un solo contacto, con frecuencia teniendo que atravesar la ciudad para entregárselo.

—Esas ocho páginas que imprimíamos eran un buen poco de palabras, Mateo, ¿te das cuenta? Palabras, que tanto escaseaban. Haz de cuenta el delivery boy de la pizzería, ring, ring, mándenos una de mozzarella con anchoas, y hasta allá íbamos con nuestro periódico, llueva, truene o relampaguee, y a lo mejor no decía gran cosa y llegaba frío y mojado, pero allá íbamos.

—El cuento del periódico está bueno, pero el de la bruma sí es invento tuyo, eso de que los estibadores te esperaban entre la bruma.

—Claro que había bruma. Todavía debe haber. Dentro de un rato vas a ver cómo sube.

* * *

El domingo, cuando se cumplían cuarenta y ocho horas de ocurrido el episodio oscuro, Lorenza seguía cautiva en la camisa de fuerza de su propia angustia.

—Te vas a enloquecer si no buscas ayuda —le decía la mamaíta, pero ella ni oía ni respondía, sólo recorría la casa de arriba abajo como un león enjaulado, con la frecuencia cardiaca a mil, el pulso alterado y las manos heladas. No habían logrado que durmiera, o siquiera que se recostara un rato, ni tampoco que comiera, porque rechazaba cualquier alimento diciendo que estaba atragantada. En una foto que le tomaron una semana después, para un documento de viaje, se la ve con ojos desmesurados de animal acorralado y facciones afiladas por el medio kilo diario que por entonces venía perdiendo. Aunque se negaba a ver a un psiquiatra, la mamaíta y Guadalupe se empeñaron en ello y de alguna manera lograron llevarla al consultorio de uno muy conocido, el doctor Haddad, especializado en tratar familiares de secuestrados, quien pese a ser domingo accedió a atenderla inmediatamente.

Lorenza entró a ese consultorio a las once de la mañana, mirando hacia todos lados y hacia ninguna parte, tampoco allí quiso sentarse y dejó que fuera su madre quien le explicara al médico lo que había sucedido.

—Yo no quiero ni contarle mis historias, ni escuchar sus teorías. Sólo quiero encontrar a mi hijo —fue lo único que Lorenza le dijo.

—Y por qué tan antipática, Lolé —le pregunta Mateo—, qué te había hecho ese hombre.

—Nada, yo ni lo conocía, pero andaba atravesada como un demonio. Cómo sería que esa tarde, o al día siguiente, le pegué a tu tío Patrick una trompada.

—Mierda, y eso por qué.

—Porque dijo o porque no dijo, porque hizo o porque no hizo, vaya a saber.

—¿Y te la devolvió?

—No, cómo crees. También él trataba de ayudar y todos lidiaban conmigo como podían. Yo estaba hipersensible. Estaba hecha un bicho susceptible y desquiciado. Pero es que además no quería ver a ese psiquiatra, o psicoanalista, lo que fuera. Ni a ese ni a ninguno, ni antes ni después; es la hora en que, aparte de ese día, nunca me he sentado en un diván. Claro que ahí tampoco me senté porque todo el tiempo estuve parada, tratando de contenerme para no estallar de impaciencia, para no gritarle a ese señor que hablar con él me parecía una perdedera de minutos preciosos.

El doctor Haddad las hizo salir del consultorio y les pidió que aguardaran un momento en la salita. Cuando volvieron a entrar, diez o quince minutos más tarde, el hombre tenía las gafas puestas y en la mano los varios pliegos de la carta de despedida que había dejado Forcás. Al parecer, había estado todo ese rato leyéndola.

—¿Tú se la habías dado? —pregunta Mateo.

—No, yo no, ya te digo, yo andaba demente. Supongo que se la había dado mi madre, o tal vez Guadalupe.

—Y el doctor qué dijo.

—Dijo la cosa más insólita, no sé cómo se salvó de que yo me le fuera encima también a él a los sopapos, porque lo que dijo me cayó como una patada en los riñones.

Esta es una carta de amor, dijo.

* * *

Ya llevaba Aurelia doce días en Buenos Aires, en el departamento que compartiría con Sandrita en la calle Deán Funes, y seguía con el montón de dólares entre la maleta. Y los microfilms entre el dentífrico y los pasaportes debajo del colchón. Sandrita se estaba inquietando, decía que un allanamiento y estaban muertas.

—Nada que aparecía Forcás. Ya estaba yo dudando de que existiera de veras, como en esa pieza de Ionesco en la que los personajes anhelan la llegada del Maestro y el Maestro nunca aparece. O como en *Esperando a Godot*, de Beckett: cuando por fin llega Godot, los demás descubren que no tiene cabeza. A lo mejor Forcás no tenía cabeza —dijo Lorenza.

—Eso explica todo —dijo Mateo—. Forcás no tiene cabeza.

A través de un contacto le mandaba decir a Sandrita que le dijera a Aurelia que dentro de poco, que ya casi. Pero pasó otra semana y nada. Hasta que el sábado llegó Sandrita a casa con dos cajas de raviolis, y cuando Aurelia le preguntó para qué dos, si con una les bastaba, le respondió que no eran para comer sino para camuflar entre los raviolis lo que al día siguiente le entregaría a Forcás. O sea que el domingo al mediodía, Aurelia tendría por fin cita con él. Y debía prepararse. Entre las dos vaciaron las cajas y las rehicieron: primero una capa de raviolis, encima un par de pasaportes, otra capa de raviolis, otros dos pasaportes; doble capa de raviolis y la tapa. Y un cordelito para amarrar bien la cosa. Sandrita le aseguró que podía estar tranquila, que nadie iba a notar nada.

—Pero es que además tengo que entregarle unos dólares —le confesó Aurelia.

—Por qué no me lo dijiste, los hubiéramos metido entre las cajas.

—Son muchos dólares.

—Cuántos.

—Muchos. No hubieran cabido.

La cita sería en la confitería Las Violetas, en la esquina de Rivadavia y Medrano. O sea que Aurelia tendría que ir hasta un punto del mapa que se llamaba Rivadavia y Medrano, ella, o sea Lorenza, que no sabía llegar ni a la esquina.

Sandrita la acompañó hasta allá esa misma tarde, la tarde del sábado, como quien dice en un reconocimiento de terreno, para que al día siguiente Aurelia pudiera llegar sola sin problemas.

—Y a él, a Forcás, ¿cómo lo reconozco? —preguntó.

—Un poco antes de las doce, vos entrás a Las Violetas y te sentás en una mesa. De espaldas a la puerta no. Nunca te sientes de espaldas a la puerta. Siempre mirando hacia la puerta, por si llega la cana. Para que no te agarre desprevenida. Te sentás en una mesa en un lugar más bien visible. Ponés las cajas de ravioles sobre la mesa. Esperás a que Forcás se te acerque.

—Y cómo sabe que yo soy yo.

—Allá él. Ya debió averiguar cómo es tu aspecto, y si tiene dudas, te va a reconocer por las cajas; ya sabe que le llevás ravioles.

Segunda regla: para esa cita, como para todas, el margen de espera era de diez minutos. Si a las doce y diez uno de los dos no había llegado, el otro presuponía que habría caído y se iría, antes de que lo agarraran también. Tercera, después de una cita nunca regresar a casa, o acudir a otra cita, sin tomar antes más de un subte o caminar algunas cuadras por otros rumbos, para contrachequear que no lo vinieran siguiendo. Cuarta, portar siempre los documentos de identidad. Siempre. No ir nunca indocumentado, ni siquiera a la panadería de al lado.

—Eso está claro. Ahora dime cómo es —le preguntó Aurelia.

—Cómo es qué —dijo Sandrita.

—Cómo es Forcás.

—Es un lindo tipo, si eso es lo que querés saber.

—Todos los argentinos son lindos tipos.

—Pero este tiene veintitantos años, pelo y ojos color miel, espalda ancha. Lindo tipo, te aviso.

—¿Señales particulares? ¿Defectos?

—Nadie es perfecto. No es muy alto y además tiene las piernas arqueadas, como si se acabara de bajar de un caballo.

Las Violetas, una confitería de principios de siglo, le pareció a Aurelia un lugar demasiado romántico para una cita política. Se trataba de una verdadera joya del art nouveau, adornada y primorosa como una caja de bombones. Ella andaba nerviosa, suponía que por lo que tenía que hacer al día siguiente. O por culpa del atardecer que en ese momento caía sobre Buenos Aires, o de los vitrales iluminados de Las Violetas. O por culpa del tal Forcás, a quien iba a conocer al final de tanta espera.

Después de tomarse un té en Las Violetas, Aurelia y Sandrita caminaron unas cuantas cuadras y entraron a un bar donde se tomaron otro té, durante una corta cita de control con un compañero de la regional que les contó los rumores que circulaban sobre el fiasco que se había llevado en Italia el jefe de la Junta argentina, el general Jorge Rafael Videla. El boca a boca que corría por Buenos Aires era que el Papa le había echado en cara a Videla la desaparición forzada de cientos de personas, y que la prensa italiana lo había recibido con la divulgación de la existencia de los chupaderos. Ya de regreso a casa, mientras daban vueltas para cumplir con la vigilancia de rigor, Sandrita y Aurelia respiraban hondo el aire de esa noche excepcional a partir de la cual había empezado a derretirse, gota a gota, como el hielo del cerro Tronador, el silencio que hasta entonces venía amparando los crímenes de la dictadura.

En cierto punto se separaron y Aurelia tomó un taxi hasta Belgrano R, uno de los barrios ricos de la ciudad. Timbró a la puerta de una pareja de colombianos amigos de su madre, que vivían en Buenos Aires y con quienes ella le había enviado desde Bogotá unos papeles que debía firmar y devolverle lo antes posible por correo certificado. Tenían que ver con los trámites de la herencia que su padre acababa de dejarle, una finca en la sabana de Bogotá.

—Una finca que tú no llegaste a conocer y que se llamaba San Jacinto —le dijo Lorenza a su hijo—. Era un lugar primoroso, un vallecito anegado en niebla entre dos ramas azules de cordillera.

Junto con los documentos, la mamaíta le había enviado dinero y una carta donde había escrito, con su letra bella y clara, unas cuantas palabras perplejas por la pena. Pero además le había mandado de regalo un par de zapatos Bally, de tacón alto y gamuza color uva, que tantos años después Lorenza recordaba como si los estuviera viendo. Amorosa mamaíta, tener cabeza pese a todo para regalos, pero qué loca mandarle unos Bally, a quién se le ocurría semejante despropósito.

Claro que en el partido argentino todas debían andar bien arregladas, no como en Bogotá, o en Madrid, donde se dejaban venir con el identikit completo: jeans desteñidos, chaqueta militar, mochila indígena y unos zapatotes de cordones y poderosa suela de goma, como de obrero de la construcción, que su padre llamaba *tus boticas de comunista*. En Argentina había que disfrazarse justamente de lo contrario, peinarse con cuidado, echarse perfume, ponerse medias de seda, cosas femeninas. Hasta las uñas se pintaban, por precaución. Debía ser la única vez en la vida que Lorenza se había pintado las uñas. Pero los Bally, no. Los Bally se salían del perfil, ya eran demasiado.

—Qué oso, y ahora con San Jacinto te habías vuelto terrateniente —se burló Mateo.

—Me tiraba a matar con tal de que los compañeros no me vieran como niña bien que anda jugando a la revolución. Claro que de todos modos así debían verme.

—¿Y los colombianos?

—Qué colombianos.

—El señor y la señora que te llevaron los zapatos que no te gustaron.

—Sí me gustaron, eran divinos, sólo que no iba a ponérmelos ni a palo.

La pareja de colombianos de Belgrano quisieron que Lorenza entrara a cenar con ellos, una cenita muy sencilla, le advirtieron, una cosita de nada aquí en familia, y le sirvieron una omelet de queso con champiñones. Por supuesto no sabían nada de lo que ella andaba haciendo en esa ciudad; creían que estaba estudiando porque eso era lo que les había dicho la mamaíta. Mientras comían, conversando de nada, básicamente de perros y de caballos, la señora comentó, así como al paso, que el general Videla era un extraordinario jinete, una verdadera estampa cuando montaba a caballo, y que lo admiraba porque estaba cumpliendo un gran papel en la reconstrucción de los valores argentinos. A Lorenza la omelet se le atragantó pero se quedó callada, y la conversación fue regresando poco a poco al terreno seguro de los animales, de las series de televisión que pasaban en Colombia, de las heladas que estaban cayendo por la sabana de Bogotá. El señor andaba como pensando en otra cosa, más bien adormilado, pero de repente se espabiló y empezó a interrumpir a su mujer.

—*Los argentinos somos derechos y humanos* —repetía a cada rato porque la frase le parecía genial, y fue la primera vez que Lorenza escuchó esa consigna, acuñada por la reacción como respuesta a las denuncias que empezaban a circular por el mundo contra la violación de los derechos humanos en Argentina—. Qué vaina tan ingeniosa, ¡derechos y humanos! —repetía el señor—, hay que reconocer que el que se la inventó tuvo un golpe de ingenio, con esa frase les tapan la boca a los detractores de este Gobierno, qué vaina tan importante, carajo.

—Estos generales argentinos son de lujo —aseguraba la señora—, blancos y bien plantados; no como los nuestros, que son paturros y morenitos, pero eso sí tan abnegados, los pobres militares nuestros, les reconozco la abnegación y la capacidad de sacrificio. En cambio estos generales argentinos, hay que ver qué estampa de tipos y qué educación tan refinada, dominan el inglés y el francés, y con regio acento, si vieras, es que, aquí entre nos, son gente divinamente, apellidos de primera. Nunca imaginé que un militar pudiera hablar francés con buen acento, cómo lo iba a sospechar, si en Colombia no hablan bien ni el castellano.

Lorenza escuchaba todo eso sintiendo que la sangre le hervía en las venas. Ay, papaíto, rezaba, que no se me escape ni una palabra, que no vaya yo a soltar un improperio que después me cueste caro, y se tragaba enteros esos sapos, respondiendo a todo *no me digas*. ¿Así que Videla habla bien francés? No me digas. ¿Así que buen jinete, muy derecho y muy humano? No me digas. *No me digas*, esa frase tan bogotana que se pronuncia cuando es uno el que no quiere decir nada. Pero luego ya no aguantó más, inventó que debía asistir a una conferencia en la universidad, agarró su carta, su dinero, sus zapatos y los papeles de su herencia, dio las gracias y se paró de la mesa. Pero ellos, siempre corteses y cariñosos, le pidieron que esperara al postre, îles flotantes hechas en casa siguiendo paso a paso la receta de *Art Culinaire*, no te las pierdas. Cedieron cuando ella se arranchó en que tenía que irse de inmediato, y le dijeron que ahí estaba esperando el chofer para llevarla.

—Mil gracias pero no, me voy en taxi, no se preocupen, tan adorados pero no, cómo los voy a poner en esas, me voy en taxi.

—Cómo te vas a ir en taxi a estas horas, que te lleve el chofer que para eso está, qué problema va a ser, se llama Humberto y es todo un personaje, y dinos, ¿sobre qué es la conferencia?, qué interesante, ¿dónde dices que es, en qué universidad?

—En la de Buenos Aires —inventó ella,

—¿Una conferencia, a estas horas y un sábado? Pero si ya son las diez y media de la noche, qué conferencia va a haber a estas horas.

—Bueno, es más bien un debate —balbuceaba ella, colorada del sofoco—, pero es verdad, qué desastre, se me hizo tardísimo, ya me perdí el debate.

—Entonces qué afán tienes, te comes tranquila tus îles flotantes y te tomas tu tintico. Que es colombiano, por supuesto, ciento por ciento café colombiano, porque eso sí, estos tendrán la mejor carne, ¿pero café? Café sólo el nuestro. Y si quieres nos acompañas a un coñaquito y después sí, Humberto te lleva hasta la propia puerta de tu casa y espera a que estés adentro, así nosotros podemos dormir tranquilos, que no vaya a decir tu mamá que no le cuidamos a la muchachita.

Ya iba Lorenza en el Mercedes de los colombianos con Humberto al volante, y tuvo que mentirle para que no se enterara de su verdadera dirección en Deán Funes. Vamos hacia Recoleta, Humberto, fue lo primero que se le vino a la cabeza, pero enseguida se arrepintió, qué cagada, para qué dije eso, Recoleta como que es el cementerio. Pero no, o mejor dicho sí, Recoleta era el nombre del cementerio más tradicional de Buenos Aires pero también del barrio que lo rodea; la tranquilizó el propio Humberto cuando dijo, ¿así que la señorita vive en Recoleta? La felicito, es un bellísimo vecindario. Bellísimo, sí, gracias Humberto.

Llevaban ya un rato de camino, vaya a saber por dónde, cuando Lorenza preguntó, jugándose su carta de extranjera, ¿ya estamos en Recoleta, Humberto? Y como el chofer le respondió afirmativamente, ella enseguida le dijo, aquí, Humberto, gracias, déjeme en esta cuadra, por aquí cerquita vivo yo, no se preocupe, Humberto, yo camino hasta mi casa, está linda la noche, mejor me echo la caminata, ¿sabe?, para bajar la cena lo mejor es caminar, no se preocupe. Pero Humberto ni de fundas, él sí se preocupaba, había recibido una orden de sus patrones y era de los que cumplen a pies juntillas. No había nada qué hacer, salvo implorar la ayuda del papaíto, porque así le costara la vida ese chofer iba a dejarla en su propia puerta. Y con Humberto ahí parqueado y vigilándola, ¿cómo iba a meterse a alguna de las casas, si por supuesto ninguna era la suya? Si ni siquiera era su barrio, jamás lo había pisado, y con qué iba a abrir la puerta, qué llave iba a tener. Estaba en el aprieto cuando oh, milagro, qué ve, una pareja que sale de un edificio. Esta es la mía, se dijo, ahora o nunca, socorro papaíto, héroes o payasos. ¡Es allí, Humberto, ese edificio de la esquina! Gracias, Humberto, aquí no más, así está bien, pare, Humberto, gracias, ¡pare! Saludes por allá, chao, Humberto, chao.

Se lanzó del automóvil a la acera tratando de alcanzar la puerta del edificio antes de que se cerrara tras la pareja, y lo logró. Estaba adentro. Hora de recuperar el resuello, gracias, papaíto, te la debo, medio segundo más y ya no alcanzo. Cuando el chofer vio que ella ya estaba adentro, se dio por satisfecho y arrancó. Bien, ya salimos del bueno de Humberto. Nos salvamos, papaíto, estuviste estupendo.

Pero ni tan estupendo: la pareja que acababa de salir estaba cerrando con llave por fuera. Desastre. La había dejado encerrada. Coño, esto está oscurísimo, no se ve un cuerno. ¿La luz? Aquí está la luz. Y ahora dónde estará el botón, ese que se aprieta desde adentro para que se abra la puerta. Palpando a ciegas encontró el bendito botón y lo hundió, pero vio que había dos cerraduras distintas y que se había abierto una sola. La otra permanecía cerrada: la aseguran de noche con llave. Nada que hacer, estaba encerrada sin remedio.

—O sea que ahí estaba yo, prisionera en un edificio cualquiera cuando ya iba siendo la una de la madrugada, con la esperanza de que regresara la pareja esa que acababa de salir, pensando que si tenían llave era porque vivían allí, y si vivían allí, algún día tendrían que regresar.

La luz se apagaba cada minuto y medio y ella volvía a prenderla, no porque hubiera algo que mirar sino por lo deprimente que resultaba esperar en la oscuridad, como Audrey Hepburn ciega y con su peinado de bombita escondiéndose del asesino entre una casa apagada. Se sentó en uno de los escalones, que eran de mármol, y se le debieron enfriar los riñones porque le entró urgencia de orinar, encima de todo con la angustia de haberle dicho a Sandrita que estaría de vuelta a más tardar a las once, y ya iban siendo las dos, Sandrita debía creer que estaban torturando a Aurelia. Cayó la extranjera, sálvese quien pueda, debía estar pasando la voz Sandrita, que a lo mejor en ese momento se ponía a salvo tirándose por el balcón. Aurelia tenía que regresar enseguida a Deán Funes pero no se atrevía a golpear en alguno de los departamentos del edificio que la encarcelaba para pedir que le abrieran la puerta de la calle, a esa hora era impensable, así que ahí seguía parada, con su caja de Ballys color uva, los papeles de su herencia y la carta de la mamaíta, con sus palabras tan lindas y tan acongojadas.

—Pudiste salir al final —preguntó Mateo.

—Si no hubiera podido tú no habrías nacido, ¿no ves que al día siguiente iba a conocer a tu padre? Pude escaparme hacia las dos de la mañana, cuando por fin salió un muchacho y aproveché para escabullirme detrás de él.

Esa noche, en el departamento de Deán Funes, Aurelia se quedó despierta hasta el amanecer, dándole vueltas a las cosas en la cabeza. Le había dejado pésima espina la cena con esa pareja de aduladores de la Junta Militar; que dizque blancos y bien plantados, los malparidos generales; que dizque buenos jinetes, semejantes caballos. ¿Valores argentinos? ¿Derechos y humanos? Coño de su madre, unos carniceros, eso era lo que eran. Y dele vueltas a lo mismo, ahí entre esa cama; no la dejaba dormir la humillación de haber tenido que quedarse callada, mejor le hubiera pegado un buen tirón a ese mantel tan bordadito en punto de cruz para que se estamparan contra la pared la omelet de queso y las îles flotantes, y en cambio no dijo esta boca es mía y se fue comiendo bocado a bocado toda su comida, ahí en esa mesa, escuchando malparideces y haciéndose la pendeja, y ahora qué malestar, qué revoltura de estómago, ni que hubiera tragado veneno. Encima Sandrita, como era de esperarse, la había recibido en las espuelas y le había zampado tremendo discurso por llegar a semejantes horas, le dijo que la había hecho pasar un susto de la san puta, que por su culpa había estado a punto de abandonar la casa y dar la voz de alarma, que era una pelotuda, una tarada, una pequeñoburguesa de mierda. Todo eso le dijo y más, con toda la razón pero también por esa costumbre que tienen los argentinos de putear y echar madrazos cada vez que se encabronan.

—¿Ramón también puteaba? —preguntó Mateo.

—Horrible. Entraba a disparar palabrotas con metralleta.

Ya estaba Aurelia más serena cuando Sandrita golpeó a la puerta de su cuarto; había olvidado avisarle que le habían avisado que la cita con Forcás había quedado aplazada hasta el lunes, a las seis de la tarde. Gol de Beckett. Aurelia comentó en voz alta que definitivamente Forcás no tenía cabeza y Sandrita lo tomó por otro lado, entendé que él tiene otras mil preocupaciones, él no está ahí sólo para atenderte a vos, no es que Forcás no tenga cabeza.

—Vámonos a dormir —imploró Aurelia—, van a dar las tres de la mañana.

—¿Me vas a decir vos a mí qué horas son?

—Te pido disculpas, no vuelve a suceder.

Y eso que Sandrita no sabía que ella había dejado su echarpe en casa de los colombianos... Aurelia se dio cuenta muy tarde, en realidad ya entre la cama y en medio de la reprimenda, mierda, pensó de golpe, el chal, dejé el chal donde los colombianos... Se le subió la sangre a la cara y le golpeteó en las sienes, lo habré dejado donde los amigos de mamaíta, o se me habrá caído en el edificio de la encerrona, si fue en el edificio vaya y pase, lo pierdo y ya está, pero si fue donde los derechos y humanos de pronto les da por mandar a Humberto a que me lo devuelva a mi supuesto departamento en Recoleta, y ahí se pillan el sartal de embustes que les estuve contando, y venga a telefonear a Bogotá para regar el chisme, a que no saben quién resultó subversiva. Seguro eran tan sapos que hasta le soplaban su nombre a las autoridades argentinas, no era raro que cosas así sucedieran, tal era el pánico, aun entre los de derecha, que hacían lo que fuera con tal de lamerle a los milicos. Lorenza no volvería a aparecerse jamás donde esa gente, tendría que advertirle a la mamaíta que no le mandara nada más a través de ellos. ¿Y si el chal lo había dejado más bien en el Mercedes? ¿Y si el que la descubría era Humberto?

—Cansona, esa Sandrita —opinó Mateo.

—Cansona no, disciplinada. Tenía razón, si yo seguía de espontánea, nos iban a matar a ambas. Había que aprender a moverse, Mateo, y no era fácil. Se te iba la vida tratando de no enredarte en la telaraña de mentiras que tenías que ir regando a diestra y siniestra.

Ya sola y encerrada en su cuarto, se propuso sacarse por un rato de la cabeza a Aurelia, a la bestia de la Aurelia, o sea ella misma con su flamante nombre de guerra, valiente guerrera que no hacía sino meter la pata y contravenir todas las advertencias. Así que se puso a pensar más bien en la tierra que le había dejado el papaíto, la bella San Jacinto, y cerró los ojos para evocar imágenes de las grandes flores moradas en que se abría la alcachofa cuando no la cosechaban a tiempo, de la mana que brotaba del cerro y que había que cuidar como a la niña de los ojos para que no se secara, del horno de pan que el papaíto había construido en adobe detrás de la cocina. Pensó mucho rato en ese horno y en los panes que cocinaban, que por lo general les quedaban *enchumbados*, o al menos eso opinaba el papaíto, quién sabe qué querría decir con esa palabra, porque la utilizaba cuando les quedaban crudones pero también cuando se les pasaban de tostados, cuando se pegaban los unos a los otros y también cuando la masa se aplastaba. ¿Cómo nos quedaron esta vez, papaíto lindo?, y él siempre respondía:

un desastre, otra vez enchumbados. Con lo cual debía referirse a cualquiera de esas categorías, crudos, quemados, pegados o desinflados; la verdad era que a ese tal horno de adobe nunca habían llegado a dominarlo.

—Lo que es un buen pan, nunca logramos hacerlo, Mateo, pero en cambio el tibio olor que salía de ese horno en las mañanas frías siempre fue grato; ahora que lo pienso, sospecho que al papaíto no era tanto el pan, como el olor a pan, lo que le interesaba.

Y el lento vaho lechoso que inundaba los potreros de San Jacinto en las madrugadas, ¿bajaba tal vez del cerro, o era más bien el aliento cálido de las vacas al entrar en contacto con el aire helado? En todo eso se había quedado pensando Lorenza, sola en su dormitorio de la calle Deán Funes; el papaíto que prendía la estufa de carbón removiendo fierros e insuflándole aire con el fuelle, la mamaíta que batía el chocolate con la ruana puesta sobre el camisón de dormir, el viejo tanque de cobre que empezaba a traquear cuando se calentaba el agua; su hermana Guadalupe y ella, todavía entre las cobijas, adivinando con la punta de la nariz el calibre del frío que les esperaba afuera. Eran tiempos en que sentaban ladrillo para añadirle a la casa un cuarto más, o se ponían a desyerbar la huerta en cuatro patas.

—Y eran también los años del boom, Mateo, y en San Jacinto devorábamos novelas de Carpentier, de Vargas Llosa, de Juan Rulfo y Carlos Fuentes, los cuentos de Cortázar, el *Patriarca* de Gabo, y no acabábamos de leer lo que teníamos entre las manos cuando ya ellos estaban publicando un nuevo prodigio.

Pensó también, o debió pensar, en el burro que tenían, lanudo y morado como los sietecueros y los frailejones que crecían arriba, en el helaje del páramo. Al burro el papaíto lo había bautizado Filántropo porque era cariñoso y consentido y tenía la costumbre de seguirlos para todos lados; hasta se les colaba en la casa si no dejaban la puerta trancada. Se traía una fascinación por los animales, el papaíto. Lorenza nunca había conocido a nadie tan animalero. Y fue así desde pequeño, bastaba con ver sus fotografías de entonces para comprobarlo: cuando no estaba abrazado a un ganso, estaba montado en un perro o en un caballo, pero no un caballo de los de montar sino una ranga raquítica, llena de mataduras, de las que se utilizaban para tirar zorras. Esa noche en Deán Funes Lorenza se quedó pensando en todo eso y sobre todo en las vacas aberdeen angus de pura raza que su padre importó de los Estados Unidos y puso a pastar en los potreros de San Jacinto, con la idea de montar un negocio de carne. Eran pequeñitas y cuadradas, las vaquitas esas, como unos ponis vacunos, de pestañas soñadoras y reluciente pelo negro, y sobraba decir que al poco tiempo ya andaban como Filántropo, comiendo azúcar de la mano, y que el papaíto, que las conocía a cada cual por su nombre y que les dedicaba las horas a cepillarlas, desde luego fue incapaz de mandar a ninguna al matarife, así que lo único que allí murió fue su negocio de carne, porque lo que es las aberdeen llegaron todas a viejas tras una larga existencia de lo más improductiva y apacible.

Pensó y pensó, en esas cosas y en otras, hasta que se quedó dormida ya de madrugada, y a lo mejor soñó con el papaíto. No hubiera sido raro, porque en esos primeros tiempos de Buenos Aires soñaba mucho con él; tal vez porque su muerte estaba tan reciente, o porque ella se negaba a aceptarla. En uno de esos sueños aparecía él armando un rompecabezas, algo que en la vida real hacían con frecuencia en las noches de San Jacinto, al lado de la chimenea. Sólo que el rompecabezas de su sueño era tan grande que desbordaba la mesa, y su motivo era un lago azul.

—Pero resultaba difícil armarlo, Mateo, más bien imposible, porque todo el paisaje era azul, sólo azul, azul en distintos tonos, azul en los mismos tonos, azul el agua, azul también el cielo, o sea que en mi sueño el papaíto se quedaba quieto, como pasmado, mirando primero el rompecabezas y luego las piezas amontonadas al lado, sin atinar a colocar ninguna porque todas eran iguales, todas azules, todas podrían encajar en cualquier rincón de eso que era sólo azul de arriba abajo.

¿Así que ahora ella era la heredera de San Jacinto? Tal parecía. En la mesita de luz tenía los papeles que lo certificaban. Y sin embargo se despertó pensando que si el papaíto no estaba allí, con sus panes enchumbados y sus vacas indultadas, entonces no le quedaba claro al fin de cuentas qué era lo que había heredado. Un poco de niebla, no más; otra pieza perdida de paisaje azul en medio de un rompecabezas.

* * *

—Afortunadamente no le heredé las piernas a mi padre —dijo Mateo, y le preguntó a su madre si era verdad que Ramón las tenía arqueadas. Pero no la dejó contestar; estaba cansado de caminar y de repente lo irritó no saber por dónde iban. Paró un taxi y lo tomaron, abrió toda la ventanilla y luego dijo que hacía frío.

—Cierra la ventanilla —le propuso Lorenza, pero él no hizo caso—. Ciérrala un poco, entonces.

—Ramón no se despidió de mí cuando se fue, ¿cierto, Lolé? No puedo recordar su despedida, creo que la última vez que lo vi fue junto a un lago en Bariloche, y había montañas rojas alrededor. Las montañas que se reflejaban en el lago parecían de verdad, sólo que puestas de cabeza, y en cambio las de verdad estaban tan lejos que parecían de mentiras. Ahí estuvo Ramón con nosotros y ya después se perdió. Se perdió como turco en la neblina —dijo Mateo, y Lorenza pensó, pero no le dijo, que la imagen que estaba describiendo no era tanto un recuerdo como una fotografía, la última que ella le había tomado junto a Ramón, a orillas del lago Nahuel Huapi—. O a lo mejor eso que recuerdo es sólo una fotografía —Mateo cayó en cuenta por sí mismo—, pero de lo que sí estoy seguro es de que no me dijo adiós. Sólo mucho después de que dejamos de verlo empecé a sospechar que no iba a volver nunca. Contigo era distinto. Creo que de pequeño a veces lloraba cuando te ibas al trabajo o cuando salías de viaje. Recuerdo que le tenía odio a tu secador de pelo y te lo escondía, porque cada vez que te secabas el pelo quería decir que ibas a salir de noche. Pero al otro día te encontraba ahí apenas me despertaba. En cambio Ramón al principio no me hizo falta, a lo mejor durante años ni siquiera me di cuenta de que no estaba, o me daba cuenta por ratos y enseguida lo olvidaba, hasta que un día me di cuenta de toda la falta que me había hecho sin que me diera cuenta. Si se hubiera despedido, todo habría sido más claro. Y dime una cosa, Lolé, por qué crees que estuvo preso.

—Sabe Dios qué diablura habrá hecho.

—Dices *diablura* y suena hasta simpático. El simpaticón de mi padre haciendo sus diabluras. Ay, Lorenza, tú escogiste al malandrín y yo que me las apañe —dijo Mateo y los dos soltaron la risa; pese a todo su frase resultaba cómica.

* * *

El departamento de Deán Funes lo mantenían Sandrita y Aurelia limpio y ordenado. Nada que ver con la pocilgueira, el departamento de Madrid, donde vivía una parranda de gente, todos latinoamericanos: una chilena, tres argentinos y Lorenza. Encima les cayó una pareja de brasileños, y ahí fue cuando lo bautizaron la pocilgueira. Salvo Lorenza, todos venían huyendo de alguna dictadura, por ese tiempo el Cono Sur estaba infestado de dictaduras, y aquel departamento era un reducto de indocumentados. Gente que entraba y salía; una offset que funcionaba en la sala; mucho romance y episodio de cama; la cocina convertida en depósito de periódicos y volantes, y los ceniceros repletos de colillas. Eso de las colillas era lo más difícil para ella; vaya y pase la espera para el turno de baño, o entrar a tu habitación y descubrir que ya no tenías cobija porque alguien más se la había adjudicado. Vaya y pase; lo insoportable era ese olor metálico a colilla que impregnaba la casa.

En cambio en Buenos Aires tenían que cuidar las apariencias y para eso trataban de comer a horas fijas y de mantener la nevera surtida. Nada que ver con la de Madrid, donde nunca hubo mucho más que una cebolla reseca y unas cuantas latas de cerveza. La cosa en Buenos Aires era extraña, porque la gente del partido jamás entraba a tu casa, es más, ni siquiera sabía dónde quedaba, por seguridad no podía saberlo, mientras que tus puertas y tus ventanas debían permanecer abiertas de par en par para los vecinos, así no los conocieras. Adelante la señora del 4°B, bienvenido el inquilino del 2°A, ¿querían que les sirvieras un cafecito mientras te exponían el problema de esa gotera que les estaba mojando la moqueta? Cómo no, señora, cómo no, señor. Que miraran todo lo que quisieran, que husmearan y descartaran cualquier sospecha, que se llevaran de ti la mejor impresión, que no tuvieran absolutamente nada que soplarle a la cana. Déjeme ayudarla con las bolsas de la compra, señora del 4°B. ¿No quiere que le preste el paraguas, señor del 2°A? Mire que está lloviznando.

—Y cómo te encontrabas entonces con los del partido, digo, para conspirar —preguntó Mateo.

—Sólo en lugares públicos, en los cafés sobre todo, en citas que nunca acordábamos por teléfono. Los teléfonos eran candela, por eso había que citarse a través de intermediarios que a veces tardaban semanas en llevar o traer el mensaje. Ya te digo, por lo menos tres cuartas partes del tiempo se nos iban en minucias de esas.

—Cuéntame del día que conociste a Ramón.

—Si quieres, mañana vamos a Las Violetas y allá mismo te lo cuento.

Las Violetas ya no existe, les informaría al día siguiente el recepcionista del hotel. Qué pena le dio a Lorenza no poder llevar a su hijo. Con cuánta precisión guardaba su memoria el aire lánguido de ese lugar, el diseño a rombos del piso de mármol, los rosetones lilas y malvas de los vitrales y hasta el tinte dorado del té que servían en las tazas de porcelana blanca, y en cambio qué engañoso el recuerdo de esa muchacha que debió haber sido ella y que un lunes a la tarde esperaba a ese otro muchacho a quien todavía no conocía y que un par de años más tarde habría de ser el padre de Mateo. Lorenza trató de ver a Aurelia allí sentada, en Las Violetas, chequeando a cada rato el reloj, inquieta, mirando hacia las puertas y de nuevo al reloj, consciente de que las tres cajas que llevaba consigo resultaban demasiado evidentes.

—¿Tres cajas? Acaso no eran dos —preguntó Mateo.

Dos de raviolis y la tercera de zapatos Bally. Porque como no le cabía todo entre los raviolis, había resuelto armarle un falso fondo a la caja de los Bally donde, con perdón de su mamaíta, escondió los dólares, y encima les colocó los propios Bally. Por fin dieron las seis. ¿Las seis? ¿Habría sido realmente esa la hora acordada para la primera cita? Ahora Lorenza dudaba. Lo seguro era que se trataba de un lunes, de eso no cabía duda, ya vería Mateo por qué no cabía duda. Llegó unos minutos antes de lo convenido y echó una mirada alrededor, buscando con disimulo. Debía haber allí unas treinta o cuarenta personas, no más, en todo caso el sitio no estaba lleno, mucha señora, uno que otro señor mayor, algunas muchachas y dos hombres jóvenes, uno a su derecha y el otro enfrente, bastante más lejos. Cualquiera de los dos podía ser Forcás. Pero ambos estaban acompañados, el de la derecha por la que parecía ser su novia y el otro por una mujer a la que Aurelia no podía verle la cara. Y si estaban emparejados ninguno de ellos debía ser Forcás, aunque pensándolo bien por qué no, nadie le había dicho que acudiría solo a encontrarse con ella, al fin y al cabo sólo se trataba de entregar y recibir un encargo, no debía olvidar que no había acudido allí a un blind date, sino a cumplir con un pequeño acto de guerra. Ni debía ignorar que si la habían citado allí, y no en otro lugar, era sólo porque una confitería tan peripuesta despertaría menos sospechas, y también porque el local, al ser de esquina, contaba con dos salidas, una a la calle y otra a la avenida, y eso facilitaría el escape si las cosas se ponían feas. O sea que nada tenían que ver con ella, ni con el encuentro que se avecinaba, esas servilletas con ramito de violetas bordado en la esquina, ni los bavarois y los éclaires que pasaban en bandejas por entre las mesas, ni los mantelitos blancos bañados en luz de vitral. Lástima, pensó, estos primores no son para mí. Todavía debía parecerle un juego eso de la clandestinidad, o una puesta en escena; sólo poco a poco iría aterrizando en lo que implicaba una existencia llevada en secreto, ajena al día a día, al margen de la vida normal de los demás.

Aunque quién sabe, quién puede adivinar qué tan normal es la vida de los demás, o en qué cosas raras no andarán metidos. Seguramente allí mismo, en Las Violetas, debía haber más de uno en un plan parecido al suyo, alguien a punto de susurrarle a otro una información vedada al oído, o de pasarle una hoja mimeografiada por debajo de la mesa, o quizá un informante de los servicios que se hacía el desentendido mientras tomaba nota de todo. De esos debía haber más de uno; por ese tiempo mucha gente andaba en la movida, jugando para un lado o para el otro.

En todo caso le molestó haberse hecho ilusiones con respecto a Forcás, aunque en realidad ni siquiera sabía qué clase de ilusiones eran, tal vez ilusión de una taza de té bien conversada, o más bien necesidad de tener a quién confesarle que su padre había muerto hacía poco y que estaba triste por eso, o urgencia de un afecto que la anclara a esa ciudad tan bella pero tan llena de acechanzas. Además, cómo no le iba a hacer ilusión conocer a un hombre a quien tenía por poco menos que un héroe.

—¿*Héroe*, Lorenza? Ridículo, decirle así a alguien de carne y hueso.

—Un poco sí, y un poco no.

—Un poco héroe, y un poco payaso.

—Como todo el mundo.

A las seis y ocho pensó que no debía permanecer mucho más allí. Pediría la cuenta, esperaría dos minutos más y si nadie llegaba, pondría pies en polvorosa. Entonces se fijó con más atención en uno de los dos jóvenes que estaban sentados, el que veía reflejado en el espejo del fondo, y se dio cuenta de que él a su vez la miraba, también a través del espejo y con disimulo, mientras su compañera le seguía conversando. Era bastante lindo, por lo menos más lindo que el de la derecha, que era directamente feo. Ese del espejo podía ser Forcás, debía ser Forcás, aunque de pelo y ojos no muy color miel que digamos, y Sandrita había sido enfática en ese rasgo. Bueno, los ojos quién sabe cómo los tendría, de lejos era imposible detallarlos, ¿y el pelo?, el pelo no era miel para nada, más bien oscuro, digamos que negro, y mientras no se pusiera de pie, vaya a saber si era cascorvo. Y si de veras era Forcás, ¿por qué no se acercaba? Y si no era Forcás, ¿por qué la miraba? A lo mejor el pobre no tenía nada que ver, sólo estaba timbrado por lo mucho que ella lo miraba.

Aurelia volteó los ojos hacia la puerta porque sintió que ahora sí, alguien entraba y el instinto le dijo que era él, pero no, qué va, era un grupo de señoras, y entonces decidió ahora sí pararse, porque el compás de espera se acababa. Cargaría con sus cajas, las dejaría en casa y acudiría a la cita de control, a avisar que a Forcás podía haberle sucedido algo.

—¿Me trajiste esa vaina? —le preguntó por la espalda, casi contra la nuca, una voz ronqueta que desde luego era la suya, no había que ser mago para adivinarlo. Ella se sobresaltó, no esperaba que le cayera así, por la retaguardia, y además debió ponerse tímida porque al saludar la voz le sonó impostada, como parlamento de teatro. En cambio él parecía tranquilo cuando se sentó a su lado; en todo caso estaba muy sonriente.

—Bonita sonrisa —le dijo Lorenza a Mateo—. Bonita sonrisa la de tu padre.

—Todavía no habría perdido el diente —cortó Mateo—. ¿Te dijo la palabra *vaina*? Me acabas de decir que Forcás te dijo *vaina*. ¿De veras te preguntó *me trajiste esa vaina,* así, en colombiano?

—Así me dijo; ya debía saber de dónde era yo.

Enseguida supo Aurelia que el hombre que tenía al lado fumaba; era lo primero que registraba su nariz cuando conocía a una persona. Pero además le llegó otro olor, uno que sí le gustó, el de la lana cruda del grueso pulóver que traía puesto.

—Sus famosos pulóveres de lana gruesa.

—Eso mismo. Este parecía tejido a mano, y despedía un olor que inspiraba confianza, un olor agradable a animal.

—¿Un olor agradable a animal, o un olor a animal agradable?

—Olor a oveja, sólo quiero decirte que traía un pulóver de lana de oveja. Pero además tu padre olía a una tercera cosa. Irradiaba energía y juventud, y eso también huele. Huele fuerte, y atrae.

—Eso se llama testosterona, Lolé.

—Nunca te lo hubiera dicho, pero ya que lo dices, pues sí, era un tronco de hombre, tu padre. Claro que exhalaba testosterona.

—Si nos interrogan, vamos a decir que nos conocimos en tu país, en septiembre del año pasado —le propuso Forcás a Aurelia, para acordar el minuto.

—De acuerdo —respondió ella—. Qué hacías tú allá.

—Un negocio de exportación.

—Qué exportabas.

—Camperas de cuero, y allá quedamos en que vos me llamarías tan pronto llegaras a Buenos Aires, para que te llevara a conocer la ciudad.

—No estaría mal. Y en Colombia quién nos presentó.

—Alguien de tu familia, decime quién puede ser.

—¿Mi cuñado?

—Tu cuñado. Tu cuñado era mi contacto para vender las camperas. Ponele un nombre.

—Patrick.

—Patrick qué.

—Patrick Ferguson, digamos que es australiano.

—Si te piden más señas, decí que recién ahora empezamos a tratarnos y que no sabemos mucho el uno del otro.

—¿Ni siquiera el nombre?

—Decí que me llamo Mario.

Había ruido en el lugar, Forcás hablaba muy bajo y muy porteño y a ella le costaba entenderle, así que no le quedaba más remedio que acercársele; será por eso que en un principio fue más lo que pudo olerlo que lo que pudo verlo. Ya después corrigió el ángulo de visión y se dio cuenta de que era cierto, sí tenía anchos los hombros y el pelo muy cuco, tanto como color miel tal vez no, más bien castaño claro con tal cual viso, pero daba igual, de todos modos lo tenía lindo, mejor dicho, todo lo que tenía era lindo, Sandrita no le había mentido para nada.

—O sea que es cierto, mi padre es de hombros anchos, como dice Patrick. Pero no me dijiste qué pasó con el chat.

—Cuál chat.

—El que dejaste en el Mercedes de Humberto.

—Chal, kiddo, chal.

—Eso, chal.

—Nunca supe. Como no volví a comunicarme con esa gente, nunca supe qué fue del *chat*.

—Y las cajas —preguntó Mateo.

—Qué cajas.

—Las de raviolis, Lorenza, las de raviolis.

—Exactamente lo mismo me preguntó tu padre en esa mesa de Las Violetas, el día que nos conocimos; me preguntó qué cosa eran esas cajas, y a mí me sorprendió que él pareciera sorprendido.

—Ahí te traigo *esa vaina*; son cajas de raviolis —le respondió Aurelia a Forcás.

—¿Ravioles? ¿Estás loca, vos? ¡A quién se le ocurre andar con cajas de ravioles un lunes! —brincó Forcás.

—¿Ves, Mateo, por qué estoy tan segura de que esa primera cita fue un lunes?

—¿Mal, cajas de raviolis un lunes? —preguntó Mateo.

—Pésimo. Cuando Forcás me lo echó en cara yo entré a balbucear, avergonzada de haber metido otra vez la pata: pero si me dijeron, trataba de explicarle, ayer mi contacto me dijo…

—Escuchame, *ayer* era domingo, nena —le susurró al oído Forcás—, para *ayer* servían las cajas de ravioles, para hoy no, las fábricas de pastas cierran los lunes. Un lunes es suicida andar con eso. Salvo vos, hoy no hay en todo Buenos Aires otro tarado que ande por ahí con cajas de ravioles, aquí no se come ravioles un lunes...

—Tú aplazaste del domingo al lunes, yo qué iba a saber, yo qué sé lo que comen aquí los lunes, por mí que coman mierda —estalló ella. Ya Sandrita la había sermoneado y ahora este Forcás le iba hablando con tonito, así de entrada—. Además te advierto —le dijo—, no me vayas a decir boluda, ni pequeñoburguesa, y desde luego tarada no y tampoco nena, porque no soy nena y no resisto otra lluvia de epítetos, ya estoy hasta el gorro de todo esto.

—¿Te putearon mucho los compañeros? —le preguntó Forcás, suavizando el tono para aplacar los ánimos y soltando otra vez la sonrisa seductora.

—Últimamente no han hecho otra cosa.

—Te habrás mandado varias cagadas como esta, mirá que es gorda esta de los ravioles. ¿Y esa otra caja? —le había preguntado Forcás, medio en sorna.

Ella volvió a ponerse colorada porque sabía que tenían razón, o se movía con cuidado o iba a armar un desastre, y ya para entonces él debía haber encendido uno de sus Particulares 30 de etiqueta verde, que aspiraba a fondo y a conciencia, como con avidez de cáncer.

—Ahora sí, dime por qué le decían Forcás a mi padre. Aparte del olor a oveja, qué le notaste de campesino.

—Sólo el olor a oveja. Después supe que tu abuela Noëlle le tejía esos pulóveres, con la lana de las tres ovejas que tenían allá en Polvaredas.

Quizá si en ese momento ella hubiera observado a Forcás con ojo avizor, le habría detectado desde entonces lo agreste que era; se le notaba en una como violencia de movimientos y en la intransigencia de sus opiniones. Aunque debía ser así más por militante que por campesino. La verdad es que ese primer día Aurelia no le había visto cara de campesino; sólo le vio cara de ser el hombre más guapo que había visto en su vida.

Nunca supo a qué horas había entrado él a Las Violetas, o si ya estaba adentro cuando ella llegó, sentado atrás, observándola y esperando hasta último momento para hacer su aparición. La cosa es que ya estaba allí, sentado a su lado, mirándola con ojos sobradores y preguntándole para qué le había llevado tantas cajas.

—Son muchas cajas porque son muchas *vainas* —le respondió ella.

Forcás quiso saber qué traía aparte de los pasaportes, y ella le contó que unos microfilms y tantos dólares.

—Creí que sólo eran los pasaportes —dijo él—, ni sospechas tenía de lo otro, a quién se le ocurre mandar todo eso junto y con un solo emisario, es de locos.

—Yo hice lo que me ordenaron, sin preguntar, porque además me ordenaron que no preguntara.

—Está bien, vos no tenés la culpa.

—Sólo faltaba que yo tuviera la culpa.

—La verdad, la guita nos cae bárbaro, pero qué pelotudez, qué hijos de puta los compañeros de Madrid, te mandaron al muere, cómo te cargan con todo eso.

—¿Estás segura de que así hablaba mi papá, Lolé? —le preguntó Mateo—. ¿Con ese acento y esas palabras?

—Sí, bueno, más o menos; no sé imitar a los argentinos.

—Está bien, sigue contando, pero las partes de él, mejor pronúncialas normal; te suena menos forzado.

—Las pronuncio como me salgan, kiddo, no me presiones. Además ya casi acabo, o prefieres que dejemos ahí el cuento.

—Quiero que acabes. Pero sin acento.

Aurelia le preguntó a Forcás si acaso no le habían avisado que ella le traería todo eso y él respondió que desde Europa se habían comunicado por teléfono pero que no había entendido bien de qué se trataba; eran tantas las claves para despistar al enemigo, que acababan despistados ellos mismos.

—Así terminó ese primer encuentro, Mateo; no fue más lo que pasó —le dijo su madre—. No podíamos prolongarlo por tanto ravioli y tanto dólar que llevábamos encima, había prisa por salir, lo prudente era agarrar cada cual por su lado lo antes posible. Pero estaba claro que los dos hubiéramos querido quedarnos, nos sentíamos bien juntos, más que bien, supongo que ya estábamos medio enamorados.

—¿Tan rápido?

—Bueno, digamos que enganchados. Química, que llaman.

Química, porque qué más; al fin y al cabo era poco lo que habían conversado. Gestos coquetos, palmaditas en el hombro, roce de rodillas, el beso del adiós, unos minutos más de conversación de contrabando, nuevo adiós, nuevo beso, chao, nuevo chao, ahora sí chao.

—Salí vos primero —le indicó Forcás cuando ya no era posible estirar más la despedida, y ella abrió la billetera para pagar su té y el café de él.

—Ni se te ocurra, guardá eso, nena —volvió a aplicarle el nena, pero a ella ya no le chocó tanto—, te deschavás si pagás vos, lo siento, en estas citas tenés que dejar que pague el varón.

—*Te deschavás* —preguntó Mateo.

—Te pones en evidencia.

Ya iba Aurelia alcanzando la puerta que daba a Rivadavia cuando se devolvió y caminó otra vez hasta la mesa, donde seguía sentado Forcás.

—Olvidé decirte que los microfilms vienen al fondo de los zapatos —le dijo al oído, aprovechando para aspirar por última vez ese olorcito de ovejita rica, y entonces él la retuvo por el brazo y le preguntó, ¿querés que nos veamos la semana entrante?

—Para, Lolé —dijo Mateo—. Explícame por qué te enamoraste de Forcás, ¿por el pelo bonito, por los hombros anchos y el olor a lana?

—Vaya pregunta, déjame pensar. Primero, porque era del partido; en ese entonces no se me hubiera ocurrido enamorarme de alguien que no lo fuera.

—¿Te gustó porque era obrero?

—No era obrero.

—Campesino, entonces.

—De origen campesino. Pero esa no era una clase social muy apreciada por nosotros, lo nuestro eran los obreros industriales. Los mujiks traicionaron la Revolución de Octubre, ya sabes.

—¿Qué?

—Nada, nada. Segundo, me gustó que fuera el polo opuesto a cualquier novio que el papaíto hubiera deseado para mí. Y tercero, pura atracción, supongo.

—¿Sexual?

—Sí, pero además el tipo era interesante.

—¿Te pareció que podía ser un buen padre? —Mateo lanzó la pregunta a bocajarro y agarró a su madre fuera de base. Ella se sintió avergonzada de haberle contado tanta frivolidad, tanta pendejada impresentable. Se quedó callada un rato porque no supo cómo responder; cualquier cosa que dijera habría sido lamentable.

—¿Buen padre? No, Mateo, no me lo pregunté. Ni siquiera me pregunté si sería un buen hombre.

* * *

Esta es una carta de amor, había dicho el doctor Haddad, tras leer las páginas que Ramón dejó escritas en el episodio oscuro. ¿¡Carta de amor!?, se indignó Lorenza. Cómo coños iba a ser eso una carta de amor, ¿te arrebatan a tu hijo y eso es una carta de amor? Ni siquiera se tomaría el trabajo de discutir con este Doctor Corazón que le estaba saliendo con semejante chorro de babas. Cometen contra ti el más vil de los actos, el más traicionero, y eso es una carta de amor, te anuncian que nunca en tu vida volverás a ver a tu hijo, un bebé de dos años, la criatura de tus entrañas, y eso es una carta de amor, se roban a un niño falsificando papeles, falsificando tu propia firma, hasta te obligan a hacerle la maleta, y eso es una carta de amor. Todos los psiquiatras del mundo hablaban cerros de mierda y este Doctor Corazón era el peor de todos. Lorenza se dio media vuelta para largarse, que la mamaíta se despidiera del hombre y le agradeciera la molestia.

—¿Usted la leyó, Lorenza? —escuchó la voz de Haddad a sus espaldas, y la pregunta la hizo frenar en seco. Por un momento se quedó paralizada en la puerta, como decidiendo si acabar de salir o volver a entrar, y al parecer optó por lo segundo porque se devolvió, buscó una silla frente al médico y se sentó. Le pareció que el hombre tenía aspecto de grillo, y que ese grillo la desafiaba con la mirada.

—No. No toda —le respondió—. Apenas el primer párrafo. Y no voy a leer el resto.

—Hace bien —dijo Haddad, y hubo un imperceptible tono triunfal en su voz, como si el pez acabara de picar y a él sólo le faltara pegarle el jalón—. Mejor así. No la lea. Pero yo sí la leí. Entre líneas.

—En las líneas dice que no voy a volver a ver a mi hijo. Qué dice entre líneas.

—Ese hombre no quiere quitarle a su hijo, Lorenza, ese hombre quiere recuperarla a usted.

Ella no tuvo que pedir que le repitieran la frase para darse cuenta de que acababan de hacerle una revelación. ¡Por fin algo concreto de lo cual agarrarse! Una pista, una luz, una posibilidad. La nebulosa de angustia que noche y día le había embotado la cabeza parecía haberse dispersado de golpe. Después de hablar con tanta gente que nada le decía, después de tanta consulta inconducente, alguien acababa de indicarle algo que valía la pena escuchar. Lorenza respiró hondo. Le estaban señalando un camino que podría llevarla hacia su hijo. Se enderezó en la silla, como una marioneta a la que le tensionan las cuerdas de las que pende, y observó detenidamente al médico. Era un hombre pequeño de manos grandes. Calvo. Flaco. Nariz prominente. Visiblemente árabe pese a estar vestido de occidental. Aunque era domingo no vestía informal, al contrario, el traje, la corbata y la camisa blanca eran rigurosamente formales, y podría decirse que impecables. Había en él algo escueto, seco, anguloso, y era eso, más los grandes ojos oscuros en la cabeza pelada, lo que le daba apariencia de grillo. La voz de Lorenza era otra cuando le pidió a Haddad que por favor le repitiera lo que acababa de decirle.

—El que escribió esta carta es un hombre enamorado que no quiere quitarle a su hijo, quiere recuperarla a usted. Prepárese, Lorenza, porque él la va a llamar.

Haga todo lo que tenga que hacer para estar lista cuando entre esa llamada. Usted sabrá qué debe hacer para prepararse. Pero la va a llamar, puede contar con eso. Cuándo, no lo sé. En una semana, en dos, en un mes. Cuando él sienta que ya se encuentra en territorio seguro, en ese momento la va a llamar.

Lorenza, que sabía que el doctor Haddad tenía años de experiencia en casos de secuestro, había estudiado minuciosamente su apariencia y ahora miró alrededor, escudriñando su consultorio.

—Me fijé con tal avidez —le comenta a Mateo—, que aunque nunca volví a ese lugar, hasta el día de hoy recuerdo cada detalle.

Muebles lineales forrados en paño gris oscuro, piso de madera, paredes blancas, y sobre las paredes tres afiches de exposiciones de arte. El uno era un bronce de Archipenko, *Woman Combing Her Hair*, según las letras que Lorenza leyó debajo. El otro, una figura abstracta en azul, gris y negro de Malevich. El tercero, una serie de rayas en ciruela y marrón, de Rothko.

—No me digas que en ese momento clave te pusiste a mirar cuadros —objeta Mateo.

—Quería indicios. Buscaba señales. Algo que me permitiera dar el paso decisivo: confiar. Para poder actuar necesitaba creer en ese hombre, me resultaba de vida o muerte confiar en él, y yo miraba alrededor tratando de encontrar confirmación. Por decirte algo, la reproducción de un Renoir me hubiera parecido un signo adverso; hay algo pegajoso en las reproducciones de Renoir.

Los cuadros del consultorio, en cambio, estaban en sintonía con el mensaje que la propia figura del médico buscaba transmitir, deliberadamente o sin proponérselo: claridad, rigor conceptual, formas simples, precisión mecánica. Hasta ahí todo bien, pero impersonal. Se necesitaba algo más para que Lorenza bajara definitivamente la guardia, algo que le permitiera hacer contacto, que comprometiera sus afectos, y lo vio sobre el escritorio del médico: una fotografía enmarcada. No de su esposa ni de sus hijos, eso hubiera sido el equivalente a una reproducción de Renoir, ni de Freud o de Jung, eso hubiera sido ofensivo por obvio. Tampoco era una postal, ni un trabajo artístico; era una simple foto en blanco y negro de un olivo en medio de un terreno pedregoso; presumiblemente la habría tomado el propio doctor, en su lugar de origen. Era justo lo que le faltaba a Lorenza.

—Qué tenía que ver —pregunta Mateo.

—No tenía nada que ver. No me preguntes por qué, pero lo entendí como una luz verde. Podía confiar en ese hombre, iba a confiar en ese hombre. Me iba a preparar para recibir la llamada que me estaba anunciando. Cuando la llamada de Ramón entrara, porque iba a entrar, yo estaría preparada para recibirla.

—Oye, Lolé, ¿y no era mejor leer tú misma la carta? —dice Mateo.

—¡No! Cómo se te ocurre. Leer la carta de Ramón me habría producido ira, o desprecio, o culpa, y en el mejor de los casos compasión o tristeza, y era indispensable que yo no sintiera nada. Nada de nada. Ese doctor era un tercero, ajeno al asunto, que la había leído fríamente y me había dado, digamos, un diagnóstico. O a lo mejor era apenas un cabezazo. ¿O una especie de profecía? Me había dicho *él la va a llamar*, de repente todo tenía sentido, las piezas del rompecabezas encajaban en un orden imprevisto pero lógico, y yo encontré que era pertinente creer en su palabra. De ahí en adelante esa frase, *él la va a llamar*, se convertiría en mi certeza y mi brújula. Estaba demasiado afectada para formular juicios por mi cuenta sin largarme a delirar, demasiado comprometida en el drama para ser siquiera medianamente objetiva, así que dejaría que el grillo me trazara la directriz, y sobre esa base empeñaría todas mis fuerzas en montar un plan de acción para lo único que me interesaba, recuperarte.

—Como un robot —dice Mateo.

—Sí, como un robot —le responde Lorenza—. Pero no sabes qué robot. Gracias al doctor Haddad, salí del marasmo para convertirme en Mazinger Zeta.

* * *

Por los días en que Aurelia conoció a Forcás, conoció también a Lucía, una compañera del partido que cargaba con una tragedia a cuestas. Unos años atrás, cuatro días después del golpe militar, le habían desaparecido al marido, que había sido militante igual que ella, pero más de lejos porque la política no era lo suyo. Se llamaba Horacio Rasmilovich y le decían Pipermín, o el Piper, y aunque Aurelia nunca lo conoció personalmente, fue conociéndolo a través de Lucía, poco a poco, a partir de lo que ella iba soltando. El Piper trabajaba como traductor del portugués al español, o sea que mucho trabajo no le caía y él encantado de que así fuera porque podía dedicarse a su verdadera pasión, leer libros de historia, en particular sobre la Primera Guerra Mundial. Nunca le quedó claro a Lucía si a su marido lo secuestraron porque lo confundieron con otro, o porque lo traían entre ojos, o porque a quien en realidad andaban buscando era a ella, y al no encontrarla le habían echado mano a él.

Esta última posibilidad la enloquecía, no podía dejar de pensar en ese cambalache mortal, se lo habrían llevado a él en vez de a ella.

—Es parte del tormento, Mateo —quiso explicarle Lorenza—. Como los tiranos y los torturadores no dan la cara, las víctimas acaban culpabilizándose a sí mismas. De nada valía repetirle a Lucía que no cayera en la crueldad de ese juego, que bastante tenía ya con el dolor de la pérdida como para sumarle la agonía de la culpa.

Lo único que Lucía sabía con certeza, porque se lo había contado una vecina que presenció la escena desde la ventana, era que al Piper lo habían sacado de su casa con los ojos vendados, las manos amarradas atrás y la cabeza bañada en sangre. Y que gritaba algo, algo que quería que se escuchara, aunque le pegaban para que se callara. La vecina lo había *visto* gritar pero no supo decirle a Lucía cuáles habían sido sus palabras, se disculpó con ella, le explicó que tenía la ventana cerrada, que el miedo tapa los oídos, que en ese momento los de obras públicas taladraban el asfalto. De ahí en adelante Lucía no paró de preguntarse cuáles habrían sido esas últimas palabras del Piper que el ruido de la calle se había tragado, qué mensaje le habría querido enviar, quizá alguna pista que hiciera posible la tarea de encontrarlo.

—Y qué crees tú que gritaba el Piper, Lolé, yo también quisiera saber —dijo Mateo.

—Por lo general los secuestrados salían gritando su propio nombre. Para que al menos hubiera testigos, alguien en la calle que se enterara de lo que estaba pasando y pudiera denunciar la desaparición.

—O sea que el Piper salió gritando *¡Yo soy el Piper, yo soy el Piper, me están secuestrando!*

—Gritaría más bien *soy Horacio Rasmilovich*, su verdadero nombre.

A partir de ese momento Lucía no volvió a saber nada de él, como si se lo hubiera tragado la tierra, y tanto ella como su suegra le dedicaron todos sus días y todas sus horas a buscarlo, a denunciar su secuestro ante cuanto organismo internacional tenían a su alcance, a preguntarlo en los juzgados de instrucción militar, en el Estado Mayor del Ejército, en la Casa de Gobierno. Iban juntas al arzobispado y a las sedes de redacción de los diarios sin separarse la una de la otra ni de día ni de noche, tanto que Lucía cerró su departamento y se fue a vivir a casa de su suegra.

Se apoyaban mutuamente en su pena y mantenían una relación monotemática, a todas horas hablando del Piper, recordándolo, llorándolo, planeando estrategias para dar con él, y así año tras año, sin dejar que el paso del tiempo debilitara su empeño, al contrario, cada vez más obstinadas, más desafiantes, desfilando todos los jueves con las Madres de Plaza de Mayo.

—O sea esta plaza, Mateo, donde te he traído porque quiero que la conozcas —le dijo Lorenza, los dos parados al lado del obelisco erigido en el centro—. Quiero que sepas que aquí fue donde empezó a caer la dictadura, por el empujón que le pegaron las Madres. Justo en esta plaza, donde estamos parados: aquí se juntaban los jueves unas señoras con pañuelos blancos en la cabeza y daban vueltas en silencio alrededor de este obelisco, exigiendo la aparición con vida de sus hijos. ¿Te imaginas el valor, Mateo? En esos tiempos terribles, ellas se atrevían. Y lo hacían aquí, ante la propia Casa de Gobierno, que es esa que tienes al frente. Ellas marchaban aquí, con los ojos de los asesinos puestos encima y ante la indiferencia o el temor de la mayoría de la gente.

Entre las madres marchaban Lucía y su suegra, llevando a sol y a lluvia la foto del Piper en un cartelón, su rostro afable de lentes gruesos, tan acorde con su oficio de traductor, y que en cambio no concordaba para nada con las letras rojas que en el cartel lo señalaban como desaparecido. Ahí iban ellas, como carne de cañón, levantándose antes del amanecer para hacer fila desde temprano ante los despachos gubernamentales, Lucía y su suegra encapsuladas en su dolor, apartadas del mundo, únicas habitantes de un planeta perdido y llamado Piper. Todas las veces que Aurelia se vio con Lucía, por actividades que compartían en el partido, la escuchó hablar de su marido con un amor y una devoción conmovedores. Al parecer su vida de casados había sido muy feliz; ella lo describía como un hombre tímido y retraído pero afectuoso, de humor fino y vida interior intensa. Era muy bonita, la Lucía, alta y espigada y con una estupenda cara angulosa, y Aurelia sabía, porque no faltó quien se lo confesara, que a más de un compañero le hubiera encantado acercarse a ella, invitarla a salir así fuera al cine, trabar amistad con ella, acompañarla en su calamidad. Pero desde luego ninguno se había atrevido; ante su fidelidad incondicional a la memoria del Piper, cualquier intento de ese tipo hubiera sido una profanación.

Era casi seguro que a esas alturas el Piper ya estaría muerto, inclusive había indicios de que así era, como el testimonio de otro prisionero que lo había visto horriblemente torturado en cierto antro de reclusión y que no creía que en ese estado hubiera podido sobrevivir. Esa posibilidad, desde luego, a Lucía no se le podía mencionar siquiera, para ella estaba clarísimo que el Piper seguía vivo y que si ella no cejaba en su esfuerzo por recuperarlo, tarde o temprano lo iba a lograr. Lorenza le confesó a Mateo que pese al respeto enorme que le había tenido a Lucía y a la compasión por su situación, no había dejado de percibir el toque de delirio que había en su obsesión, que por lo demás compartía plenamente con su suegra, hasta el punto de que entre las dos mantenían intactas las cosas de él, su sillón preferido, su libro de historia abierto en la página que estaba leyendo cuando lo agarraron, su ropa lavada y planchada entre el armario. Todo eso lo sabía Aurelia porque se lo había contado la propia Lucía. Le había dicho que tenía que ser así, porque cualquier día el Piper podía volver. Fieles a esa convicción, ni ella ni su suegra se alejaban de la ciudad ni los fines de semana, ni los días de fiesta, ni en las vacaciones, porque qué tal que justo en ese momento lo entregaran, qué tal que apareciera, o que apareciera alguien que pudiera darles una pista, alguien que supiera algo, qué tal que por descuido dejaran pasar alguna señal, así fuera la más leve.

En realidad nada más comprensible, le comentó Lorenza a Mateo. La muerte de un ser amado es cosa atroz, pero al fin y al cabo cerrada, concluida, sin vueltas hacia atrás ni hacia adelante. En cambio su desaparición es una puerta abierta hacia la eterna expectativa, hacia la no respuesta, la incertidumbre, lo fantasmagórico, y no hay cabeza ni corazón humanos que puedan sufrirla sin acercarse en mayor o menor medida al delirio.

—Yo sé —le respondió Mateo—. Uno inventa cosas, se va dando explicaciones cada vez más locas; a mí me pasa con Ramón. Ramón es mi fantasma. Si lo hubieran desaparecido los dictadores, como al Piper, yo al menos tendría a quien echarle la culpa.

Todo era una atrocidad, empezando por el propio nombre, *desaparecidos*. En vez de *secuestrados*, o *torturados*, o *asesinados*, los bautizaron *desaparecidos*, como si por sí solos se hubieran esfumado, por culpa de nadie, o quizá por culpa de ellos mismos, de su propia naturaleza volátil. La dictadura primero desaparecía a la gente y después negaba que hubiera desaparecidos, y así desaparecía hasta a los desaparecidos. Como un brutal truco de magia.

—Ahora lo ves, ahora ya no. Ahora está aquí, ahora desapareció —dijo Mateo.

Esa era la condición del Piper cuando Aurelia dejó de ver a Lucía. Como era tan estricta la compartimentación en el partido, una vez que se rompía el contacto con alguien ese alguien se te perdía, como un anillo entre el mar. Y así le había sucedido con Lucía.

Pasó el tiempo, Lorenza se fue de Argentina y siguió adelante con su vida, cayó la Junta Militar y unos cuantos años después, en una cena en Nueva York, le presentaron a un oncólogo argentino que había sido simpatizante de Montoneros, y conversando con él, preguntándole sobre su propia experiencia durante la época de la dictadura, descubrió que la madre del Piper había sido su paciente, y además amiga por viejos vínculos familiares. Enseguida Lorenza quiso saber de Lucía, ¿seguiría esperando al Piper?

—Lo sigue buscando, sí —le había contado el oncólogo—, sin tanta convicción como antes, pero todavía vive en casa de su suegra, pese a que la señora ya murió, y hasta donde yo sé, no ha querido tener relaciones sentimentales con ningún otro. En el fondo de su alma, sigue esperándolo.

Algo comentó Lorenza entonces, sobre lo feliz que había sido el matrimonio de ellos dos, algo así, y el médico la miró sorprendido.

—Cómo, ¿no sabés? —le preguntó.

—Qué cosa.

—Lucía y el Piper estaban separados cuando a él lo secuestraron —le dijo el médico—, hacía por lo menos año y medio se habían separado. Él andaba ya con otra, ella andaba ya con otro... Cuando el secuestro de él, esa relación ya era cosa del pasado...

* * *

Una semana después del episodio en Las Violetas, Aurelia volvió a encontrarse con Forcás, tal como habían quedado. Mismo salón de té, mismo minuto; sólo que esa segunda vez la situación había sido tirante, quizá porque estaba cargada de expectativas premeditadas por parte y parte, además era de noche y la *mise-en-scène* nocturna implicaba cierto compromiso más bien incómodo, digamos que Aurelia estaba demasiado arreglada, digamos que había escogido con toda intención la ropa que se puso y que se había hecho el blower en el pelo, y que él por su parte estaba recién bañado y despedía olor a colonia, una de esas oscuronas y viriles que tiran a matar, Drakkar Noir o algo así fulminante, en realidad para decepción de Aurelia, que había añorado toda la semana el olor a establo del suéter aquel de lana. Ahora, que en ese aspecto Aurelia tampoco se salvaba; por ese entonces para salir de noche se aplicaba una dosis reforzada de Anaïs Anaïs, un perfume alborotadamente floral, así que debió irrumpir en Las Violetas como *La primavera* de Botticelli, dejando a su paso una estela de lilas y jazmines.

En últimas el motivo de la tirantez era justamente ese, que a diferencia de la primera vez, esta segunda vez no había un motivo. Aquello había quedado reducido a plata blanca: un flirteo sin subterfugios donde no se daba bien el diálogo. Si se hubieran encontrado en Bogotá, o en Madrid, habrían roto el hielo discutiendo cosas de trotskos, como el antagonismo en Angola entre el MPLA, el FNLA y UNITA, o las denuncias contra el PSOE por parte del Frente Polisario de liberación saharaui, o la previsible escisión de los sandinistas en Nicaragua. Pero en Buenos Aires no podían hacerlo; al estar en un lugar público tenían que evitar esos temas —sus temas, sus pasiones—, y el nerviosismo los estaba llevando a una secuencia difícil de preguntas artificiales y respuestas tajantes.

En cambio el despliegue de seducción ya estaba surtiendo efecto en Aurelia, es decir el lindo pelo y los hombros anchos, tanto que ni siquiera el humo de los Particulares 30 parecía molestarla demasiado, y cuando ya el Drakkar Noir de él y el Anaïs Anaïs de ella dejaban de repelerse y empezaban a compaginar, irrumpieron por la puerta de la avenida unos tipos vestidos de oscuro, varios, tal vez cinco o seis, de campera de cuero y corte de pelo a ras, aunque a lo mejor había uno o dos de camisa y corbata.

—Me parece estar viendo esa entrada que hicieron en Las Violetas, como elefantes en una cristalería —le contó Lorenza a Mateo—. También dicho de argentinos, ese del elefante en la cristalería.

Todo el mundo quedó congelado donde estaba, hasta los meseros, como si aquello fuera el palacio de la Bella Durmiente y lo único despierto para Aurelia fuera su propio corazón, que se soltó a latir como loco.

—Vos firme con el minuto y no pasa nada —quiso tranquilizarla Forcás.

Pudieron ver por el espejo del fondo que los tipos obligaban a parar de sus sillas a dos señores que compartían mesa. Vieron cómo empujaban al más alto hacia un extremo del salón y al otro hacia el opuesto. Unos minutos después, tres de los canas se acercaban a la mesa de Aurelia y Forcás, que los habían atraído como un imán. Les pidieron papeles de identificación. Alrededor suyo la gente se camuflaba en una inmovilidad que quería hacerse la invisible, la inocente, si te he visto no me acuerdo y si me acuerdo te olvido, nadie se atrevía a voltear a mirar pero sí que miraban, así no fuera con los ojos. Dos de los tipos se llevaron a Forcás hacia la puerta que daba a Medrano y el otro tomó a Aurelia del brazo y la empujó hacia el fondo, hacia la escalera que subía a los baños, porque era así como solían hacer, interrogaban a uno en una esquina, con quién estás, dónde lo conociste, de qué estaban hablando, y al otro en la otra esquina la misma cosa, quién los presentó, de qué estaban hablando, dónde se vieron la vez anterior. Ah, ¿se contradicen? Pues se jodieron, hijos de puta, quiere decir que son subversivos y que están conspirando, los vamos a reventar. La cana sabía que en los cafés se tramaba mucha cosa y aplicaba esas técnicas de control, pura Escuela de las Américas, trucos aprendidos de los militares gringos en Panamá.

—Y era verdad, kiddo —dijo Lorenza a Mateo—, los cafés de Buenos Aires eran el epicentro de la conspiración; algún día habría que erigirles un monumento por eso.

Uno de los canas traía una medallita prendida a la solapa con un gancho. Una medallita de la Virgen de Luján. Arrinconó a Aurelia contra la pared y como era alto le refregaba la campera contra la cara, así que ella pudo verla bien, era la Virgen de Luján. Llevaba manto y corona, echaba rayos y pisaba una media luna. Como casi todas las Vírgenes, sólo que la de Luján tiene a los pies el escudo argentino, en eso se diferencia. Salvo esa medalla, era un cana igual a cualquier cana; Lorenza recuerda el aliento espeso que el hombre le echaba a la cara, las gafas negras que le ocultaban los ojos y el cuero basto de su campera negra.

—Era hasta chistoso ver cómo les gustaba disfrazarse de sí mismos —le dijo a Mateo—, cabrones que andaban vestidos de eso, de cabrones.

Lo primero que el tipo le preguntó fue quién estaba con ella, y ella le habló del Mario que hacía unas semanas había conocido en su país, y lo dijo con confianza porque sabía que al otro lado del salón Forcás también respondería que estaba con una chica que había conocido en Colombia, y luego el cana le preguntó qué hacía ese Mario en Colombia, y mientras ella respondía que un negocio de cueros, sabía que al otro lado Forcás estaba respondiendo exactamente lo mismo, era como un juego de sintonía entre los dos, entre Aurelia y Forcás que de un lado al otro del salón se tiraban la pelota, suavemente, con precisión, sin trastabillar, sin fallarse el uno al otro, allá en su esquina él, en la otra esquina ella, cada uno en manos del otro, ambos respondiendo a las preguntas con la certeza de que el otro lo respaldaba. ¿Quién los presentó? Mi cuñado. ¿Cómo se llama el cuñado de ella? Se llama Patrick. ¿Patrick qué?

¿Se acordaría Forcás del apellido que le habían adjudicado al cuñado, *Ferguson*? Aurelia lo había escogido porque sí, en realidad hubiera podido ser cualquier otro, y sin embargo ahora la vida dependía de que tanto él como ella dijeran justamente ese, Ferguson, y ningún otro. Lo habían acordado la semana anterior, en el primer encuentro, y en este segundo no lo habían repasado, sólo dijeron, ¿mismo minuto? Ya está, mismo minuto, y eso fue todo. Pero sí, era seguro que Forcás se acordaría, Aurelia estaba segura de que se acordaría y que allá en su esquina estaría respondiendo con tranquilidad: el apellido del cuñado de ella es Ferguson. ¿Y qué están haciendo ustedes dos aquí? Nos citamos aquí para ir luego a escuchar tangos, dijo ella. La voy a llevar a que conozca la ciudad, a que escuche tangos, a los extranjeros les encanta, dijo él. ¿Y qué hacía él en Colombia? Ya le dije, un negocio de artículos de cuero con mi cuñado. Y allá al otro extremo, como un eco que Aurelia no podía escuchar pero que adivinaba: Viajé a Colombia a arreglar una exportación de artículos de cuero con el cuñado de ella.

El cana que retenía a Aurelia se levantó las gafas, se las ajustó en la coronilla, se acercó su pasaporte a los ojos y ella pudo vérselos. Eran ojos comunes, sin adjetivos, tal vez cafés, sin duda miopes, y mientras el tipo pasaba páginas e inspeccionaba sellos, ella trataba de mirar sobre su hombro para ubicar a Forcás. Primero no lo encontraba, lo ocultaban las gruesas columnas de granito que había en el lugar, luego sí, lo vio, también él la estaba buscando con la mirada y le sonrió como si no pasara nada, no pasa nada, le dijo con la sonrisa y ella le sonrió de vuelta, no, no pasa nada.

El incidente con los canas había sido poca cosa, apenas un careo, casi un trámite de rutina, y sin embargo había hecho las veces de ceremonia que sellaba la alianza de Aurelia con Forcás. Había quedado casado un pacto de complicidad con ese tipo que se hacía llamar Forcás, y ella supo que a partir de ahí su suerte correría a la par con la de él, pasara lo que pasara. El cana le ordenó que se quedara donde estaba, se metió el pasaporte al bolsillo, se subió el cierre de la campera, fue a buscar a sus compinches, seguramente para comparar versiones, y luego regresó ya menos alzado, al parecer porque habrían pasado la prueba, y con un tonito entre paternal y meloso le aconsejó que no anduviera por ahí con extraños, vos sos extranjera, le dijo, no tenés por qué saberlo, pero por ahí anda suelto cada atorrante que te puede hacer el verso, vos agarrás viaje y en lugar de escuchar tangos acabás en algún telo con cualquier indeseable, mejor andate a tu casa, vos sos una buena piba, andate a tu casa.

—Entonces el que te interrogó tenía campera de cuero —le dijo Mateo.

—Creo recordar que se subió la cremallera de una campera, pero quién sabe, lo único seguro es que traía puesto algo con solapas, la medallita que te digo iba prendida con gancho de una solapa.

—¿Se llevó tu pasaporte?

—No, antes de irse me lo devolvió.

—Entonces por qué no lo dices.

—Qué cosa.

—Que te lo devolvió. Que al rato volvió a entrar, caminó hasta tu mesa y te entregó el pasaporte.

—Perdón, kiddo, olvidé ese detalle.

—También se te está olvidando contarme qué pasó con los otros dos tipos, esos dos, a los que pararon de la otra mesa para interrogarlos también.

—Cuando los canas se fueron, yo empecé a sudar. Sentí que me abrasaba una oleada de calor que me empapaba la camisa, como si ya no pudiera refrenar por más tiempo no sé qué descontrol corporal. Entonces tu padre me dijo, a aquellos se los llevaron, y yo vi que en efecto, su mesa estaba vacía.

—Qué pasó con ellos —dijo Mateo en medio de un bostezo.

—Se los llevaron en un patrullero. Pero ahora duérmete, mañana te cuento.

—Cuéntame ya.

—No sé más, se los llevaron, ni siquiera supe quiénes eran.

—¿No salieron gritando sus nombres, como el Piper? ¡Yo soy fulanito, me están secuestrando, sálvenme!

—No gritaron nada. Como no los haya protegido la Virgen de Luján…

—Habla en serio, Lorenza, dime qué crees que pasó.

—Ya, kiddo, duérmete.

—Se acabó este día y no llamé a Ramón.

—Mañana lo llamas.

—¿De verdad crees que a esos dos los salvó la Virgen de Luján?

—No, Mateo, no lo creo.

* * *

—Ahora sí. Lo voy a llamar —anunció Mateo tan pronto se levantó de la cama, y Lorenza sintió que esa vez sí iba a hacerlo—. ¡Se perdió! —gritó enseguida y miró a su madre con ojos de espanto.

—Qué se perdió, por Dios, por qué te pones así.

—El cuaderno, Lorenza —sentenció Mateo en tono lúgubre—. El cuaderno donde tengo anotado lo que le voy a decir.

Se dejó caer en un sillón, derrotado, y ella se puso a buscar. Le tomó cinco minutos encontrarlo; estaba refundido entre unas revistas.

—¿Apareció? —preguntó él asombrado, como si hubiera ocurrido un milagro—. *Ramón Iribarren, soy tu hijo Mateo Iribarren y vine a Buenos Aires para conocerte* —leyó en voz alta, como había hecho mil veces desde que estaban en ese hotel.

Ya se sabía el párrafo de memoria y sin embargo lo seguía repitiendo, como un mantra, o un conjuro. Todos esos días Lorenza había estado observándolo: su hijo se preparaba para el encuentro con su padre como para una ceremonia. O un duelo.

—Ahora sí —dijo Mateo y se quedó mirando el teléfono, como una víbora que hipnotiza a la presa antes de caerle. Pero en lugar de tomarlo, optó por el control remoto y prendió el televisor.

—Dentro de un rato llamo. Te lo juro, dentro de un rato —le aseguró a su madre, como si tuviera que rendirle cuentas—. ¡Mierda, los Rolling Stones! Van a dar un concierto, aquí mismo en Buenos Aires, no puedo creerlo, mira, ven, están anunciando por televisión que se van a presentar en la cancha de River Plate. ¡Vamos, Lorenza! ¿Crees que podamos ir? ¿Habrá todavía boletas para los Rolling Stones? ¿Te das cuenta? Esto es histórico, ¡una oportunidad en un millón! Puta vida, cómo me gustan los Stones, prefiero mil veces ver a los Stones que encontrarme con Ramón, a la mierda Ramón, Lolé, vamos a ver a los Rolling, me basta con eso, te juro que si veo a los Rolling me devuelvo tranquilo para Bogotá y ya dejo de joder con Buenos Aires, es más emocionante contarles a mis amigos que fui a un concierto de los Rolling Stones que contarles que conocí a un tipo calvito que era mi papá.

Así que fueron. Al concierto de los Stones, con la participación de Bob Dylan, en la cancha de River

Plate. Aurelia debió conformarse con unas boletas carísimas que le ofrecieron en la recepción del hotel, las únicas que quedaban en el planeta porque aquello estaba vendido a reventar. A la entrada, Mateo se compró la camiseta de *Bridges to Babylon* y a la salida no paraba de hablar, tal era su excitación.

—Espectacular, totalmente genial —repetía mientras trataban de avanzar en medio de la multitud que salía a borbotones del estadio—. Un descreste total, pero bien raro eso de ir a un concierto de los Stones con la mamá de uno, a ver quién es el valiente que logra animarse y desenfrenarse con la mamá al lado. Aunque en realidad los Stones son más de tus tiempos que de los míos, Lolé, qué risa, tú te sabías las canciones mejor que yo. Qué hijueputa vida, no tocaron *Paint It Black,* increíble, tanto que les gritamos que la cantaran y los jodidos Stones se hicieron los sordos, en cambio Bob Dylan cantó *Like a Rolling Stone*, él la compuso, esa canción la compuso Bob Dylan y de ahí tomaron el nombre los Stones, creo que así fue la cosa, luego se pelearon con Bob Dylan y por eso el encuentro de esta noche fue histórico, Lorenza, fue único, los Stones y Bob Dylan se hicieron amigos otra vez y a mí me tocó presenciarlo, ¿te das cuenta? ¡A mí, Mateo Iribarren! Pero eres una bestia, madre, cómo te pudo gustar más el escenario pequeño, qué falla, ahí se te notaron los años, definitivamente eres prehistórica, te gustó más esa tarimita retro sólo porque era como las de tus tiempos, pero la verdadera putería era la grande, totalmente tecnológica, con poderosa iluminación a todo trapo, y tú matada de la dicha con esa otra tarimita toda pichurria. Lo más increíble fue el aro azul que estalló en fuegos artificiales cuando cantaron *I Can't Get No, Saaatisfac-tion*, y todo se volvió azul, ¿no te parece que lo mejor de todo fue ese aro azul? De un impresionante total, ¿sí sabes de qué te estoy hablando, Lorenza? Pues del resplandor azul cuando cantaron *Satisfaction,* o no te diste cuenta. En qué estabas pensando, madre, todo el estadio se dio cuenta, era imposible no darse cuenta de esa luz azul, para qué te habré traído, se perdió esa platica. No te rías, no es cómico, a mi edad es un desastre completo ir a un concierto con la mamá, tú no te das cuenta de esas cosas, pero a mi lado había una niña linda, una argentina bien, pero bien linda, y ella me miraba y yo la pasaba fatal, haciendo fuerza para que no se diera cuenta de que yo estaba con mi madre, o qué tal que creyera que estaba con mi novia, una novia mayor que yo, eso era hasta peor. Qué coños me importa, que se entere de que soy un güevón que va con la mamá a conciertos y ya está, todo se jodió y qué, total a la argentinita esa nunca la volveré a ver. Pero hacía un frío de los cojones, ¿cierto, Lolé? Y sin embargo allá adentro no lo sentimos de tanto que brincamos y gritamos, yo sudé como un caballo. Mierda, creo que jodí un poco mi camiseta *Bridges to Babylon*, mira cómo se me empapó, debió quedar oliendo a diablos, ¿será que se daña si la lavo en el hotel? O mejor la mando lavar en seco... Sí, mejor la mando lavar en seco, así no corro riesgos. ¿Cierto que adentro estábamos acalorados? Pero ahora sí me estoy cagando de frío, ¿tú no? Como dice Forcás, si este es el frío de la vida, cómo será el de la muerte. Ya te dije que no me voy a cerrar la campera, Lorenza, si me la cierro no se ve la camiseta, y entonces para qué. Gracias, gracias, gracias por invitarme a esto, eres lo máximo, Lolé. Lo malo fue el montón de plata que nos gastamos. Pero valió la pena, ¿cierto? Toda la vida valió la pena, mil veces valió la pena, un millón de veces, y gracias también por la camiseta, esto ha sido lo mejor de venir a Buenos Aires, encontrarnos a los Stones. Qué pequeñito se veía Bob Dylan, parecía un gnomo, ¿no crees? Pero es un grande. Un grande un poco anciano, pero un grande al fin y al cabo. ¿Qué, no te gusta mi camiseta? ¿Y qué si tiene la tela muy engomada? Sólo una mamá puede ponerle problema a una camiseta *Bridges to Babylon* porque tiene la tela engomada. ¿Tiesa? ¿Tiesa la tela? Pues sí, un poco, y eso qué importa. ¿A Ramón le gustan los Rolling Stones, Lolé? Yo creo que sí le gustan, pienso que si el hombre estaba con el rock argentino, los Rolling también le caen bien, son de su época. Y pensar que estábamos en la cancha del River, los archienemigos de Ramón, que es fanático perdido de Boca Juniors. Tú me has dicho que Ramón era fanático de Boca y que iba a fútbol a la Bombonera, ¿no me habrás mentido, verdad? ¡Qué diría Ramón si supiera que estuvimos en la cancha de River Plate!

* * *

—Tu padre decía que cuando tuviera un hijo lo iba a llamar César, en memoria del Negro César Robles, un amigo y compañero suyo al que quería mucho, y que había sido asesinado por la Triple A en tiempos de Isabel Perón. Así que César, y Cesárea si te nace mujer, le decía yo, porque me sonaba a disparate, a ganas de decir vainas, eso de querer tener hijos en medio de esa vida de sobresaltos.

—Ma-te-o Cé-sar I-ri-ba-rren —dijo Mateo—, vaya nombre el que me pusieron. César por el Negro César, y el Mateo de dónde salió.

—Lo escogí yo.

—Me hubiera gustado conocer al Negro César, contarle que llevo su nombre. O por lo menos visitar su tumba.

—No sé dónde está enterrado, pero podemos averiguar. También podemos buscar a sus hijos. Sé que dejó dos, una niña y un niño, que ya no deben ser niños. El Negro era un duro, dirigente sindical en Córdoba, dirigió la huelga de...

—Sólo quiero saber si de verdad era negro —la interrumpió Mateo.

—Era moreno. A los morenos se les dice cariñosamente negros, como decirles blancos a los blancos, siendo que son rosados, o amarillos a los orientales, siendo que esos sí son blancos.

—Todos estos años he creído que mi padre me puso el nombre de su mejor amigo, que era negro. Y ahora resulta que era moreno. Esas cosas me alteran la personalidad.

—¿Te alteran la personalidad? —se rio Lorenza.

—Me confunden. No sé nada de mi padre, y lo poco que sé está equivocado. Me gustaría que fuéramos a visitar la tumba del Negro César, Lolé.

—Vamos a averiguar dónde está, aunque es posible que no esté en ningún lado.

—En algún lado tiene que estar.

—Es posible que nunca hayan devuelto su cadáver.

—Y entonces los hijos del Negro César todavía deben estar buscando a su padre. Como yo al mío.

—Con la diferencia de que el tuyo debe andar por ahí, vivito y coleando.

—Vivito y coleando y olvidadito de mí.

* * *

La Lorenza que salió del consultorio del doctor Haddad no tenía nada que ver con la que había entrado una hora antes. *La va a llamar*, le habían asegurado, y esas palabras, que se traducían en la posibilidad de recuperar a su hijo, le bastaron para afianzarse de nuevo en su condición de ser humano, con espina dorsal sobre la cual erguirse, cabeza para decidir y actuar, y corazón ya no sólo para la angustia, sino también para el coraje. Contando con su madre, su hermana y su cuñado, estableció turnos para permanecer al pie del teléfono, que sin embargo no sonó esa tarde, ni esa noche, ni al día siguiente, y tampoco al otro.

Entre tanto, había mil diligencias por hacer. Lorenza iba haciéndolas una por una, de acuerdo con una lista que había elaborado con su hermana. Se dio a trabajar en ello en frío, sistemáticamente, averiguando y calculando, dándose a sí misma la orden de no desfallecer y sacando ánimo de la convicción de que tarde o temprano por ese teléfono iba a llegarle la punta del hilo de Ariadna que la llevaría hasta Mateo.

Una vez conocido su paradero, tendría que ir sola a buscarlo. Si Haddad estaba en lo cierto, esta era una de esas guerras que hay que pelear en solitario. Si la debilidad de Ramón era su amor por ella, ese sería el flanco por el cual tendría que atacarlo.

—Ante todo iba a necesitar dinero —le cuenta a Mateo—, un buen poco de dinero. Para pasajes, para hoteles, documentos, contactos. Y otras cosas, pero básicamente esas. La mamaíta estuvo divina. Firme y solidaria, como siempre que ha habido cataclismos en la familia. Le dije cuánto dinero iba a necesitar y enseguida lo consiguió y me lo dio. Luego tuve que ocuparme de un montón de trámites legales que me respaldarían si la cosa iba a parar en pleito por tu custodia. Era probable que eso pasara, y siendo yo la extranjera, la ley iba a estar en mi contra. Además, había que conseguir pasaportes. El mío verdadero y uno falso para ti, por si Ramón retenía el tuyo, más dos juegos adicionales con tu foto, la mía, nombres y nacionalidades trocados y todos los sellos que fueran necesarios. Tu padre tenía práctica en falsificar y yo no, pero en Colombia es pan comido comprar un pasaporte. Todo eso por un lado. Ah, y el maletín. Me conseguí un maletín de doble fondo, pero no sabes qué maletín, Mateo, no era ningún juguete, era una vaina para profesionales. Y ahí, lista y al lado de la cama, mantenía una maleta con mi ropa y con ropa extra para ti, porque sabía que te estaría haciendo falta. Y para ponerle el moño a ese paquetazo, nos craneamos con la Guadalupe todo un plan de rutas alternativas de escape de Argentina, no sólo por aire sino también por tierra. Por la frontera con Chile o con Uruguay, y en últimas por la frontera con Brasil. Eso, más contactos en distintos puntos, amigos que estaban dispuestos a ayudar. Mejor dicho un operativo bien montado. Algo había aprendido yo también de trotes clandestinos.

Todo lo anterior tenía validez en el supuesto de que Mateo efectivamente estuviera en Argentina. Lo cual era sólo eso, un supuesto. Pero los indicios eran varios. Primero, resultaba casi obvio que Ramón habría regresado a su propio país, donde jugaba de local y ella de extranjera. Segundo, Ramón había pedido para el niño un maletín con ropa para el frío, y mientras en muchas partes del mundo se preparaban para el verano, en Argentina estaba empezando el invierno. Tercero, Haddad opinaba que si el propósito de Ramón era reconquistarla, iba a hacerlo en territorio propicio. En Colombia la habían pasado tan mal que la relación había tronado, pero en Argentina habían estado enamorados. Era posible que él quisiera atraerla hacia el lugar donde habían sido felices.

—Astuto, ese Haddad —dice Mateo.

—Sí, pero ahí entraba a jugar otro supuesto: que la carta de Ramón sí fuera una carta de amor.

—Y si era una carta de amor, para qué montar semejante *Misión imposible* para rescatarme.

—Ahí está la cosa, kiddo; su carta podía ser de amor, pero sus actos eran de guerra.

—Gran frase, Lolé. Me está gustando esta película.

—Espera, ahora se pone fea.

* * *

Poco después del incidente con la policía en Las Violetas, Aurelia empezó a encontrarse con Forcás en El Molino Azul, un telo de Buenos Aires. Tel-ho: hotel. Pero hotel por horas, para parejas. Qué máquina caprichosa era la memoria; la suya guardaba el recuerdo del aspecto exterior del edificio, una mole de cemento, una especie de monumento eterno al amor por un rato. ¿Pero el interior? Se le había borrado. Hizo el esfuerzo por recuperar un objeto cualquiera, así fuera insignificante, que le devolviera el sabor de esas tardes. Una colcha, por ejemplo. Una colcha de textura viscosa, fría al tacto, de color mareado. ¿Vino tinto, digamos? Por qué no; bien pudo haber sido un rasete de medio pelo color vino tinto, o frambuesa desvanecido. Un objeto deprimente en cualquier otra circunstancia que no hubiera sido esa.

Y también la cortina plástica de una ducha. Debía ser amarilla, o de un blanco sucio, ¿o era más bien verde? Verde pistacho con diseño de burbujas, eso era. Con qué tenacidad se había escondido esa cortina verde en las oscuridades de la memoria... Pero Lorenza logró desenterrarla y siguió tirando el anzuelo a ver qué más sacaba en esa pesca milagrosa, hasta que apareció el par de tazas de té mal servido que el room service les hacía llegar por entre una discreta ventana giratoria, agua tibia apenas coloreada por bolsitas de té mustio y azúcar en cubos. Pero no mucho más.

La curiosidad por aquel Molino Azul de sus recuerdos la había llevado, hacía unos años, a llamar de Bogotá a Felicitas Otamendi, una de sus mejores amigas argentinas, a su despacho de abogada en Buenos Aires, para pedirle un favor extraño. Cuando tuviera un momento libre, ¿se animaría a echarse una pasadita por un hotel de citas llamado El Molino Azul, para contarle qué aspecto tenía? Era posible que todavía existiera, aunque Lorenza no sabía en qué calle; sólo pudo indicarle que se trataba de un edificio feo de unos cinco o seis pisos, en cemento gris.

Felicitas le entró enseguida al plan y le envió a Lorenza un primer fax que decía: «Esto está suculento, querida; he constatado que El Molino Azul no sólo sigue existiendo, sino que ofrece varias categorías de habitaciones. ¿Querés la más barata? ¿La de lux? ¿Ducha escocesa o baño romano? Queda en la calle Salguero y ayer pasé por allí para echarle ojo por fuera. Ahí está, cómo no, pero la fachada no es gris como vos la recordás, sino moras con leche. Pienso volver el jueves, esta vez sí para entrar, con un amigo que se ha ofrecido a acompañarme sin compromiso. Baci, Felicitas».

Así que la fachada no era gris. Entonces la habrían pintado, ¿o las grises habrían sido más bien esas tardes lluviosas? Al menos la primera vez que se encontraron en el telo llovía a cántaros, eso Lorenza podría jurarlo; Buenos Aires había desaparecido bajo el aguacero.

Antes de una semana, Felicitas le estaba mandando un informe detallado. «La puerta de ingreso es discreta —le decía—, no hay carteles ni signo alguno que permita identificar el lugar como albergue transitorio. Sin embargo, sobre una de las paredes exteriores hay pintado un gran molino, obviamente azul. Se ingresa a un hall chico y a la izquierda está la caja, tras un vidrio espejado que te protege de los ojos de quien cobra».

Sí, de acuerdo. Ahora que Felicitas lo mencionaba, a Lorenza le pareció estar viendo la mano anónima que les entregaba la llave a través del agujero en el vidrio ahumado. ¿La llave de la felicidad? Sólo por un rato, porque al cabo de dos horas los sobresaltaba el estrépito de un timbre: o entregaban la habitación, o tendrían que pagar tarifa doble.

Felicitas le describía una fuente de yeso con una especie de angelito, al parecer metafórico, que sostenía un ánfora de la cual partía un chorro de espuma que iba cayendo sobre una gran concha. Ella y su amigo habían pagado en la caja el equivalente a diez dólares y les habían adjudicado una habitación de lux, por una hora. «Huele a desodorante ambiental barato y dulzón, mezcla de mermelada y desinfectante, el olor característico de todos los telos del mundo, lo sé por experiencia», había escrito.

Sí, ese debía ser el olor. ¿Pero el ángel, el chorro de espuma, la gran concha? Por entonces no debían existir, o Lorenza los recordaría. «La habitación mide alrededor de cinco metros por cinco y está decorada en un art déco de pacotilla». Una vez adentro, Felicitas y su amigo se habían divertido tomando las fotos que le hicieron llegar después a Lorenza. Contra el fondo de mampostería de cartón pintado aparecían ellos dos, altos y estupendos ambos, de abrigo, botas y bufanda, sobre la cama, en el baño, contra los espejos. En particular un espejo enorme, hexagonal, con los lados desiguales, que a todas luces era la *pièce de résistance* del conjunto.

Las tardes de El Molino Azul, en el Buenos Aires de la dictadura. A Lorenza le iba volviendo a la memoria una larga fila de parejas, muchachos y muchachas jovencísimos, como debían serlo ellos dos también, que esperaban abrazados o agarrados de la mano a que les adjudicaran habitación, conversando en voz baja, sin demostrar vergüenza ni secreto ni recato, como quien hace cola para entrar al cine. Entre semana había poca gente, pero los viernes y los sábados la espera era larga. Por lo general no veían mucho jefe con su secretaria, prostituta con su cliente o cuarentón adúltero; lo que mayormente había era puro estudiante, de ese que aún vive con sus padres y ahorra durante la semana para llevar a la novia a un refugio lo más lejano posible del control paterno. No asomaba por allí nadie que insultara, que señalara con el dedo o armara escándalo. Ese telo, con su colcha de raso mareado, sus tazas de té frío y su olor a desinfectante, había sido para ellos territorio liberado en medio de la violencia moralizante de aquellos tiempos. Por gajes de la militancia clandestina, ni Aurelia ni Forcás podían conocer el lugar donde vivía el otro, y de ahí tantas tardes en que El Molino Azul supo acogerlos como si fuera una casa.

A Lorenza la inquietaron dos apartes del informe de Felicitas, según los cuales «la bañadera está discretamente oculta tras un bastidor de vidrio esmerilado» y «la colcha es de plush color durazno con almohadones assortis». ¿Colcha de plush durazno y vidrios esmerilados? ¿O sea que iban a resultar espurios hasta los más recónditos de sus recuerdos, la colcha de raso y la cortina del baño?

Tenía que reconocerlo, la habitación que aparecía en las fotos de Felicitas no era la misma que ella conservaba en la nostalgia. Es descorazonador que te modernicen los recuerdos, pensó, pero qué se va a hacer, habrá que aceptar que El Molino Azul optó por el upgrade y le entró a la remodelación con toda la furia. Y al fin de cuentas por qué no, si hasta en el más ruin de los hoteles renuevan el ajuar de tanto en tanto. En fin, que hicieran lo que quisieran, Lorenza se mantendría en lo suyo: una pareja de jóvenes enamorados, una cortina de plástico verde y una colcha de raso color vino tinto.

* * *

Goyeneche llegó al café de la calle Florida, donde lo había citado Lorenza. Se habían visto a diario durante el tiempo en que fueron compañeros de partido en el frente de comercio, y sin embargo en esta hora que compartieron en el café de Florida, Lorenza supo más de él que en años de militancia. Se había presentado de camisa oscura, campera de cuero negro, pelo ya no tan negro, más bien entrecano y escaso pero planchado hacia atrás y fijado con gomina, a lo cantante de tango, tal como lo llevaba en tiempos de la dictadura. Le contó a Lorenza que su verdadero nombre era Luis Antonio Méndez, hermano de aquel Arturo Méndez que desaparecieron en el 74, que no era argentino sino uruguayo y que después de la caída de la Junta terminó su carrera interrumpida de medicina y se especializó en ginecología. Quién lo hubiera creído, ginecólogo el Goye.

—Aunque ya no te llames Goye sino Luis Antonio —le dijo ella—, sigues pareciendo cantante de tango.

—Uno muy avejentado y que nunca supo cantar —sonrió él.

En los viejos tiempos Goye tocaba la flauta y ahora, en el café, se rieron recordando el lío que armó precisamente por eso, el día que no se presentó a una cita e hizo que cundiera la alarma, todo porque andaba tan absorto en su flauta dulce que se olvidó de la hora.

—Condenado Goye —le dijo Lorenza—. Qué susto nos pegaste. Nos hiciste desmontar el equipo y nos tomó un mes volver a juntar a toda la gente. ¿Todavía tocas la flauta?

—¿Después de lo que pasó? Estás loca, si a mí con la flauta me fue como a los músicos del zar —le dijo, y le contó que si tocaban bien, el zar ordenaba que les llenaran los instrumentos de oro, y el de la flauta salía perdiendo, pero si llegaban a tocar mal, el zar ordenaba que les metieran los instrumentos por el culo, y el de la flauta salía ganando.

Lorenza había buscado a Goye por una razón particular: al parecer conocía bien el episodio del carcelazo de Ramón. Y no por los vínculos de la política sino por una vía curiosa: su mujer era prima hermana de la que al momento de la detención era novia de Forcás. Mateo no había querido acompañarla a esa cita en el café; había preferido dar una vuelta por las tiendas de Florida para buscarle un regalo a una amiga, según le dijo a su madre. Pero se negó a confesarle de qué amiga se trataba.

Goyeneche, o sea Luis Antonio Méndez, le contó a Aurelia, ahora Lorenza, que la prima de su mujer, una muchacha que se llamaba Marisa y se ganaba la vida como maquilladora profesional, había sufrido mucho cuando Ramón fue preso. Al principio la acusaron de complicidad, dado que mantenía con él una relación estable, pero luego la declararon inocente.

Ya se había ido Goye cuando Mateo regresó de hacer su compra y le mostró a su madre el monedero de cuero color cereza que le había conseguido a su amiga sin nombre.

—¿Te gusta? —le preguntó—. Además compré otro igual, pero verde.

—¿Para otra novia?

—No. Para ti. ¿O quieres mejor el rojo?

Lorenza tomó el monedero verde y le estampó el beso sonoro que hubiera querido darle a Mateo, pero que él habría esquivado. Luego le contó lo que había sabido por Goyeneche.

El asunto del carcelazo no había tenido nada que ver con política; más bien con una jugada torcida que estaba planeando Ramón, que era el cerebro, junto con su único hermano, el tío Miche, que había fungido de autor material y de hombre de los contactos.

Se trataba de una suma de dinero considerable, en efectivo, que un cierto banco de provincia trasladaba una vez al mes hacia Buenos Aires a través de una empresa transportadora. El dinero llegaba a su destino por la noche y permanecía guardado en un depósito de alta seguridad hasta que lo reclamaban a la mañana siguiente. Pero no era el único envío que llegaba al depósito, porque la empresa transportadora tenía otros clientes aparte del banco. Así que Ramón envió desde alguna ciudad del interior una gran caja de madera a su nombre el mismo día en que el dinero del banco era fletado.

—O sea que mi papá se autoenvió una gran caja de madera —dijo Mateo—. Esto se pone interesante.

—Así es, él era el remitente y el destinatario.

—Apuesto a que no era una caja vacía.

—En efecto. ¿Y a que no adivinas qué contenía? Pues ni más ni menos que a tu tío Miche.

—¿Mi tío Miche entre la caja? —se rio Mateo, incrédulo—. ¿Me estás diciendo que mi tío Miche era la mercancía? ¿Y para qué mierda servía mi tío Miche entre una caja de madera?

—Tu tío Miche llegaba encerrado entre su caja al depósito, salía de su escondite de noche cuando ya no había nadie, cambiaba las bolsas de dinero por unas falsas, guardaba las verdaderas junto con su propia persona dentro de la caja de madera, la cerraba bien y esperaba... a que tu padre lo reclamara al día siguiente.

—¡Brillante! ¿Y dónde falló la estratagema?

—Dice Goye que, según le contó la prima de su mujer, ya habían puesto en práctica todo el trámite una vez antes de la definitiva, es decir sin el dinero, y que la cosa les había salido a pedir de boca. El tío Miche había pasado la noche en el depósito sin ser notado y al día siguiente Ramón lo había reclamado exitosamente. Hasta ahí, no problema.

—Puta vida.

—Ya sé, es de no creer. Pues repitieron el operativo ahora sí de verdad, el día del envío del dinero. Como el tío Miche no debe medir menos de un metro con setenta y pico, la caja que lo contenía era muy pesada y esta segunda vez se les cayó a los cargueros cuando la transportaban. Tu tío Miche se dio un golpe brutal en la cabeza y perdió el conocimiento, parece ser que al depósito llegó sin conocimiento, que así estuvo toda la noche y que empezó a despertarse al otro día. Y a quejarse.

—Y por supuesto, lo oyeron. El extraño caso de la caja que llora.

—Lo oyeron y lo pillaron. Pero no dijeron nada, esperaron a que apareciera el destinatario a recoger el envío, y atraparon a tu padre también.

—Como chiste flojo de los Tres Chiflados.

—Los dos chiflados.

—Típica ramonada.

—Moraleja: no es lo mismo cranearse un golpe que golpearse el cráneo —se le ocurrió decir a ella, y les agarró un ataque de risa incontenible.

Ramón y el tío Miche estuvieron presos unos cuantos meses. Nada demasiado grave; como Miche no había alcanzado a echarles mano a las bolsas de dinero, no fue mucho lo que pudieron probarles.

No es lo mismo cranearse un golpe que golpearse el cráneo, iba repitiendo Mateo, divertido, por el camino de regreso al hotel. Pero cuando llegaron estaba triste.

—Ya no te rías más, Lorenza, no es cómico. Yo hubiera preferido que Ramón fuera un criminalazo —dijo—. Y que la condena hubiera sido de muchos años. Así al menos podría creer que no me había buscado porque no podía, porque estaba preso y no se lo permitían. Un gran hampón, o un famoso dirigente político clandestino, alguien encerrado en absoluto aislamiento durante años en una cárcel de alta seguridad, pensando todos los días en mí, como yo pienso en él. Alguien que supiera que tan pronto saliera libre, lo primero que haría sería buscar a ese hijo que se le había perdido. Te lo juro, Lolé. Hasta hoy había tenido esa esperanza. Creo que hubiera preferido que estuviera muerto. Para poder perdonarlo, ¿me entiendes? Pero no, ahora resulta que está vivo, que lo de la cárcel fue una payasada.

* * *

¿Por qué Ramón nunca buscó a Mateo? La pregunta no dejaba dormir a Lorenza esa noche. En medio del insomnio, ya cerca de la madrugada, quiso darle un respiro a su cabeza llevándola hacia otro lado, y empezó a leer la novela de Bernhard Schlink que había comprado hacía unos días en la calle Corrientes. Por pura casualidad se topó en sus páginas con un párrafo que quizá encerrara la única respuesta posible para la pregunta imposible, ¿por qué en todos estos años Ramón no había buscado a Mateo? «Hay cosas que se hacen porque sí —decía Schlink—, porque la conciencia se adormece, se anestesia, es decir, no porque tomamos tal o cual decisión, sino porque lo que decidimos es precisamente no tomar ninguna, como si la voluntad estuviera abrumada por la imposibilidad de encontrar una salida y decidiera parar de pedalear y rodar al ralentí mientras se lo permita el camino».

Quizá si Ramón no buscó a Mateo fue simplemente porque no lo buscó. Tal vez no existiera otra respuesta que esa, dejando un vacío donde el muchacho tanto necesitaba respuestas. Lorenza leyó una y otra vez el párrafo de Schlink pensando que tendría que leérselo a Mateo. O quizá no: resultaría demasiado duro. Siempre había tratado de defender a su hijo del dolor de lo pasado, como si pudiera suprimirlo tan sólo con no nombrarlo. Quedarse corta con las palabras había sido su herramienta, y quizá fuera eso, más que los hechos mismos, lo que Mateo no le perdonaba. No le perdonaba que minimizara, que restara importancia, que pretendiera neutralizar, que evadiera el tema, que no reaccionara. Era posible que Mateo sintiera que cuando ella se interponía entre él y el toro bravo del abandono, le impidiera verlo y lo dejara inerme ante su embestida. Era posible que Mateo creyera que al negar ella la soledad del abandono, en vez de conjurarla la duplicara, dejándolo a él aún más solo. ¿O sería más bien su propia culpabilidad, su parte de responsabilidad en todo aquello, lo que Lorenza pretendía camuflar con eufemismos?

A la mañana siguiente, a la hora del desayuno, en la mente de Lorenza esas consideraciones habían quedado reducidas a fantasmas del desvelo, a verdades intuidas pero no asimiladas. La vigilia volvía a constreñirla a los gestos impávidos y al lenguaje recortado, porque cómo nombrar aquello sin ahondar la herida, porque dónde podría hallar palabras o razones. El abandono paterno nunca tiene buenas razones, y eso lo hace innombrable. Ninguna explicación basta, y eso lo hace inexplicable. *Rodar al ralentí*, decía ese párrafo de Schlink que bien hubiera podido aplicarse a la propia Lorenza.

* * *

Lorenza y Mateo la pasaron mal los dos días siguientes, abatidos y distanciados, en reversa, el muchacho encuevado en su ánimo sombrío y sin salir para nada del cuarto, y ella desvelada en las noches y de día bregando a trabajar mientras se caía del sueño. Al regresar al hotel, le bastaba con ver desde el pasillo que Mateo había colgado el letrero de *Please don't disturb* en la puerta de la habitación para adivinar que adentro las camas estarían revueltas, las toallas por el piso, las cortinas cerradas y en medio del naufragio, su niño despeinado y en piyama, sobreviviendo a punta de los chocolates, las papas fritas y las Coca-Colas del minibar y en estado catatónico ante un PlayStation que echaba humo tras horas y horas de funcionar sin interrupciones.

Ella siempre le había tenido miedo al PlayStation. Sonaba ridículo, eso de tenerle miedo a un objeto, y más si se trataba de un juguete. Pero así era. La inquietaba la manera como Mateo se dejaba devorar por ese aparato. La enervaba esa musiquita reiterativa de organillo electrónico que a él lo invadía y lo transportaba a un universo lejano, hiperquinético y superpoblado de muñequitos que tiraban puños y patadas, disparaban metralletas, saltaban barriles, trepaban torres, caían muertos, resucitaban, atravesaban laberintos, se ahogaban en un foso y lanzaban granadas, siempre a un ritmo insostenible, sobrehumano, que contrastaba bruscamente con la quietud de estatua de Mateo, porque salvo sus pupilas, que bailaban, y sus pulgares, que oprimían botones en sintonía con el frenesí de la pantalla, todo lo demás en él era quietud, ausencia, hipnosis.

Aunque desde luego lo temible no era el juego, sino lo que Mateo callaba, lo que evitaba, lo que negaba cuando se sentaba en la posición del loto, como un niño Buda, frente a su extraño altar iluminado.

A partir del momento en que Mateo se había enterado de las circunstancias del carcelazo de su padre, decidió cerrar los oídos y la boca y no quiso saber nada más de él, ni de Buenos Aires, ni tampoco de su madre. Le anunció que regresaría a Bogotá tan pronto lograran adelantar el cupo de avión, y ella no hallaba argumentos para disuadirlo. No había manera de que él le concediera un plazo para buscarle un final menos descorazonador a ese viaje que había emprendido con expectativas tan grandes.

—¿Quieres que conversemos, Mateo? —le preguntaba Lorenza, pero su hijo estaba tan absorto en el juego que ni siquiera le respondía.

—¿No será bueno que hablemos, hijo? —insistía ella.

—No, Lolé, todo lo que me digas me va a caer mal. No estoy de acuerdo con tu manera de hablar.

—Pero kiddo, hago lo que puedo, trato de contarte las cosas como sucedieron...

—Ese es el problema, eres la Mujer Maravilla y todo lo cuentas como si fuera guión de película de acción. Me pintas un Ramón que parece superhéroe de dibujos animados. Hace no sé qué cosa aquí, puff, puff, hace no sé qué cosa allá, puff, se resbala, se levanta, puff, puff, cae preso, sale libre, lucha contra los malos, lucha contra los buenos... No me cuadra, ¿entiendes, Lorenza? Ese personaje no tiene nada que ver con el Ramón que es mi padre. Mi padre es un tipo que hace guachadas, un atraquito de mierda y además frustrado, y ni siquiera tiene cojones para dar la cara, para venir a darme una explicación. ¿Qué tiene que ver tu combatiente de hombros anchos con este canalla que se borra, que desaparece? Riiiing... riiiing... ¿Aló? ¿Quién es? Nada, no es nadie, no sabe, no responde, wrong number, le importa un carajo, todas las anteriores, ninguna de las anteriores.

—¿No me esperarías unos días, Mateo, a que yo termine mi trabajo aquí en Buenos Aires, y después regresamos juntos a Bogotá? —le preguntaba ella—. O si quieres puedes irte mañana mismo para Bariloche, y allá te quedas esquiando hasta que yo vaya por ti.

Pero Mateo se negaba de plano. Lo único que quería era que lo dejaran solo y en paz, sumido en el PlayStation y borrado del mundo.

* * *

Al tercer día de andar en esas, Lorenza resolvió cancelar todos los compromisos para quedarse en el hotel jugando PlayStation con Mateo, a ver si así lograba restablecer algún tipo de contacto. Si Mahoma no va a la montaña, se dijo, entonces la montaña tendrá que sentarse a jugar PlayStation.

—¿Puedo jugar contigo? —le preguntó.

—No, porque no sabes.

—Tú me enseñas.

—A tu edad ya no hay suficientes reflejos.

—Ponme a prueba.

—Está bien, pero jugamos Dynasty Warriors 4.

—Como quieras.

—Cierra la puerta con seguro y cuelga el letrero, para que no interrumpan.

—¿Quién va a interrumpir a esta hora?

—Cuelga el letrero, te digo. Dynasty Warriors es mi preferido de todo PlayStation. Se juega por etapas y a medida que vas avanzando, más diestro se va volviendo Wei-Wulong y más poderes adquiere —le explicó él, de repente comunicativo. Era como si al hablar de Wei-Wulong le brillara la cara de orgullo; como si fuera él mismo el poseedor de los poderes.

Lorenza colgó el letrero de la manija y entraron en Wu, en Shu y en Wei, los tres reinos de Dynasty Warriors, donde todo era brutal y luminoso. Allí no había reposo, pero tampoco fatiga; las batallas eran feroces pero limpias de cadáveres y sangre, porque el enemigo exterminado se limitaba a soltar un destello y desaparecía en el acto. Mateo ni siquiera parpadeaba, todo en él era concentración, tensión y reflejos alertas, y sólo tenía ojos para el vertiginoso movimiento de los sables. Lorenza percibió cómo ante el brillo de esos colores centelleantes, la habitación se borraba y el mundo real se iba apagando, aburridor y lento. En este momento no existe Mateo, pensaba. Wei-Wulong ha tomado posesión de mi hijo.

—¿No dijiste que me ibas a enseñar? —preguntó y su voz sobresaltó a Mateo, que se había olvidado por completo de su presencia.

Él respondió que bueno y empezó a explicarle, sin cederle el aparato de control, cuándo se podían sacar las catapultas, cuándo se debían usar los puentes levadizos, cómo se acumulaban puntos. Finalmente ella logró que el muchacho le prestara el control, pero como jugaba mal él se iba impacientando, incómodo con ella y con su torpeza, y le iba acortando cada vez más los turnos mientras alargaba los suyos propios. Sus explicaciones, al principio entusiastas, se fueron haciendo esporádicas y escuetas, hasta que volvió a sumirse del todo en un silencio que parecía religioso. Entonces Lorenza abrió la puerta y salió de la habitación, y Mateo no se dio cuenta.

* * *

—Exactamente a los quince días de que Ramón se fuera contigo… —empieza a decirle Lorenza.

—No *se fue conmigo*, madre; me secuestró.

—A los quince días de eso…

—Eso no se llama *eso*; eso se llama *desaparecer* a un niño. Tú, que cuentas tanta historia de desaparecidos en Argentina, le tienes miedo a la palabra cuando se trata de tu hijo.

—No fue lo mismo, Mateo, y tú lo sabes.

—No fue lo mismo, pero se parece mucho.

—Se parece, pero no mucho. Déjame seguir. A los quince días supe que sí, que tal como yo había pensado, se había volado contigo para Argentina. La confirmación me llegó por el lado más inesperado.

—Despacio, Lorenza. Vamos despacio, eso nunca me lo has contado.

—Aguarda y verás.

Esa semana pasó entera sin que se produjera la llamada de Ramón. La llamaron, en cambio, de *La Crónica*. El director de la revista, que le había dado licencia indefinida de trabajo y que hacía lo que estaba a su alcance para ayudarla, le avisaba que en la redacción se había presentado un tipo mal encarado que preguntaba por ella y que decía traerle noticias de su marido. Curiosa palabra, *marido*, que Lorenza no utilizaba para referirse a Ramón, y que quienes los conocían tampoco le hubieran asignado. En menos de una hora, ella ya estaba allí, frente a un hombre que le entregaba una tarjeta de presentación, según la cual se trataba de Joaquín Albeiro Pinilla, Abogado.

Pero no cualquier abogado; en su sonrisa centelleaban las incrustaciones de oro y las prótesis dentales excesivamente blancas; en su melena excesivamente negra asomaban las raíces entrecanas, y a la entrada del edificio había estacionado una narco Toyota excesivamente plateada. Haciendo reportajes sobre la mafia, Lorenza había tenido que entrevistar a varios abogados de estos, que actuaban como testaferros, voceros o representantes de la mafia.

—Si no estoy mal, esto lo firmó usted —le dijo el tipo, sacándose del bolsillo un cheque por ciento cincuenta mil pesos, una suma muy alta para ella, si se tiene en cuenta que su sueldo en ese entonces era de veintiocho mil al mes. El cheque había sido escrito a máquina pero estaba firmado por su puño y letra, y había salido de su chequera. Estaba fechado para el día anterior—. Su marido, el señor argentino, se lo dio a mi jefe hace un mes, digamos, posfechado. Ayer se vencía y mi jefe lo mandó cambiar, y usted perdonará, pero se lo devolvieron por, digamos, falta de fondos. Según entiendo, su marido ya no está en Colombia, así que con todo respeto, Lorencita, usted me va a tener que responder por esto —el hombre se abanicaba con el cheque mientras derrochaba sonrisas y fórmulas de cortesía. Le decía que la respetaba y al mismo tiempo la irrespetaba llamándola familiarmente Lorencita, un pequeño manoseo verbal que podía permitirse porque la tenía contra la pared con ese cheque comprometedor y además sin fondos—. Mi jefe lee *La Crónica* y la admira mucho a usted, reconoce que es una periodista de gran valía, y precisamente por esa razón no quisiera proceder a, digamos, un cobro judicial. Este chequecito no es por un monto importante pero aquí estamos hablando de principios; mi jefe no acepta que le jueguen torcido, ¿sí ve?

—Sí veo, doctor Pinilla, pero cuénteme, a cambio de qué le dio mi marido este chequecito a su jefe —preguntó Lorenza, que ya se iba haciendo en la cabeza toda la composición de lugar.

—Del equivalente en dólares, mi doña.

—Ahí estás pintada, Lorenza, sobre los hombros anchos de mi padre me has hablado mil veces —salta Mateo—. Pero nunca me habías contado que estafó a un narco.

—Te lo estoy contando ahora.

—Y por qué sólo hasta ahora.

—¿Quieres que siga?

El abogado aquel acababa de proporcionarle, sin darse cuenta, otra pieza del rompecabezas que encajaba en su lugar, y ahora Lorenza sabía con qué dinero andaba funcionando Ramón. Y con cuánto. El cheque debía ser uno de los tantos que ella le había firmado en blanco mientras convivían, para que pagara el alquiler o los servicios. Lorenza hizo mentalmente el cálculo. Si tras recuperar a Mateo seguía viviendo donde su madre y le entregaba a este tipo su sueldo entero, podría cancelarle la deuda en cinco o seis meses. En cualquier caso mejor renunciar al sueldo que tener cuentas pendientes con el personaje.

—Mire, doctor Pinilla, hágame el favor de decirle a su jefe que en estos días salgo de viaje, pero que tan pronto regrese le pago el dinero, siempre y cuando me dé plazos.

—Pero no le va a gustar, doctora. A mi jefecito no le va a gustar que usted también se le vaya a Argentina...

—¿A Argentina? —a Lorenza el corazón le pegó un brinco—. ¿Dijo Argentina?

—Bueno, para allá se fue su señor marido, doña Lorenza, y usted comprenderá que mi jefe...

—Yo comprendo, Pinilla, y además cuente con que le pago ese cheque, pero dígame por qué dijo *Argentina*.

—Argentina, para allá viajó su señor marido, como usted bien sabe.

—Le aseguro que usted sabe más que yo. Dígale a su jefe que a él mi señor marido le robó su dinero, pero que a mí me robó a mi hijo. Dígale que confíe en mí, porque en este asunto estamos del mismo lado.

Pinilla aceptó y le mandó saludos a la señora madre de doña Lorencita, preguntando si siempre seguía viviendo en la 94 abajito de la 9ª.

—¿Acaso ese Pinilla conocía a la mamaíta? —pregunta Mateo.

—No, kiddo, no la conocía. Me estaba amenazando, por si le incumplía.

Antes de que el abogado se retirara haciendo reverencias, Lorenza lo retuvo un momento.

—Sólo una cosa más, Pinilla. Cómo sabe que fue a Argentina donde viajó mi marido.

—Usted que es periodista tiene sus fuentes, y nosotros tenemos las nuestras —Pinilla sonrió de oreja a oreja—. En eso también coincidimos, cómo le parece.

—Otra vez el hampón de mi padre, con sus grandes pequeñas estafas —dice Mateo—. Agarra al niño, agarra el dinero y te deja de paganini, ensartada con esas fieras.

—Ese no era su plan. Antes de que Pinilla se despidiera, yo ya sabía que ahora sí, en cualquier momento me iba a llamar Ramón.

—No tiene sentido.

—Dice mucho sobre quién es tu padre. Se le había volado al mafioso, y debía tener todo calculado para que yo también me le volara.

—O. K., tiene sentido. Entonces corriste a casa a contestar su llamada.

—Todavía no. Si el juego era así de sucio, entonces me faltaba una vuelta por hacer. Y ahora sí, tenía los minutos contados.

Cuando le sugirieron a Lorenza que denunciara a Ramón ante los militares argentinos, ella tomó una decisión: cualquier cosa, menos eso. Ahora acababa de tomar otra: menos eso, cualquier cosa. Ahí mismo, en la revista, trabajaba Botero, conocido como el Botas, un investigador de la sección judicial con quien ella se la llevaba bien; siempre daba resultado hacer equipo con el Botas, que sabía meterse hasta en los peores antros con tal de averiguarse un dato. No había ollas, bajos fondos ni lupanares que se le escaparan al Botas. Lorenza pensó, este es mi hombre, y fue hasta su escritorio.

El Botas hizo un par de llamadas y quince minutos después iban los dos en un taxi, hacia un barrio de clase media baja al occidente de la ciudad. Timbraron en una casa amarilla con patio delantero, reja metálica y tres perros energúmenos, de los que matan y comen del muerto. Una viejita que salió a abrir en chinelas cagó a gritos a los perros y los encadenó a la reja, y aunque parecían dispuestos a ahorcarse con la cadena con tal de arrancar bocado, no pudieron impedir que ellos bordearan la línea de ataque hasta una salita, donde se sentaron a esperar. La vieja les trajo tinto azucarado en pocillos miniatura y al rato los hizo seguir a una de las habitaciones del segundo piso, donde los atendió un hombre de bata blanca.

—¿Médico? —pregunta Mateo.

—Nunca supe qué era, médico, o químico, o practicante clandestino de abortos. Ni supe, ni pregunté. En todo caso trabajaba de bata blanca y fue muy amable. Cuando el Botas le contó para qué necesitaba yo lo que necesitaba, se negó a cobrarme.

—Le pediste un arma... ¡Hay una escena a tiros entre mis padres y a mí nadie me la ha contado! Confiésalo, ¿mataste a Ramón?

—Calla, loco. Ni te imaginas qué fue lo que me dio.

—Un... cuchillo asesino.

—No.

—Un chaleco antibalas.

—No.

—Un hacha, un taco de dinamita marca ACME, como los que usa el Coyote contra el Correcaminos. Me rindo, Lorenza, dime qué te dio.

—Un delineador de ojos, color café, marca Revlon. Al delineador le quitabas la tapa transparente que protegía la punta. Como a cualquier delineador. Pero luego también le desenroscabas y le quitabas la punta, y aparecía una aguja. Más corta que una aguja de jeringa, pero igual de fina. Oculta entre el cuerpo del lápiz, iba una pequeña cámara con un líquido espeso.

—Pocas gotas lo duermen, muchas gotas lo matan —le había dicho el hombre de la bata blanca.

—Mieeeerda, Lolé —dice Mateo—. ¿Y guardaste esa vaina en el doble fondo del maletín profesional?

—No hacía falta, lo guardé entre la bolsita de los cosméticos.

* * *

De buenas a primeras Mateo apagó el PlayStation para sentarse a escribirle una carta a Ramón.

—Se la entregas cuando yo ya me haya ido para Bogotá —le indicó a su madre cuando terminó—. Si es que acaso lo ves, o ves a alguien que se la pueda entregar.

Sobre el escritorio dejó una hoja de papel doblada y guardada entre un sobre con membrete del hotel, y anunció que se daría un baño largo en tina.

—¿Puedo gastarme toda el agua caliente? —preguntó antes de encerrarse.

—Lo único infinito en esta vida es el agua caliente de los hoteles —le dijo ella.

—Si quieres, puedes leerla —la voz del muchacho le llegaba a Lorenza desde el otro lado de la puerta del baño, refundida con el ruido del agua. Ella abrió el sobre.

Ramón: Este viaje a Buenos Aires me ha servido para confirmar lo que ya sabía, que nunca has estado y que tampoco estás ahora —decía la carta—. Has crecido en mí como un fantasma, como un miedo a la oscuridad y un odio por las verduras. Reconozco tu ausencia en esta adolescencia insegura y en esta timidez arrogante que me aísla de la gente. Pero afortunadamente no es sólo eso. También has crecido en mí como pasión por las montañas, los ríos, la nieve y la niebla. Cada vez que subo a una montaña, creo recordar que alguna vez tuve padre. Me quedo con ese recuerdo y no te busco más. Ya no espero nada de ti.

Eso había escrito Mateo, pero sí que esperaba. En el envés del sobre, haciendo un esfuerzo por que la letra le quedara clara, había anotado su teléfono y su dirección en Bogotá, especificando el nombre del barrio, el número del apartamento, el código postal. Y por si no resultara suficiente, debajo había dibujado un mapita rudimentario, indicando con flechas cómo llegar.

Lorenza tenía por delante otro día atiborrado de trabajo y la mortificaba horrores tener que dejar a su hijo solo, entregado a Wei-Wulong y a Dynasty Warriors. Por fortuna sonó el teléfono, contestó y era una voz dulce de muchacha, que preguntaba por Mateo.

—¡Mateo, es Andrea Robles, la hija del Negro Robles! Dice que le comunicaron que la andas buscando y pregunta si no quieres que te acompañe a dar una vuelta —gritó a través de la puerta del baño, tapando bien la bocina para que al otro lado de la línea no se escuchara el no rotundo que su hijo iba a proferir.

Para sorpresa de ella, Mateo dijo en cambio que sí.

* * *

—Es bien linda, la Andrea Robles —le contaba esa noche Mateo a su madre—, de cara alargada y cuerpo delgado, pelo crespo y ojos un poco así, de esta manera. Me llevó al Jardín Botánico. Estaba lleno de gatos, y ahí conversamos. Quién sabe cómo se alimentan todos esos gatos del Jardín Botánico, Lolé, ¿tú crees que la gente les lleva comida? ¿O será el Gobierno? A no ser que coman plantas, cosas botánicas, como las vacas... No te creas que son unos pocos, son un ejército de gatos, nunca vi tantos en mi vida, eso no es un jardín botánico, es un jardín felínico.

»Es mayor que yo, la Andrea Robles. Por ahí cuatro años, o diez. Por lo menos seis, sí, seis o siete, ese es el cálculo que hago, aunque a veces parece de mi edad, según como la mires, y habla de revolución, de compromiso y de las injusticias de este mundo. Andrea cree en esas cosas, Lolé; dice que se lo heredó al papá. Me contó que durante años creyó que él se había muerto en un accidente de automóvil, esa fue la versión que le dieron, supongo que su mamá, porque suena a cariñosa mentira materna. Una mentira de mamá con miedo de que en el colegio la hija cuente la verdad y meta a toda la familia en un lío.

»En la casa de Andrea Robles siempre hubo misterio con el trabajo del Negro Robles —siguió Mateo—.

Es decir, mientras el Negro Robles estaba vivo tenían ese problema. ¿Te imaginas? Cuando le preguntaban a Andrea en qué trabajaba su padre, ella no sabía qué contestar y por eso decidió inventarle oficios, inspirada en cosas que veía en su casa. Siempre veía papeles, un montón de papeles, máquinas de escribir y un mimeógrafo, y por eso empezó a decir que su padre era oficinista. O si no piloto, porque viajaban gratis. En realidad no era gratis, era gracias a los pases que les daba el partido, pero eso ella no lo sabía. Lo que sabía era que a los pilotos las aerolíneas les daban pasajes gratis para ellos y para sus familias, y entonces ella decidió decir que su padre era piloto. Lo mejor es que también decía que era militar, eso me contó, que ella le decía a la gente que su papá era militar, o militante. Qué genial, ¿te imaginas, Lolé?, esas dos cosas le sonaban igual a la Andrea Robles, militar y militante. Las había escuchado en su casa y creía que eran lo mismo.

»Andrea Robles me contó que un día a las siete de la mañana se iban a desayunar como siempre, y en ese momento llegaron unos amigos de su madre, que en realidad no eran amigos sino compañeros del partido, pero eso Andrea no lo supo sino hasta mucho después. Su mamá los atendió en la cocina. Andrea no entendía qué hacían ahí tan temprano, por qué no se iban para dejarlos desayunar, y cuando ya por fin se fueron la madre los sentó a ella y a su hermano a la mesa, pero en vez de darles el desayuno, les dijo que su papá había muerto en un accidente.

»Hacía un tiempo que el padre de Andrea Robles se había separado de la madre, o sea de la madre de Andrea Robles, y se había ido a vivir a otra ciudad, o sea que de todos modos Andrea ya no lo veía tanto, todos los días no, todos los meses tampoco, sólo de vez en cuando. Por eso cuando a él lo mataron Andrea no sintió mucho el cambio, eso me dijo, que no había sentido mucho el cambio, más bien se olvidó rápidamente de que él estaba muerto y volvió a la idea de que estaba lejos y que ya pronto iba a volver a hacerles visita. Mientras estuvo vivo, el Negro Robles iba a visitarlos y los llevaba de viaje hasta la sierra en un Citroën que tenía, y allá hacían monos de nieve. Yo le pregunté a Andrea si esa sierra quedaba en Bariloche, le conté que a mí Forcás me llevaba a la nieve en Bariloche, lo que no le conté es que me llevó una sola vez y luego desapareció. Ella me dijo que no, que no había sido en Bariloche sino en la sierra. ¿Cuál sierra? Ay, Lorenza, no sé, no sé cuál sierra, no entramos en detalles. Andrea me dijo que esa fue la única vez en su vida que vio la nieve, después nunca más, ni siquiera ya de grande. Ahora que lo pienso, creo que el Negro César llevó a sus hijos a la nieve una sola vez, como Ramón a mí. Si no, no se entiende la cosa. Y tuvieron suerte, porque esa vez nevó. Bueno, a lo mejor llevó a sus hijos a la sierra varias veces, pero sólo una vez nevó.

»Lo que te quiero contar es que Andrea suponía que el accidente de su padre había sido en el Citroën, y a los pocos días se llevó la gran sorpresa cuando vio el Citroën en perfectas condiciones, sin un rasguño. ¿Cómo era posible que se matara el Negro en el Citroën, y que al Citroën no le pasara nada? Pero ella no preguntó. Nada. Dice que no preguntó nada, ni siquiera pensó nada, ni sacó conclusiones. Sólo después vino a saber que lo habían asesinado a balazos, y que el Citroën no había tenido nada que ver en eso.

»Ahora Andrea está perfectamente enterada de cómo pasó todo y puso una demanda legal contra los asesinos y tiene que atestiguar y dar declaraciones. Pero de niña no sabía. Dice que la muerte del Negro le parecía algo irreal, porque ella sólo tenía ocho años cuando lo mataron y no entendía cómo era eso de morirse, al fin de cuentas antes no se les había muerto nadie, además cuando lo velaron, el cajón estaba cerrado y ella ni siquiera sospechó que él estaba ahí, adentro.

»Andrea me contó que lo había querido un montón, y también su papá a ella. Yo le pregunté cómo lo sabía, o sea por qué estaba tan segura de que el Negro Robles la había querido, y me dijo que él siempre les traía regalitos de los viajes, postales y mapas del mundo. Y unas castañuelas. Andrea todavía guarda esas castañuelas que el Negro Robles le trajo una vez; me dijo que seguramente de España. Pero además sabe que la quería porque cuando ella nació, el papá salió corriendo a comprar todos los libros de Piaget para entender cómo eran los niños y cómo había que educarlos. Dime, Lolé, ¿Ramón leyó los libros de Piaget cuando nací yo? Pues si los leyó, no le sirvieron de nada.

»Un día Andrea invitó a su papá a una cafetería a tomarse un café, para discutir. Me dijo que estaba chiquita y que nunca en su vida se había tomado un café porque le parecía horrendo, pero que como veía al Negro discutiendo en los cafés con sus compañeros y que todos tomaban café, pues quiso hacer lo mismo y le montó tremenda discusión sobre por qué tenía que volver a vivir con su madre.

»En todo caso después de que le mataron al padre, Andrea Robles empezó a extrañarlo demasiado, eso me dijo. Le dio por inventar que él no se había muerto sino que andaba por Europa y que al regreso le iba a traer postales y castañuelas. También le gustaba creer que él había perdido la memoria, por un golpe o algo así, y que como no se acordaba de nada, no podía buscarla ni llamarla. Me dio risa cuando Andrea me contó eso, Lolé. Me dio risa porque antes yo también me montaba el video de que Ramón había perdido la memoria. Le pregunté a Andrea Robles si no se imaginaba que su padre estaba preso y ahí la que se rio fue ella, seguramente porque también se había imaginado esa disculpa.

»Andrea Robles se siguió inventando cosas hasta que un día fue a recoger el diario y vio publicada la foto de él, acribillado. Era un aniversario de su muerte, algo así. Andrea me dijo que había sido un impacto terrible, aunque ella ya tenía dieciocho años. Un impacto terrible ver la foto de su padre acribillado, imagínate, Lolé, la sorpresa debió ser bien fuerte. Claro que eso la ayudó, quiero decir que encontrar esa foto al fin de cuentas fue algo bueno para Andrea Robles, porque la obligó a aceptar por fin que el Negro Robles estaba muerto. Y además se dio cuenta de que él había sido un valiente y que había muerto peleando contra las injusticias y por los pobres, y se volvió una fan tan grande de su padre que ahora quiere imitarlo en todo. Pero qué tal lo de la foto. A balazos, Lolé, qué vaina tan jodida. Qué vaina tan jodida ver de buenas a primeras la foto del papá de uno molido a balazos. ¿Que si le conté que me llamo César en honor a su padre? No, me parece que ya lo sabía.

* * *

Cierto mediodía, Lorenza había quedado de encontrarse con Forcás en un lugar llamado Banchero, por los rumbos de Primera Junta. Disponían apenas de una hora para estar juntos y él la había invitado a esa pizzería, que ella no conocía, porque según dijo allí hacían una fugazza de primera que tenía que probar. Pero ella iba tarde a la cita, para variar se había confundido de calle, por exceso de celo había caminado más de lo debido y tuvo que dar marcha atrás, convencida de que ya no llegaría a tiempo. Forcás iba a pararse y a largarse, como tenía que ser. Los diez minutos de espera permitida se iban agotando y de repente lo vio, cuando no se lo esperaba y donde no se lo esperaba, pero era él, Forcás, ahí estaba sentado a una mesa, de camisa blanca, tras la vidriera de un restaurante que no era el acordado. Aurelia miró hacia arriba y leyó el nombre del local; decía Banchero. Entonces debe ser Banchero, pensó, mire no más. Hacía un rato le había pasado por enfrente sin darse cuenta y había seguido de largo.

Él se veía muy guapo con su camisa blanca pero andaba de malas pulgas, a lo mejor debido a la demora de ella, o quizá porque había pedido dos Quilmes bien frías para tenerlas listas sobre la mesa y cuando ella llegó ya no estaban tan frías, además Aurelia le dijo que prefería una Pepsi porque no tomaba cerveza y para rematar no quiso la fugazza que él tanto insistía en que probara y en cambio pidió una pizza calabresa chica, vaya a saber cuál de las anteriores era la razón, lo cierto es que el encuentro no estaba saliendo tan bien como otras veces, había por el contrario un destemple notorio y el tiempo corría, la hora disponible se iba agotando y ella hacía fuerza para que la cosa se corrigiera sobre la marcha. Pero Forcás hablaba poco y no quitaba los ojos de un televisor que los dueños de la pizzería habían instalado en una esquina para que su clientela pudiera ver los partidos del Mundial de Fútbol, que ese año se estaba jugando en la propia Argentina.

La selección local contaba con jugadores de la talla de Kempes, Passarella, Fillol y Ardiles y el país entero celebraba sus golazos con grandes fiestas callejeras. Pero los dictadores también celebraban, esa era la joda, que los dictadores también celebraban, aparatosamente, a los abrazos, saliendo a los balcones a saludar a la muchedumbre tras cada anotación, orgullosos como pavos, paternales y populacheros, como si a su Gobierno hubiera que agradecerle los triunfos en la cancha. Con el Mundial, la Junta Militar estaba metiendo su mejor gol: gracias al fútbol se lavaba olímpicamente la cara y la exhibía ante el planeta recién afeitada, pulcra, libre de polvo y paja, limpia de sangre. Si en el extranjero existían dudas o corría la alarma sobre lo que estaba sucediendo en la Argentina, ahora todo el mundo bien podía tranquilizarse ante el espectáculo de un pueblo que se volcaba eufórico a la calle a celebrar codo a codo con los militares las victorias de un equipo fenomenal. Los generales se habían metido entre el bolsillo a una raza local que hervía en orgullo patriótico y a unos corresponsales internacionales que alababan a los cuatro vientos el clima amistoso y el buen espíritu deportivo que reinaba en el país. Tal era el entusiasmo colectivo que daba la impresión de que ese día, a esa hora, en ese preciso instante, la dictadura estaba llegando a su apogeo. A su punto cumbre, su consagración, su justificación histórica.

—Estos hijos de puta quieren tapar los muertos con goles —maldecía Forcás en voz baja, y chupaba con furia sus Particulares—, qué hijos de puta, han hecho que hasta el fútbol se nos vuelva amargo.

Como parte de la lavada de cara del régimen, a sus voceros les había dado por atacar la arraigada tradición argentina de arrojar papel picado a la cancha durante los partidos. Con el argumento de que eso era grosero y dañaba la imagen, habían montado una campaña sistemática para intimidar a la hinchada e impedir que siguiera tirando papelitos. Pero todos los días Clemente, un pajarraco irreverente y demente que era el personaje central de una muy popular tira cómica, incitaba a la desobediencia desde las páginas del *Clarín*, asomándose tras el marco de los cuadros de su historieta para arrojar papelitos hacia el lector. Y pasó que aún no había terminado Forcás su fugazza ni Aurelia su calabresa cuando vieron por el televisor cómo una prodigiosa lluvia de miles de millones de pedacitos de papel blanco empezaba a descender sobre la cancha, incontenible y lenta, inundando el estadio y estallando en la pantalla. Victoria de Clemente, hubieran gritado ellos, de haber podido hacerlo.

La gente se había atrevido a tirar los papelitos, a cometer abiertamente un desacato, así fuera uno inocente y espontáneo, más festivo que otra cosa, en realidad casi nada. Pero en medio de esos días de pánico y sometimiento, aquello quizá fuera una señal. Un mínimo e imperceptible primer indicio de que al llegar al punto más alto, el péndulo empezaba a retroceder. Al menos así debieron intuirlo ellos dos, porque ante esa fantástica nube de papel picado se abrazaron emocionados, como queriendo celebrar.

Poco después de eso dejaron de verse. Así, de buenas a primeras, a la salida de un cine. En un repentino cruce de palabras, pasaron de las nubes al suelazo, del amor eterno a la nada, *rien de rien*, *c'est fini*, hasta nunca, cero pollos. Él le confesó que tenía otro amor, una relación de más de cinco años, y ella le contó que había dejado un novio en Madrid. Nada que hacer, no era posible desfacer el entuerto, ninguno de los dos estaba dispuesto a romper por el otro lado, así que vinieron meses de ausencia y ansiosa agonía. De dolor de tripas, de corazón, de cabeza: el castigo desmedido que es el desamor, esa pequeña muerte.

* * *

Hay un callejón que da a la parte de atrás del mercado popular del Progreso, en Primera Junta, barrio de Caballito. Se llama Pasaje Coronda, es el lugar de descargue de los camiones que surten al mercado de alimentos, y bien puede ser el menos memorable de los rincones de Buenos Aires.

El número 121 de ese callejón es una especie de conventillo que aloja a varias familias; una construcción larga y precaria de un solo piso, en forma de tren, con fachada estrecha y nueve cuartos independientes entre sí y alineados hacia el fondo, que dan a un pasadizo común. Por aquella época Forcás tomaba en alquiler el primero de esos cuartos, el único con ventana a la calle, y su hermano Miche el contiguo.

—El cuarto de Forcás tenía un patiecito mínimo, un amago de baño y una medio cocina esquinera, pero como el de Miche era el solo cuarto, Forcás le había dado llave de su lado para que usara lo demás si lo necesitaba. Y claro, el Miche necesitaba, cómo no iba a necesitar, y se la pasaba entrando y saliendo a cualquier hora del día o de la noche. ¿No querrías venir conmigo a Coronda, Mateo, para conocer el lugar? —preguntó Lorenza, y Mateo, que andaba de mejor ánimo desde la conversación con la hija del Negro Robles, se dejó convencer después de un rato de regateo.

—Qué sitio más feo —dijo cuando llegaron, y a su madre la ofendió que lo dijera.

—¿Feo? Yo no diría eso. ¿De verdad te parece feo? Pues aquí fui feliz.

—De todas maneras es un poquito feo —Mateo le dio unas palmadas cariñosas en la espalda, para compensar.

—A mí me pareció encantador desde el primer día, cuando llegué con mi maleta para instalarme a vivir con Forcás. Antes de eso nunca había venido; ni siquiera sabía por qué rumbo de la ciudad podría estar ubicada su cueva.

—¿No quedamos en que ustedes dos se pelearon para no verse nunca más?

—Como al mes y medio de eso, nos reconciliamos; él me buscó para anunciarme que había roto con su viejo amor, yo rompí con el mío en una llamada de larga distancia desde un teléfono público, y a los pocos días ya habíamos decidido irnos a vivir juntos. Me despedí de Sandrita y del departamento de Deán Funes, agarré mi maleta y llegué a golpear a esta puerta, la 121. En ese tiempo era así, tal como la ves ahora, metálica, de este mismo mostaza oxidado. Aquí timbré, supongo que emocionada, o a lo mejor asustada, más bien eso, asustada, sin tener mucha idea de qué estaba haciendo ni adónde estaba llegando.

Sus inquietudes se disiparon tan pronto Forcás le abrió la puerta. Estaba en camiseta y chanclas y tenía un mate en la mano, y eso a ella le gustó. Parecía un chico de barrio. No olía a lana de oveja ni a Drakkar Noir sino a eso, a chico de todos los días, en chanclas y tomando mate en su vecindario. Era la primera vez que lo veía así; siempre le había visto cara de algo, de clandestino, o de dirigente, o de guapo, o de argentino, o de enamorado.

Y de pronto tenía cara de ser un muchacho cualquiera, que le sonreía mientras le abría la puerta de una casa cualquiera, en un barrio cualquiera, y recibía su maleta y la invitaba a seguir. Ella sintió que ese momento era importante. Significaba algo parecido a aterrizar en la vida normal, en la medida en que tal cosa pueda existir en medio del horror generalizado. Además era como entrar por primera vez a Buenos Aires. Para Aurelia, Coronda fue la puerta a Buenos Aires.

—No es lo mismo estar en una ciudad que entrar en ella, Mateo. Por ejemplo, tú y yo en nuestro hotel. Estamos en Buenos Aires, pero no estamos. En el departamento de Deán Funes yo estaba en Buenos Aires, pero no estaba del todo. En cambio en Coronda sí, Coronda era por fin Buenos Aires, como quien dice la ciudad por dentro, el corazón de la ciudad. Además no creo que sea metáfora; Caballito está en el centro de Buenos Aires, y Coronda debe estar en el centro de Caballito. O quién sabe, eso ya es verso. Lo que sí es cierto es que Coronda fue mi carta de ciudadanía; tan pronto pisé esta casa, dejé de ser extranjera.

Forcás le presentó a sus dos gatas, Abra y Cadabra, un par de cositas cenicientas, apenas vivas, afiladas por el hambre. Hacía pocos días las había encontrado en el baldío que había frente a la casa, entre la basura del mercado, donde alguien las había abandonado en un talego. Estaban medio muertas cuando las rescató.

—Pero ya estaban bien cuando tú llegaste —se le notó la ansiedad a Mateo, que no resistía la idea de que un animal sufriera.

—Empezaban a resucitar, gracias a un agua con minerales que Forcás les daba con jeringa. Después de presentarme a las gatas, me hizo seguir y me mostró su casa.

A partir de ahora es nuestra casa, le había dicho Forcás, pero no le dijo que también era de su hermano Miche y de Azucena, la novia del Miche; de esa parte de la historia se enteraría Aurelia ya entrada la noche.

El ingreso al cuarto era a través del patiecito, que tenía unas cuantas plantas sembradas en tarros, y allí Forcás le mostró el lavadero y una escalera de mano que daba al tejado y que, según le explicó por señas, había puesto ahí para escapar por detrás si era necesario. Luego se agacharon para pasar por debajo de las cuerdas de la ropa y Aurelia vio el baño, un chorro de agua que salía de un tubo y caía al suelo salpicando el excusado, en un espacio tan estrecho que, según comprobaría al día siguiente, al ducharse tenía que cuidar la espalda del roce frío de la pared.

Aurelia no supo bien por qué, pero tuvo la sensación de estar entrando a un lugar acogedor. Mejor dicho sí supo, la razón saltaba a la vista: esta era una casa de verdad, con plantas y gatas y ropa tendida, cosa rara en alguien como Forcás, que vive al filo de la navaja. Antes de seguir conociendo su nuevo refugio, Lorenza se encerró en el baño para estar un minuto sola y pensar un poco en lo que le estaba sucediendo.

—No te encerraste ahí a pensar, Lolé, sino a orinar. Para marcar tu territorio. Es lo que hacen los animales cuando toman posesión de un lugar.

Luego Forcás le mostró la habitación y a ella le pareció estupenda. Había unos cuantos libros, de los que podrían pasar por inofensivos, como Dickens, Kipling y Stevenson, y además un equipo de sonido Ken Brown y todos los discos del rock nacional. La única cama era sencilla, con colcha de franjas cafés y negras;

Forcás le dijo que era tejida a mano por los aymaras y que se la habían regalado los compañeros de Bolivia. Esta es mi cama, le dijo, y ahora es tuya también. Ella se sentó a su lado y se rieron porque era realmente una cama muy estrecha; una doble no hubiera cabido, en total aquel espacio no debía tener más de treinta metros cuadrados y aparte de la cama contenía una mesa con cuatro sillas, en la esquina una estufa y una nevera atada con piola porque la puerta no ajustaba, y arrumadas contra la pared, cajas y cajas de cartón que decían *Yiwu YaChina*. Sería mejor sin esas cajas, pensó Aurelia, pero no dijo nada.

—¿*Yuyu China*? —preguntó Mateo.

—Yiwu YaChina. Joyería china al por mayor. Era el minuto de Forcás. Para los vecinos, él era mayorista de Yiwu YaChina.

—¡Cajas llenas de joyas! Eso debía valer una fortuna...

—Eran joyas chinas, kiddo, baratijas de fantasía. Las cajas estaban tapadas de polvo, cualquiera se daba cuenta de que esa mercancía no tenía mucho movimiento. Pero bueno, era el minuto. Cada tanto tu padre sacaba una caja, metía otra y así, como para mantener tramados a los vecinos.

Desde la calle, Mateo quiso mirar hacia el interior por la ventana, a los brincos, porque quedaba alta. Como no alcanzaba, trajo unos ladrillos del baldío, los apiló para pararse en ellos y lo intentó de nuevo, haciendo visera con las manos para contrarrestar el reflejo del vidrio.

—¿Qué ves? —le preguntó Lorenza desde abajo.

—Está vacío. Ahí no vive nadie —Mateo saltó al asfalto.

—Si quieres timbro, kiddo, a ver si podemos hablar con alguno de los vecinos, alguien que haya conocido a tu padre. Puedo decir que vivimos aquí hace años, quién quita que tengan la llave y que podamos entrar al cuarto, qué importa que esté desocupado, tanto mejor, de pronto quieren alquilarlo y lo están mostrando.

—Dale tú, yo voy a ver qué hay en el mercado.

—Vamos juntos, entonces. Pero dime qué viste por la ventana, dime si el piso es de baldosas de un verde mareado, como lo recuerdo…

—No sé, no me fijé.

—Espérame aquí, quiero mirar yo también —Lorenza regresó a la ventana, añadió otros ladrillos a la pila, se encaramó en ellos y un momento después andaba buscando a Mateo por el mercado—. ¡El piso sí es verde, kiddo, verde lechoso, veteadito en blanco! —empezó a gritar cuando lo divisó al fondo de uno de los pasadizos.

—Gran noticia —se rio él—. Veteadito en blanco.

El día en que Lorenza llegó por primera vez a Coronda, las baldosas estaban recién trapeadas con lavandina. Todo el lugar olía a lavandina, porque Forcás acababa de fregar para darle la bienvenida. Además había despejado un par de repisas encima de los discos, le dijo que ahí podía poner su ropa y la ayudó a deshacer la maleta. Fue toda una ceremonia de instalación, y aunque no dijeran mucho al respecto, era evidente que resultaba solemne para ambos.

—Pude ver el patio —dijo Mateo, haciéndole el quite a las postas de carne que estaban expuestas sobre un mostrador—. Se alcanzaba a ver al fondo. Bien chiquito, más de lo que me imaginaba.

—De todo hacíamos en ese minipatio —le contó Lorenza—. Hasta asaditos los domingos, en el verano.

En el muro del fondo, ahí entre los tarros con plantas, el Miche había colgado un espejo que utilizábamos para peinarnos. Y como adentro no había lavamanos ni lavaplatos, en el fregadero lavábamos ollas, platos y ropa, y también dientes y manos. En invierno había que hacerlo rapidito; era cómico tener que ponerse el abrigo para lavarse los dientes.

—Qué bien —sonrió Mateo—. Todo al aire libre, a lo campesino. En plena ciudad, Forcás vivía a lo campesino. Eso me gusta. Ya me voy calando al hombre.

—En verano la cosa se ponía pesada, porque la humedad era sofocante y apenas te apartabas del ventilador empezabas a sudar a chorros. Pero en invierno era agradable, la verdad. Yo regresaba cada día hacia las ocho o nueve de la noche y me encantaba encontrar a tu padre en una silla echada hacia atrás, cebando mate, con las gatas en el canto y los pies apoyados en la puerta abierta del horno prendido.

—Se le chamuscarían los pies —dijo Mateo.

—Tenía puestos los zapatos. Era un horno de gas y como no había calefacción, lo manteníamos prendido y abierto para calentarnos. Por lo general no nos veíamos durante el día, desde temprano cada cual trajinaba en la calle haciendo sus tareas del partido, yo ni idea por dónde andaría él, ni haciendo qué, y él de mí tampoco sabía nada, y era bueno llegar a la noche y ver que el otro había regresado sano y salvo, te juro, Mateo, que cada encuentro de cada noche era un regalo, cuando andas temiendo lo peor es un alivio constatar que no ha ocurrido, y así íbamos viviendo, día por día, muy enamorados, sin saber mucho qué iba a pasar mañana y sin preguntárnoslo, tampoco.

—¿Te daba miedo?

—Cuando me quedaba sola en casa.

A veces Aurelia tenía que pasar la noche sola en Coronda, porque el Miche, que conducía un colectivo, andaba cubriendo la ronda nocturna, Azucena no llegaba y Forcás había tenido que salir de viaje. Entonces ella trancaba bien la puerta y se arrebujaba entre la colcha de los aymaras, con Abra y Cadabra ovilladas a los pies, e iba sintiendo cómo el pánico que cundía afuera se iba colando por los resquicios e iba inundando la habitación. No podía dormir pensando en los sótanos donde la gente se desangraba a oscuras, en las uñas arrancadas, en la mujer embarazada que había desaparecido del barrio la semana anterior, en un compañero del frente que había aparecido destrozado entre una zanja. Cuando escuchaba afuera el ruido de un motor solitario, se paraba sobre la cama para mirar por la ventana y se le helaba la sangre si era uno de los Ford Falcon verdes, sin chapa, de los federales, auténticos vehículos de la muerte, que de tanto en tanto venían a estacionarse en el baldío de enfrente. Por fortuna hacia las cuatro empezaban a llegar los camiones al descargue y eso era la salvación, la vida que reaparecía metiendo bulla y espantando los fantasmas, y entonces sí, Aurelia podía dormirse, arrullada por las voces de los camioneros que en el helaje de la madrugada se ofrecían los unos a los otros un matecito, o un faso. Era el anuncio de que la noche quedaba atrás y que ella se había salvado, y dormía profundamente hasta las seis, cuando el Miche, que volvía de hacer la ronda, irrumpía en la habitación sin golpear, con el diario en una mano y una bolsa de facturas en la otra, a comentarle las noticias y a preguntarle si no quería que desayunaran.

Fue un problema convencerlo de que debía golpear antes de irrumpir; en realidad nunca lograron convencerlo. Argumentaba, con razón, que nadie pide permiso para entrar a su propio baño. Además, la cocina era su predio; era él quien solía preparar la comida para todos, y le quedaba bastante bien, sobre todo las milanesas con puré y ensalada. Antes de trabajar como colectivero había sido carnicero, y conservaba en su cuarto la espeluznante colección de hachuelas y cuchillos suizos que había usado en el oficio.

—Te trataron bien, en esa casa —dijo Mateo.

—Siempre. Forcás hizo lo que pudo para que su casa fuera mi casa. Bueno, siempre no. Recuerdo un día en que no.

Aurelia había comprado un farol japonés, de esos redondos en papel de arroz que se ven en muchas partes. Lo colgó de un cable sobre la mesa, le hizo la instalación eléctrica y quedó contenta, le pareció que le daba a la habitación una luz agradable. Era la primera cosa, aparte de su ropa, que colocaba en Coronda. Esa noche, el Miche montó la gran chacota tan pronto vio el farol, empezó a golpearlo como si fuera una pera de boxeo y lo iba desbaratando.

—Forcás se quedó mirándolo y no se lo impidió, dejó que el Miche destruyera el farol —dijo Lorenza.

—Normal —dijo Mateo—, la casa había sido de los dos hermanos hasta que tú llegaste.

—En realidad, esa fue la única vez que me hicieron sentir advenediza.

—Habrá sido una especie de rito de iniciación, o un bautismo de sangre.

—De papel, en ese caso. Sea como sea, a partir de esa noche Coronda fue tan mía como de ellos. Y de Azucena, claro.

—Y Ramón, ¿se sintió bien cuando llegó a tu casa, en Bogotá?

—No llegó a mi casa, yo no tenía casa, llegó a un apartamento que alquilamos juntos, y también contigo, que ya habías nacido. En las paredes de tu cuarto pegué un afiche gigante de caballos salvajes, y a ti te gustaba que…

—Espera —la interrumpió Mateo—, lo que quiero saber es si Ramón la pasó bien en esa casa de Bogotá, como tú en Coronda.

—No. La pasó fatal. Nos habíamos ido de Argentina a petición mía, apartándonos del partido. Tú ibas a cumplir dos años, ya habíamos pasado por tres tiranos, uno detrás del otro y cada uno con su reguero de sangre, los generales Videla, Viola y Galtieri. Y yo ya no podía más. Me mataba de angustia la idea de que dieran las cuatro de la tarde, que algo nos hubiera pasado a Ramón y a mí y que no hubiera quién te recogiera en la guardería. Esa fue la peor cara que para mí asumió el miedo, que dieran las cuatro y no hubiera quien pasara por ti a la guardería. Por tu seguridad y por mi tranquilidad, Ramón aceptó viajar a Bogotá alejándose de todo lo suyo, del partido, de los compañeros, de lo que le gustaba comer, del único oficio que sabía hacer. Y en Bogotá yo me olvidé de él y lo dejé muy solo. Mira que recuerdo como en fotografía cada uno de los objetos que teníamos en Coronda, y en cambio no recuerdo uno solo que hubiéramos puesto en el apartamento de Bogotá. Salvo el afiche de caballos en tu cuarto, no recuerdo ninguno. Una de las líneas de esa carta de Ramón que no leí, la que me dejó cuando el episodio oscuro, decía «desterrado de todo, y también de tu amor». Y decía también, «me llevo al niño, lo único que es mío».

—Entonces sí leíste la carta.

—No. Sólo esas líneas.

—Tengo que vivir sacándote la información con tirabufón.

—*Tirabuzón.*

—Eso, tirabuzón. ¿Sabes? A veces quisiera perdonar a Ramón.

—Querer perdonar es ya una forma de perdón, supongo.

—Pero no, qué va, que hablamierda ese Ramón, yo no fui lo único que se llevó, también se llevó ese poco de dinero que no era suyo.

* * *

Aurelia llevaba poco tiempo viviendo en Coronda cuando Forcás le anunció que la dirección del partido la citaba a una reunión. Además del propio Forcás estarían presentes Águeda y Ana, dos de las dirigentes históricas. De ellas se sabía que eran misteriosas y poderosas, que pasaban la mayor parte del tiempo en el exterior, desde donde manejaban los hilos, y que sus métodos eran implacables.

—Era muy raro que te citara la dirección —le comentó Lorenza a su hijo—. Conocer personalmente a Águeda y a Ana era algo excepcional, el noventa por ciento de la base del partido seguramente no las había visto nunca, ni en fotografía.

—Como si te llevaran a ver a Brad Pitt y a Johnny Depp al mismo tiempo —dijo Mateo.

—No podía imaginarme qué tarea me irían a encomendar, o adónde querrían mandarme. El día de la cita Forcás me acompañó hasta el lugar, pero no soltó prenda. Evidentemente ya sabía para qué me necesitaban, pero no quiso decirme nada. Yo iba mirando hacia abajo, los ojos clavados en el piso para no enterarme de la ubicación, aunque la precaución sobraba, total de ninguna manera me entero.

Cuando pudo volver a mirar, se hallaba en el interior de una casa oscurona donde alguien había fumado mucho; el olor a cigarro fue lo primero que le salió al encuentro. Pero también olía a ajo, debían estar cocinando. Forcás la llevó hacia la cocina, esta sí bañada en la luz del día que entraba por un ventanal que daba a un patio interior, y allí el compañero que estaba preparando la comida le dijo, son unos ñoquis con tuco, che, espero que te gusten. Sentadas a la mesa, frente a un cenicero repleto de colillas, estaban las dos mujeres. La que se presentó como Águeda era visiblemente mayor que la otra y tenía el pelo tan corto que dejaba ver enteras las orejas, de las que colgaban un par de candongas agitanadas. Ana, más callada, de labios pintados de rojo, tenía carucha de nutria de río, pero tirando a bonita. Ambas se levantaron para darle la bienvenida con un abrazo y enseguida empezaron a hacerle preguntas sobre la situación política en Colombia y sobre el funcionamiento de la oficina de solidaridad con Argentina en Madrid.

—Entonces pensé, eso quieren —le contó Lorenza al niño—. Quieren un informe sobre el trabajo internacional, y hasta se me pasó por la cabeza que me habrían citado para pedirme que lo retomara, que regresara a Madrid para retomarlo. Pero no. No era eso.

—Escuchá, piba —le había dicho Águeda, y Aurelia había escuchado, y al enterarse de lo que querían se había quedado helada. Se le secó la boca y no pudo responder.

—Yo sé qué fue lo que te pidieron. Ya me lo contaste una vez —dijo Mateo—. Te pidieron que le entregaras San Jacinto al partido.

—Se decía *cotizar*.

—Eso, *cotizar*. Que le cotizaras San Jacinto al partido.

—Se habían enterado de que yo había heredado una finca en Colombia y entraron a hablarme de cómo en el partido todos vivíamos con lo indispensable y cotizábamos lo demás. Dijeron que eso era lo bolche y lo prole y que Homero había entregado el departamento de su madre cuando ella murió, que la Gata había cotizado la totalidad de su herencia, que Rafael, que era dueño de una fábrica, la había cotizado y se había quedado viviendo con sueldo de obrero.

Lo bolche y lo prole, lo prole y lo bolche, y Aurelia ahí, muda. No decía ni sí, ni no, ni tal vez; no le salía decir nada. San Jacinto era lo único que le quedaba de su padre. Más que una finca, era para ella una recolección de mañanas de domingo, de tardes de chocolate y almojábanas, excursiones al monte y veladas junto a la chimenea prendida. San Jacinto era unos cuantos animales de nombre propio y pelo suave. ¿Cómo cotiza uno sus recuerdos y sus animales?

—Pero además también era una finca, qué carajo —le dijo Lorenza al niño—, tierra buena que valía un buen poco de millones de pesos, al fin y al cabo mi única herencia. Y yo callada. Los oídos empezaron a zumbarme y las voces de ellas se volvieron lejanas. Volteé a mirar a Forcás, como pidiéndole auxilio.

Hasta ese momento Forcás había permanecido en silencio y cuando abrió la boca fue para darles la razón a ellas, lo prole y lo bolche de un lado, y del otro lado lo pequeñoburgués de mierda. Ella se estaba comportando como una pequeñoburguesa de mierda, lo sabía y no quería pero no podía evitarlo, tenía que decir que sí, que claro que cotizaba la finca, pero se le cerraba la garganta. Lo peor del mundo era ser pequeñoburgués, de todo corazón ella querría ser prole y bolche pero escuchaba aquellas voces como si fueran un eco, que Fulanito entregó su coche, que Fulanita su anillo de matrimonio y ella incapaz de escuchar nada que no fuera su propio ruido interior, como si estuviera mascando zanahorias crudas. ¿Cómo encontrar las palabras para explicarles que el papaíto hacía panes en un horno, que en San Jacinto pastaban sus vacas consentidas, que el vestido que él le había mandado a Madrid nunca le había llegado? ¿Cómo decirles que su madre le había regalado unos zapatos Bally, que ella los había utilizado para camuflar unos dólares y que Forcás nunca se los había devuelto pese a que todos los días se lo recordaba? Esos eran los únicos argumentos que se le venían a la cabeza en defensa de San Jacinto, y algo le decía que no iban a sonar convincentes a los oídos de dos monumentos esculpidos en roca viva, herederas de la tradición obrera más pura y más dura, como eran Águeda y Ana.

—Y entonces qué les dijiste —preguntó Mateo.

—Que primero tendría que viajar a Colombia para recibir la herencia, porque el trámite aún no se había hecho y a distancia no era fácil.

—Y ellas qué te contestaron.

—Que me lo pensara, que no tenía que ser inmediatamente. Después el compañero que había estado cocinando sirvió los ñoquis con pan y vino tinto y se sentó a comer con nosotros, y ellas me hablaron largo sobre la diferencia entre el diletante y el militante profesional. Al despedirse me dijeron que tenía que decidirme a cruzar los puentes. O que tenía que quemar las naves. O quemar los puentes y cruzar las naves; una metáfora de esas irrefutables.

Hasta ese momento Lorenza siempre había pensado que aguantaría en la Argentina lo más que pudiera y que cuando ya no aguantara más, pues a avanzar por donde vinimos: dejaría de ser Aurelia y se devolvería para Colombia y ya está, misión cumplida y cuentas saldadas con la clandestinidad. Pero a partir de la cita con Águeda y Ana ya no le pareció tan teatro ni tan paseo su estadía en Buenos Aires. Abandonó esa cocina con la sensación de que un compromiso de fondo la amarraba y ya no habría para ella vuelta atrás.

—Todo cuadra, Lorenza —le dijo Mateo—. Entregar la herencia era la prueba a la que había que someter al héroe. Como Luke Skywalker en *Star Wars*, cómo no te das cuenta. El héroe tiene que renunciar a su vida anterior y a su familia de sangre para ingresar limpio y puro y sin ataduras a su nueva familia, que es la sociedad secreta. ¡Y también renunciar a su nombre anterior! Qué jueguito tan de película, eso de pasar de Lorenza a Aurelia, de Ramón a Forcás... Como Darth Vader, que es el nombre que le dan los Sith a Anakin Skywalker cuando se une a ellos... Cumplías con todos los requisitos, madre, y todavía no te das cuenta, cambio de nombre, identidad trocada, lenguaje en clave, sociedad secreta, peligro de muerte, ideales superiores, renuncia a la vida anterior... ¿Acaso no ves? Fuiste cumpliendo con todos los requisitos del ascenso iniciaco.

—I-ni-ciá-ti-co.

—Eso, iniciático.

—Míralo de esta manera, más práctica —le propuso su madre—. Andar en esas con tu propio nombre hubiera sido una grandísima güevonada. Y en cuanto a San Jacinto, ¿cómo crees que hubiera podido mantenerse una resistencia no armada, si no era con los aportes voluntarios de quienes la integraban o la apoyaban?

—De acuerdo. Dejemos ahí. En todo caso esos ñoquis nos salieron caros.

* * *

—¿Te caía bien Azucena? —quiso saber Mateo.

—Olía a galletita.

Azucena, la novia de Miche, trabajaba en Bagley, una fábrica de galletas que quedaba al sur de la ciudad, sobre la avenida Montes de Oca, por Barracas. Su oficio consistía en sacar galletitas del horno, saque y saque del horno bandejas y bandejas de galletas, expuesta a altas temperaturas y sudando a chorros, hasta que el olor se le metía en la piel y le impregnaba el pelo. Al final de la jornada se bañaba en las duchas de la fábrica con agua caliente, frotándose con jabón y champú, pero ni por esas lograba sacarse de encima ese olor dulce y penetrante.

—Llegaba a casa oliendo divino, a canela con mantequilla y harina.

Lorenza la recuerda sentada en un taburete, en el patio de Coronda, tratando de pintarse las uñas de los pies de rojo oscuro, con algodones entre dedo y dedo y angustiada por no poder dar en el blanco con el pincelito del esmalte.

—He debido ayudarle a pintárselas, quién sabe por qué no lo hice —dijo Lorenza—. En realidad no era fácil acercarse a ella. Era una muchacha tensa, de movimientos eléctricos, como si estuviera en corto circuito por dentro. Tal vez traía el pulso alterado después de todo el día trajinando en la fábrica, o tal vez su enfermedad influía en eso de que no le atinara a las uñas con el esmalte.

La personalidad de Azucena había sido un misterio para Aurelia hasta que el Miche le confesó, en secreto, que le compraba pastillas de Epamín, para evitarle las convulsiones. ¿Epilepsia? Miche había dicho que sí, que una forma leve de epilepsia.

—Cómo eran —preguntó Mateo.

—Qué cosa.

—Las convulsiones que le daban a Azucena.

—Nunca la vi en esas. Era delgada, de buen cuerpo; yo diría que bonita si no se hubiera peinado un poco a lo Betty Boop, ni se hubiera depilado las cejas hasta casi borrárselas. Con todo y eso era bonita, pero tenía la mirada rara, afiebrada.

Aunque al principio decía que de política no quería saber nada, Azucena terminó presentándole un par de compañeras de Bagley, y así empezó Aurelia a abrir trabajo político en el sector de la alimentación. Y aunque luego Azucena se hizo a un lado, esas dos obreras le presentaron a otra, y esa a otra más, y también a alguna de Terrabusi y de Canale, las otras dos fábricas tradicionales de galletas, y así fue conformándose el grupito. Para no ventilar nombres propios, ellas mismas decidieron que se harían llamar según la galleta que les correspondía en la línea de producción, y una fue Criollita, la otra Sonrisa, Sonrisa Dos, Tentación, Merengada, Rumba, Melliza Uno, Melliza Dos, y hasta una Melliza Tres llegó a haber en el mejor momento.

—Buenos nombres de guerra —dijo Mateo—. Me gustaría estar en una célula subversiva con Sonrisa, Rumba y Merengada.

Las chicas tardaban por lo menos una hora entre el silbato que anunciaba el fin de su turno, y el momento en que hacían su aparición en El Chino, un barcito canalla que quedaba a unas cuadras de Bagley, donde los lunes y los jueves las esperaba Aurelia para la reunión clandestina del equipo. Llegaban ya sin delantal gris ni gorra plástica, recién bañadas, el pelo cepillado al blower, maquilladas con esmero, de jeans ceñidos y tacones altos. Con el minuto de que iban a juntarse para ver «Amor gitano», la telenovela en furor por entonces, llevaban a Aurelia a alguna de las habitaciones que compartían en los conventillos de Barracas.

—Piso de madera que crujía, camas sencillas con colchas de floretones, una hornalla, un televisor de buen tamaño y una gran foto de Evita en el lugar más visible —le dijo Lorenza a Mateo—, cosa más, cosa menos, esos eran sus tesoros.

La foto de Evita no podía faltar, con flores de plástico o velas encendidas, mejor dicho el altar a Eva Perón, muerta hacía tanto pero todavía entronizada. Ya iba entendiendo Aurelia a quién se parecían estas chicas, como quién se vestían, se movían y conversaban, como quién iban a ser, si no como Evita, peripuesta y estremecida de patria, dispuesta a ser mártir si tal cosa fuera necesaria. *Si Evita viviera habría sido obrera,* por Evita y bajo su amparo las nenas de Bagley se le medían a lo que fuera, se atrevían contra quien se les pusiera delante, empezando por los concha tu madre de la dictadura, como decían ellas: estos hijos de puta milicos de mierda, la puta madre que los remil parió.

—Pero tú no eras peronista —dijo Mateo.

—Yo era trotska, y ellas aceptaban que yo las convocara, pero si me hubiera metido con su Evita me habrían cerrado la puerta en las narices. Y total para qué, si nos unía estar en contra de la dictadura.

Ya encerradas en la habitación, sentadas de a tres por cama, hacían circular el mate y se iban animando en la discusión sobre la calidad de las distintas marcas de pantimedias, sobre las venas várices que les iban saliendo por permanecer tanto tiempo paradas, sobre las cremas para las manos resecas, sobre los precios de las cosas, la malparidez de los hombres, los milagros de los santos y los retrasos en la menstruación, hasta que a las siete en punto de la noche, como por encanto, se callaban todas al tiempo. Y en el conventillo, en el barrio, al parecer en toda Buenos Aires se imponía el silencio, porque había empezado la telenovela. Un nuevo episodio de «Amor gitano».

Criollita, Sonrisa, Rumba y Tentación clavaban los ojos en la pantalla, enamoradas perdidas de Renzo el Gitano, tan apuesto y masculino, de mirada tan profunda, impulsivo, valiente, injustamente condenado por un crimen que no cometió y privado del amor de la bella condesa de Astolfi, víctima a su vez de una infame tiranía en un reino de quién sabe dónde y nadie sabe cuándo, pero que tanto se parecía a esta Argentina de aquí y de ahora, también dominada por villanos crueles como el marqués Farnesio y su vil lacayo el Jorobado Dino, o quizá más crueles aún, y también sembrada de mazmorras y pasajes secretos y bosques de acechanzas, donde a los jóvenes inocentes y ojiverdes, como Renzo, se los encerraba en inhumanas Islas de los Condenados.

Durante las pausas para comerciales, las chicas de Bagley se olvidaban de Renzo, porque había llegado el momento de conspirar. Le subían el volumen al aparato, bajaban la voz hasta el susurro y la reunión clandestina se llevaba a cabo. Rumba, que pertenecía a la comisión interna, informaba que en el siglo XIX se había aprobado *la ley de la silla*, que la patronal ya no respetaba y por la cual ellas debían empezar a pelear de nuevo: por cada hora de trabajo de pie, derecho a quince minutos de trabajo sentadas. Luego Renzo y Adriana de Astolfi se comprometían a amarse eternamente mediante un rito gitano de sangre, y durante los comerciales que seguían Aurelia les leía apartes del periódico del partido y lo comentaba con ellas. Y había que ver qué de maldiciones lanzaban aquellas nenas en voz baja, contra los milicos de la Junta, contra los verdugos de la Triple A, contra los federales de Coordinación, contra los marqueses Farnesios y sus abyectos jorobados. Y había que oír cómo juraban dar la vida con tal de derrocarlos, a todos por igual, para devolverles la libertad a Renzo y a todos los desaparecidos y los secuestrados. Porque si Evita viviera, no hubiera permitido que nos jodieran la vida estos criminales. Si Evita viviera, si Renzo el Gitano… Si la condesa de Astolfi de verdad existiera…

* * *

En la tercera habitación de Coronda, la que venía después de la de Miche, vivía un señor paralítico.

—Qué tan paralítico.

—Muy paralítico. Andaba en silla de ruedas, nunca salía a la calle y casi no podía valerse por sí mismo.

Ese señor estaba casado con una mujer que se llamaba Gisella Sánchez, bastante más joven que él, que lo ayudaba en todo y seguramente también lo mantenía, porque él no podía trabajar y en cambio ella sí, en una florería. Gisella Sánchez salía temprano y regresaba a la noche, y si su marido necesitaba algo mientras permanecía solo, golpeaba con un palo de escoba en el techo de su habitación, y como se escuchaba en las de los dos hermanos, quien estuviera allí se echaba la pasadita para ayudarlo. A lo mejor se le había caído el periódico y se lo recogían, o se le había terminado el botellón de agua o el papel higiénico y entonces iban a comprárselo al mercado. A veces el viento torcía la antena de su televisor y Forcás o el Miche se encaramaban al tejado para enderezársela. Por todo eso Gisella Sánchez vivía agradecida, y todas las semanas les llevaba de regalo algunas flores de su negocio.

Forcás nunca había hablado abiertamente de política con ella, y sin embargo tenían casado un pacto de supervivencia. Más que un pacto, era un favor; un favor riesgoso que ella había aceptado hacerle en caso de que se presentaran problemas. Lorenza no sabía si el marido, el señor paralítico, estaría al tanto del acuerdo.

—Se trataba de un cartón que tenía escrito en letras grandes, rojas, SE VENDE CAMIONETA FORD. Forcás se lo había entregado a Gisella para que lo colocara en la puerta de la calle en caso de que alguna vez, estando ellos fuera, viera que algo raro sucedía en el conventillo o en el vecindario. Algo raro, Forcás no le explicó más y ella no preguntó nada. Sólo le dijo que comprendía y que podía contar con ella. Cosas así podían hacerse porque había una cierta complicidad entre la gente, una especie de entendimiento que se daba con este o con aquel, por señas o por olfato.

—¿Y si te equivocabas?

—Había un margen de error, pero era difícil que te equivocaras demasiado. A la gente se le notaba en la cara si estaba con o contra la dictadura. Bastaba con hablar con una persona cinco minutos, así fuera de fútbol, o del clima, para que más o menos supieras por dónde venía la mano.

—¿Vivías en Coronda cuando yo aparecí? —quiso saber Mateo.

Una tarde de primavera, Aurelia había llegado corriendo a la casa de Coronda con un papel en la mano, un certificado que acababan de entregarle. Se lo dio a Ramón para que lo leyera en voz alta: «Laboratorio de Análisis Clínicos, Doctor Juan Manuel Rey, Prueba Inmunológica de Embarazo: Positiva».

—Ramón se emocionó, Mateo. Se largó a llorar y se emocionó mucho —le dijo su madre.

—¿De veras?

—De veras. Lo que yo vi ese día fue un hombre dichoso.

—Pues entonces quién sabe cuándo se le acabó la dicha.

En los meses que siguieron, Coronda estuvo poblada de sueños, a veces de Aurelia y a veces de Forcás. Algunos eran gratos y cargados de buenos presagios pero otros eran agobiantes, y al contárselo a Mateo, Lorenza se preguntó a qué hora soñarían si en esa habitación apenas se podía dormir, entre la excitación por la noticia del embarazo, la cama tan estrecha, el ruido de los camiones y las idas y venidas de Azucena, que arrastraba las chinelas del baño a la cocina y de la cocina al baño antes de salir para su fábrica, para rematar con el Miche, que irrumpía ofreciendo desayuno. Para no hablar de los ruidos insignificantes que encierra una noche cualquiera, pero que en esa época confundías con señales de alarma.

—Nunca puedes dormirte del todo cuando hasta los pasos de un gato sobre el tejado te suenan a amenaza —dijo Lorenza—. Y sin embargo soñábamos, Mateo. Soñábamos contigo.

Una noche Ramón soñó que el niño nacía mientras él estaba lejos y que al regresar no podía encontrarlo. Enloquecido, preguntaba aquí y allá por su hijo recién nacido hasta que alguien le decía que la mujer que lo cuidaba se lo había llevado en brazos al santuario de Luján. En el sueño, Ramón, que todavía no había visto a su niño y por tanto no sabía cómo era, tenía que buscarlo y reconocerlo entre una masa de peregrinos que iba de rodillas camino al santuario.

Un tiempo después, fue Aurelia quien se despertó estremecida por una pesadilla. Su niño nacía y tenía una cara seria y hermosa, no sonreía pero sus facciones eran perfectas, y en cambio su cuerpo era alargado como el de una lagartija. Ella quería abrazarlo, quería envolverlo en una manta para que no tuviera frío, pero el bebé-lagartija se le escapaba.

—Sospecho que al dormir, tu padre y yo reconocíamos lo que estando despiertos no éramos capaces siquiera de preguntarnos. ¿Cómo íbamos a cuidarte, Mateo, si habíamos hecho una profesión de no cuidarnos a nosotros mismos? ¿Cómo defender tu vida sin saber cuánto durarían las nuestras? Tu nacimiento iba a ser un suceso contra toda evidencia, una urgencia y un reclamo de vida frente al engranaje de muerte que nos rodeaba.

Habrían pasado tres semanas desde que se enteraron del embarazo. Era sábado, hacia la una de la tarde. Azucena no estaba, el Miche se había despedido con el anuncio de que regresaría a prepararles una lasaña de berenjena para la comida, siempre y cuando ellos compraran los ingredientes, así Aurelia y Forcás pasaron al mercado a conseguir lo necesario, la pasta, las berenjenas, los tomates, el mozzarella, el parmesano, el ajo y el aceite.

Pero no regresaron directamente sino que dieron una vuelta por el vecindario para hacer lo de rutina, una parada en la farmacia, otra en la charcutería para *armar la picadita*, como decía Forcás: aceitunas negras, salame y mayonesa de ave. Se entretuvieron un momento oliendo los jazmines de Primera Junta, luego compraron el diario y ojearon revistas en el kiosco, y en total habrían tardado poco más de una hora. Regresaban por Alberdi, entraron por Coronda y ya se acercaban a la casa. Forcás iba leyéndole algo del diario cuando ella alcanzó a ver el letrero en su puerta, SE VENDE CAMIONETA FORD. El corazón le pegó una patada entre el pecho. Agarró a Forcás del brazo e instintivamente quiso dar media vuelta, pero él la obligó a seguir caminando hacia delante. Despacio, con calma, sin aspavientos. No corrás, Aurelia, ante todo no corrás. Demudados, con el alma en la boca, pasaron frente a la casa sin voltear siquiera a mirarla y siguieron de largo, hasta alcanzar la entrada trasera del mercado. Se fueron ocultando por los pasadizos, zigzagueando entre los puestos de verdura y de carne, hasta alcanzar la puerta principal, que da a Rivadavia. De ahí caminaron hasta la estación de Primera Junta. Refundidos entre la gente, esperaron lo que les pareció un siglo a que parara el subte, lo tomaron, hicieron varios cambios de línea y ya después salieron a la superficie en algún lado, Aurelia no supo cuál. Ya nunca habría de regresar a Coronda.

* * *

—¿Sabes cuánto puede durar una persona sin dormir? —le pregunta Lorenza a Mateo—. Veinte días con sus noches. Vas a decir que eso no es posible, pero yo sé que sí. Lo sé por experiencia. Veinte días con sus noches llevaba yo sin dormir, y pesaba diez kilos menos, cuando entró por fin la llamada de tu padre.

—Llévele la corriente —le había indicado Haddad, que al ser experto en secuestros, sabía de manejos telefónicos con un enemigo que tiene en sus manos a tu ser querido—. Si él le dice que la ama, dígale que lo ama. Si él le dice que la extraña, dígale que lo extraña. Si él llora, llore. Pero si él se enfurece, no se enfurezca. Llórele de todas maneras, eso surte efecto. Dígale que está arrepentida, que tanto él como el niño le hacen mucha falta. Óigame bien, tanto él como el niño: no lo omita a él. No lo culpabilice, échese usted las culpas. Mienta y finja sin escrúpulos, que aquí lo decisivo es que la comunicación no se rompa, que se vaya prolongando y estrechando, para que sea un hilo que la lleve hasta el niño.

A los oídos de Lorenza, la voz de Ramón llegó salvadora y a la vez improbable, como un milagro. La misma voz ronqueta y el mismo hablar acelerado que años después habría de escuchar Mateo grabados en una contestadora. ¿De dónde le estaba hablando? Lorenza no lo supo. Ramón no le dijo, y ella no le preguntó.

—No había que presionarlo ni incomodarlo —le cuenta a Mateo—. Haddad había dicho que era como bailar en pareja, había que seguir el ritmo sin quedarse atrás ni saltar largo.

—Y por qué no hacías como en «NYPD Blue», instalar un sistema de rastreo de llamadas que en tres minutos y medio registra la procedencia.

—Lo hice, era lo del cajón. Pero pasó como en las películas, el malo colgó a los tres minutos.

A ella le pareció que Ramón le estaba hablando desde otro mundo, ese otro mundo donde se encontraba su hijo, un mundo escurridizo, casi imposible, casi inexistente, que había estado perdido en el espacio hasta este momento en que la voz de Ramón le decía, sin decírselo, que había un punto específico en el mapa donde su hijo se encontraba. Ya no en la nebulosa, ni en el vacío, ni en la muerte, sino en una ciudad o en un pueblo, en un hotel o una casa: un punto físico donde había un teléfono, y seguramente una mesa, y una cama. Un lugar real. Era terrible seguir sin saber cuál era, pero al menos ya sabía Lorenza que tal lugar existía. Y si existía, ella podría llegar hasta allá.

La llamada duró tres minutos y siete segundos, Guadalupe la cronometró. Y también la grabó, y después de que Lorenza colgó y logró dominar la conmoción, la escucharon juntas una y otra vez, para que no se les escapara ningún dato, ni insinuación, ni matiz. Durante esos tres minutos, siete segundos, Lorenza no había protestado ni insultado, no había dicho nada que se saliera del libreto. Durante los primeros dos minutos, se había limitado a preguntar cómo estaba Mateo.

—Está muy bien —le dijo la voz, mientras ella creía sentir la presencia del niño, creía adivinar su respiración, trataba de aquietar el ruido de su propio corazón, que le retumbaba en los tímpanos, para que no le impidiera escuchar el corazón del niño, que estaría latiendo al otro lado—. Está contento, comiendo bien, durmiendo bien, ha aprendido dos palabras nuevas y las repite a todas horas, luego te lo paso para que te las diga, no sabés, me tiene loco repitiéndolas a todas horas —la voz de Ramón sonaba natural, casi festiva, como si no hubiera pasado nada de lo que había pasado, como si simplemente fuera la voz de un padre que se ha llevado a su hijo a pasar el fin de semana en una finca, tal como se suponía que iba a hacer, y estuviera haciéndole a la madre una llamada de rutina para reportarse.

—Pásamelo —imploró Lorenza, tratando de que su voz no sonara a ruego, tratando de sintonizar su voz con la de Ramón, buscando que sonara como la de Ramón, es decir alegre, o casi alegre, jugando el mismo juego, llevándole la corriente tal como le habían indicado, como si no hubiera sucedido lo que había sucedido, como si ella no hubiera bajado diez kilos ni hubiera permanecido despierta durante veinte días con sus noches, como si ella no fuera una muerta en vida a la que sólo la presencia del hijo lograría resucitar, como si fuera en cambio una mamá cualquiera que le ha hecho el maletín al hijo, poniendo en él unos pantalones abrigados, un par de juguetes y una piyama de ositos, porque el hijo se ha ido con su padre pero sólo por el fin de semana.

—Qué palabras —rogó ella—, dime qué palabras aprendió Mateo.

—Él mismo te las va a decir —le dijo Ramón, y sin embargo no le pasó al niño—. Sólo llamo para decirte que Mateo está muy bien y para preguntar cómo estás vos.

—He pasado por el infierno pero estoy bien, ahora que sé de ustedes —respondió Lorenza, y hubiera querido insistir en que le pasaran a Mateo, pero a su lado estaba Guadalupe, cronómetro en mano, haciéndole señas perentorias de que no siguiera por ahí y poniéndole delante de los ojos un papel donde había escrito en letras grandes la frase que, según calculaban, podría surtir el efecto de precipitar el viaje: *Hoy vino a buscarme un hombre para exigirme que le pague el dinero de un cheque, dime qué debo hacer, Ramón, ese hombre me mata si no le pago.*

Lorenza se la leyó tal como estaba escrita, palabra por palabra, tratando de que su voz no sonara a reproche, sino a preocupación.

—Como yo con mi cuaderno. Tú también escribes las frases que tienes que decirle por teléfono a Ramón —dice Mateo.

—Ya ves, no eres el único que intenta domar tigres con párrafos redactados.

—Eso está bueno, meterse a la jaula del tigre y darle por la cabeza con un cuaderno. Pero sigue, Lolé, qué contestó el tigre.

—Me dijo, decile que le pagás la semana entrante y no te calentés por eso, que está todo bien pensado.

—*Bien pensado* —repite Mateo—, qué tal mi papá, sobre todo eso, *bien pensado*. Eso es lo suyo, tratar de cranearse un golpe y acabar golpeándose el cráneo. ¿Dijo *calentés*? Qué cosa es *calentés*.

—Dijo *no te calentés por eso*, no te preocupes por eso, y yo miré a Guadalupe como indicándole que sí, que alguna fibra habíamos tocado.

—Ya veo —dice Mateo—, según él, no tendrías que preocuparte por pagar ese dinero, porque ya no ibas a estar en Colombia cuando el narco se emberracara. Pero no sé, Lorenza, yo creo que Ramón es más enredado. ¿Te iba a traer a Argentina para que no te matara el narco, o se puso a torear al narco para obligarte a venir a Argentina?

—Sea como sea yo me prendí de ahí como una garrapata, y le dije a tu padre con mi voz más desamparada: Pero el hombre exige que le pague ya mismo, Ramón, no me dejes sola en esto…

—Mañana te llamo de nuevo —dijo él, y colgó sin esperar respuesta.

—Júralo, júrame que me llamas mañana —rogó ella, aunque sólo a la bocina porque la comunicación ya se había cortado.

Le pidió a Guadalupe que la dejara sola y se largó a llorar como una Magdalena, ahora sí, por fin, llorando a mares, rogando, exigiendo, insultando, implorando, llorando y llorando y ahogándose en lágrimas, quemándose los ojos con lágrimas de sal, ya por fuera de todo libreto y más allá de cualquier cálculo y pegada todavía al teléfono, como si al soltarlo fuera a soltar el poquito de Mateo que durante tres minutos y siete segundos había recuperado. Pero después de mucho llorar, se quedó por fin dormida. Ya podía dormir un rato, porque había empezado a cumplirse la profecía de Haddad.

—Y cuáles eran esas dos palabras que yo había aprendido mientras tanto —pregunta Mateo.

—Mía, neve.

—¿*Mía, neve*?

—Mira la nieve. Pero para saber eso, yo tuve que esperar otros tres días.

* * *

—Gisella Sánchez cree que fue guerrillero —le dijo Mateo a Lorenza durante uno de los tés musicales que ofrecían a partir de las cinco bajo el domo de cristal del Salón l'Orangerie, del Hotel Alvear Palace, en medio de macetas de helechos, grandes jarrones repletos de rosas, un cuarteto que amansaba a Brahms hasta convertirlo en sonsonete ambiental y meseros de guante blanco que iban y venían, en despliegue de platería, sirviendo finger sandwiches, scones tibios y mini gâteaux. Lorenza había arrastrado a Mateo hasta este nuevo escenario del circuito de sus añoranzas: en el Alvear Palace se había hospedado de niña, y luego de adolescente, en las ocasiones en que visitó Buenos Aires con su familia.

—Quién fue guerrillero —le preguntó a Mateo.

—Pues Forcás, quién va a ser.

—Forcás no fue guerrillero, quién cree eso.

—Ya te dije, Gisella Sánchez cree eso.

—Pero por qué lo dices.

—Pues porque ella me lo dijo.

—¿Quién te lo dijo?

—Ya te dije, Gisella Sánchez, tu vecina de Coronda. Hoy fui a hablar con ella.

—¿Cómo?

—Hoy fui a hablar con ella.

—Cómo que hoy fuiste.

—Fui. Hoy. A la hora del almuerzo.

—Si ayer ni siquiera dejaste que timbrara…

—Es mejor sin ti, Lorenza —dijo Mateo, mientras buscaba entre las tartaletas del carro pâtissier una que no tuviera fruta—. Averigüé cosas. El señor paralítico se llamaba Anselmo y ya se murió, a que no lo sabías.

—Y Gisella Sánchez… —dijo ella, aún perpleja. No podía creer que Mateo, que hacía apenas unos días estaba paralizado ante el PlayStation, de repente hubiera decidido lanzarse a la calle a emprender por su cuenta el rastreo del padre—. ¡Bien, kiddo, bien! No sabes cuánto me alegra que hayas ido… Y a Gisella, ¿la encontraste?

—Me contó que se volvió a casar, pero no con otro paralítico. Esta vez fue con un dentista. La encontré en la florería, todavía trabaja ahí. Me parece que ahora es dueña del negocio. Se llama Flores y Regalos.

—Y en qué te fuiste hasta allá, ¿en taxi?

—Sí, en taxi —Mateo le pidió al mesero que le trajera leche en vez del té—. Mentira, fui en el subte.

—Cómo supiste dónde era su florería, eso no lo sé ni yo...

—Preguntando. Llegué a la florería y ahí había una vendedora que pensó que yo quería comprar flores. Esa era Gisella Sánchez.

—Cómo lo supiste.

—Le dije que era el hijo de Forcás y que andaba buscando a mi padre, pero ella seguía con lo de las flores y dijo que si eran para mi padre me ofrecía unas rosas blancas, ya las estaba sacando, las rosas blancas, y yo tratando de explicarle que no quería flores, que andaba buscando a mi padre. Entonces ella preguntó cuál Forcás, no conocía a nadie que se llamara así, y ya reaccionó mejor cuando le dije, Forcás es su apodo, su verdadero nombre es Ramón Iribarren y vivió en Coronda, yo soy su hijo, Mateo Iribarren. Ahí sí, como que entendió de qué le estaba hablando.

—Mira no más, qué gran investigador, estás hecho un tigre, kiddo, y pensar que ayer te hacías el desentendido. ¿Y cómo es? Descríbeme su aspecto.

—Es una señora, con cara de señora.

—Debe ser ella. Pero por qué creía que Ramón había sido guerrillero.

—Porque oía rock argentino, supongo. Yo le expliqué que no había sido guerrillero. Le dije que era trotskista del PST, que estaba en contra de la lucha armada y que durante la dictadura había hecho parte de la resistencia clandestina pero sin armas, eso le dije.

¿Bien, cierto Lolé? Lo dije bien. Ella me contó que desde el principio se había dado cuenta de que él andaba en algo, porque de su habitación salía *música revolucionaria*. Así dijo. Luego me agarró a besos, me dijo mirá vos, el hijo de Ramón, sos el vivo retrato.

—¿Te preguntó por mí?

—Yo le dije que había venido solo a Buenos Aires a buscar a mi padre. Dijo que hacía años no lo veía, pero al tío Miche sí. El tío Miche siguió viviendo en el Pasaje Coronda, con Azucena. ¿Sabías eso, Lolé?

—Cómo así.

—Después de lo de *se vende camioneta Ford*. Ella se acordaba del cuento del letrero, esa parte me la contó igual. Pero tú no sabes la otra mitad de la historia. Cuando vieron el letrero, Forcás y tú se fueron y se escondieron. Hasta ahí las dos versiones coinciden. Lo que no sabes es que el Miche no se fue. A que eso no te lo contó Ramón. ¿Ves? Tú de Ramón no sabes nada, Lorenza. Ni siquiera eso. Tú no sabías lo que pasaba ahí mismo, en la casa de Forcás, pero Forcás sí sabía que tú habías heredado una finca allá lejos, en otro país.

Gisella Sánchez le contó a Mateo que un sábado al mediodía regresaba caminando de la florería cuando vio, en la esquina de Centenera y Guayaquil, que dos tipos tenían agarrada por los brazos a Azucena, su vecina, y la arrastraban en dirección a la casa. Azucena se veía muy mal, pálida, desgonzada, con sangre que le chorreaba por la cara y le manchaba la blusa. Gisella Sánchez creyó que eran dos canas que la habían detenido y golpeado para que entregara a los demás, y por eso voló a Coronda a colgar el letrero en la puerta, como había quedado con Ramón.

—Eso puede ser —le dijo Lorenza a Mateo—. Por eso nos hicimos humo y no volvimos, cómo íbamos a volver.

—Oye lo que te estoy diciendo, madre: el Miche sí volvió. Y siguió viviendo ahí. Esos dos tipos no eran canas, Lolé, eran dos tipos. Dos tipos comunes y corrientes que pasaban por ahí cuando vieron que Azucena se caía al suelo porque le daba un ataque de epilepsia. Y quisieron ayudarla, eso fue todo. Dos desconocidos. Le metieron un pañuelo entre la boca para que no se tragara la lengua, y cuando el ataque pasó, ella les dijo que vivía en el 121 de Coronda, y la llevaron. Gisella Sánchez se había montado mentalmente toda la película, había creído que eran canas y que le habían pegado, por eso se les adelantó y puso el letrero. Cuando se dio cuenta del error ya era tarde, Forcás y tú lo habían visto y habían salido a perderse. En cambio cuando Miche llegó, ya no estaba el letrero y él entró como si nada. Adentro se encontró con Gisella Sánchez, que estaba cuidando a Azucena, que con lo del ataque se había golpeado y tenía una herida en la frente. Así fue la cosa, Lorenza, y por eso ellos siguieron viviendo ahí, el Miche y Azucena, y se quedaron con las gatas. Gisella Sánchez dice que un tiempo después, el Miche pudo contactar a Ramón para avisarle que había sido falsa alarma. Hasta hace tres años vivieron ahí, ¿te das cuenta? Y luego se mudaron a un lugar que se llama Villa Gesing.

—¿En Buenos Aires?

—No, fuera de Buenos Aires, en la costa, parece.

—Será más bien Villa Gesell.

—Sí, Villa Gesell. Y no sólo eso, Lorenza, de vez en cuando Ramón los visitaba, ahí mismo, en Coronda, y les llevaba comida a las gatas. Apuesto a que eso tampoco te lo contó.

—Sería después de que nos separamos...

—Pues no, no fue después. Fue cuando tú estabas embarazada, creyendo que Coronda había caído y que a ustedes los andaban persiguiendo. En Coronda no había pasado nada, y sin embargo Ramón no te lo contó.

—Bueno, en realidad no tenía por qué contármelo, eran cosas que yo no tenía por qué saber...

—¿Ni siquiera lo de las gatas? ¿Tú no le preguntaste qué había sido de las gatas?

—Le pregunté, claro que le pregunté, mil veces, si lo peor de perder Coronda era que Abra y Cadabra hubieran quedado abandonadas. Por segunda vez en sus vidas, además. La ropa y las cosas vaya y pase, pero las gatas. Él me dijo, unas semanas después, que había podido rescatarlas y ya las tenían los abuelos, allá en Polvaredas.

—Pues no, las gatas se quedaron en Coronda con el Miche, lo que pasa es que tú de Ramón no sabes casi nada.

—Pero para qué me iba a ocultar una cosa así, qué ganaba con no contarme.

—A lo mejor no ganaba nada, simplemente había muchas cosas que no te contaba. O a lo mejor las gatas estuvieron un tiempo con Miche en Coronda y luego con los abuelos, en Polvaredas. Quién sabe.

—Además ahí no termina el capítulo de Abra y Cadabra, kiddo; tremendo drama el que se me vino encima después, por cuenta de ellas.

—Para, para. Adivina qué, Gisella Sánchez me dio el teléfono del tío Miche. En Villa Gesing.

—Villa Gesell.

—Villa Gesell. Ahora el tío Miche vive allá, en Villa Gesell, y voy a llamarlo —dijo Mateo, y sonaba seguro de lo que estaba afirmando—. Necesito conocerlo. Tengo muchas preguntas por hacerle.

Lorenza se quedó mirando a Mateo con la sensación de que no era el mismo del día anterior. Dicen que es posible escuchar cómo crece la hierba, pensó, y también es posible escuchar cómo va creciendo un hijo.

—Sabes qué, no es verdad que fui solo a Coronda, ni a la florería—dijo Mateo, de repente—. Son mentiras.

—¿No fuiste?

—Sí fui, pero no fui solo.

—Entonces con quién...

—Andrea me llevó.

—Cuál Andrea.

—Andrea Robles, la hija del Negro Robles. Desde la otra vez me dijo que ella podía ayudarme a buscar a mi padre.

—¿Fue por ti al hotel?

—Sí. Y tomamos juntos el subte hasta Caballito. Ella ha ido averiguando sola todo lo de su padre, y yo le dije que quería hacer lo mismo con el mío. Por eso hoy me ayudó, para que yo viera cómo se hace.

—Y dónde está ahora Andrea, me encantaría conocerla, ¿quieres que la invitemos, aquí a tomar el té con nosotros?

—Cómo se te ocurre, madre, ella ya es adulta, y trabaja. Por eso me llevó al mediodía, cuando tenía libre. Ahora está otra vez en su oficina, y además no le gustaría este lugar. La verdad, a mí tampoco me gusta mucho.

—Me parece que la que te gusta es Andrea...

—No digas eso, ya te expliqué que es adulta. Pero estaba bien linda, eso sí. Tenía el pelo suelto y aretes. Bien linda.

—Y a Villa Gesell, donde tu tío Miche, ¿también vas a ir con ella?

—No, cómo crees. Lo voy a llamar y si lo encuentro, voy a verlo solo. Como Andrea. Ella dice que hay cosas que uno tiene que hacer solo.

* * *

—El tío Miche dice que es cierto que fue colectivero y que cubría la ruta nocturna del 166, de Tres de Febrero a Libertad. Mira, Lolé, aquí en esta servilleta lo anotó, me dijo que guardara el dato para cuando tú escribieras un libro sobre esos tiempos, Línea 166 de Tres de Febrero a Libertad —le contó Mateo a Lorenza a su regreso de Villa Gesell, hasta donde había viajado en el Expreso Alberino de las siete y cuarenta de la mañana, a pasar el día con el hermano de su padre.

Lo había llamado la noche anterior y habían acordado la cita. Al parecer el Miche no sabía nada de Ramón, ni siquiera su paradero; se habían peleado hacía unos años y no se habían vuelto a ver ni a hablar desde entonces.

El tío Miche estaba esperándolo en la terminal del autobús y Mateo no tuvo problema para reconocerlo, primero porque no había nadie más por ahí parado, y segundo porque seguía siendo igual a como era en esa foto que Lorenza conservaba en un álbum: un hombre más bien alto, más bien flaco pero con panza, nariz de pellizco y gafas Ray-Ban de vidrio negro antirreflectivo, que sonreía amablemente mientras sostenía en brazos a su sobrino de pocos días de nacido.

—Sigue igual, el tío Miche —dijo Mateo—. No ha cambiado. Tenía gafas negras aunque el día estaba oscuro, y sólo se las quitó para cocinar.

—Gafas profesionales de colectivero —dijo Lorenza—. Las mismas que usaba para conducir.

—Pero ahora es carnicero, y también las usa. Creo que es por la arena. El viento soplaba y arrastraba una arena que se te metía en los ojos. Ahí en Villa Gesell el Miche tiene una carnicería, y él vive en la parte de atrás. Lo primero que me dijo, cuando me bajé del ómnibus, fue que me iba a preparar un bife de película, que me tenía el mejor corte de carne reservado, que esa sí era carne de verdad, que en Colombia nunca habíamos visto nada igual, que estuviera listo porque me iba a comer el mejor bife de chorizo de mi vida. Eso fue lo primero que me dijo, cuando recién estaba yo llegando.

—¿Y? ¿Estuvo bueno el bife de chorizo? —quiso saber Lorenza.

—Sí, bien bueno, pero lo mejor fueron las papas fritas, hizo una montaña de papas fritas y entre los dos nos la bajamos entera. Miche dejó al ayudante encargado de la carnicería y se tomó el día libre para pasarlo conmigo. Conversamos bien. Me dijo que mi papá era un desgraciado, que no había ido a buscarme por cobarde. También me dijo que eso mató a los abuelos.

—Entonces están muertos.

—Los dos. Primero murió el abuelo Pierre, de un infarto. Vivía con Miche cuando lo del infarto, y estaba levantando una cerca de piedra. Miche me llevó a ver la cerca, que se quedó a medio hacer. Justo como la dejó el abuelo, así tal cual está, a unos pasos de la carnicería. Según el Miche, el abuelo trabajó hasta el último minuto de su vida. Y ya luego murió la abuela Noëlle.

—¿Te dijo de qué murió ella?

—Dijo que de tristeza. Dijo que la abuela nunca pudo con la tristeza de haber perdido a su nieto. Me cayó bien, el tío Miche. Me gustó ir a verlo. Dijo que Villa Gesell estaba medio gris y sin gente por el invierno, pero que tenía que volver, me invitó a pasar allá el verano. Vas a ver qué minas salen a la playa en tanga, así me dijo, aprovechá que sos soltero, pibe. Supongo que él ya no puede aprovechar, porque tiene esposa. La esposa no estaba, se había venido por unos días a Buenos Aires.

—¿Azucena?

—Esa ya no. Con Azucena no tuvo hijos. Ahora tiene otra mujer y un hijo de dos años. Más o menos la edad que yo tenía la última vez que me vio, eso me dijo, y me mostró la foto del bebé. Dijo que era idéntico a mí. La verdad no me pareció tanto, pero me quedé callado. Adivina cómo se llama.

—Cómo.

—Adivina.

—No sé, se llamará Ramón, o Pierre…

—Fallaste. Te doy otra oportunidad.

—Ay, kiddo. A ver… Se llama Ernesto, por el Che. O León, por Trotsky.

—No.

—Entonces Miguel, como su padre.

—Se llama Mateo, como yo. Mateo Iribarren. Igual que yo.

—No te creo…

—Te lo juro. O sea que tengo un doble. Pero no me molesta. El tío Miche me dijo que no le había puesto así para reemplazarme, sino para no olvidarme. Dijo que lo hizo por la abuela, que andaba tan mal porque había perdido un Mateo, y el Miche quiso darle otro para consolarla.

—Está bien…

—Sí, está bien. Fue un poco triste ver ese murito. El que estaba construyendo el abuelo cuando se murió.

Un murito muy bajito, ¿entiendes, Lolé? No era como que mi abuelo se estuviera fajando la gran muralla china, o algo así. Era un murito, no más. Yo pensé, así que esto fue lo último que hizo mi abuelo, y me habría gustado ayudarle, le habría acercado las piedras, eso lo puede hacer hasta un niño, eran piedras medianas. Mar del plata, creo que así dijo Miche que se llamaban, raro nombre para unas piedras, mar del plata. En todo caso no creo que pesaran mucho. He debido preguntarle al tío Miche para qué era el muro ese, para qué lo estaba levantando ahí el abuelo. A lo mejor mañana lo llamo y se lo pregunto.

A Mateo le gustó la voz de su tío, que le sonó tranquila. Tenía un modo pausado de hablar y Mateo había podido entenderle bien. Además le había mostrado el equipo de cuchillos suizos que utilizaba en la carnicería, y le dijo que costaban una fortuna y que eran su mayor orgullo.

—Marca Swibo, Lorenza, ¿te imaginas? Has de cuenta Swiss Army pero para carniceros, de mango amarillo, ergonómico. Tenía por lo menos doce de esos, de distintas formas. Había uno que parecía un hacha, te lo juro; eran unas armas impresionantes.

Si querés vamos a hacer unos tiros al blanco, le propuso el tío Miche, sacó otro juego de cuchillos, unos de lanzamiento deportivo, y se pusieron a arrojarlos contra un tablero. Mateo le contó a Lorenza que el Miche era bueno para clavarlos en el centro. O casi.

—Yo en cambio no daba una, es difícil lanzar cuchillos, ¿has ensayado alguna vez? Tienes que agarrarlos por la hoja, pero así, mira, así, para no cortarte, y ¡zas!, los lanzas. Yo resulté una chucha para eso y el tío Miche se burlaba de mí. Pero de buena manera, ¿entiendes? No quería ofenderme con su burla; no me hacía sentir mal.

Además tiene un bastón retráctil para kali filipino, una cimitarra y unos chacos profesionales. Con todo eso estuvimos jodiendo un rato.

—¿También vivía ahí la abuela Noëlle cuando murió?

—No, estaba en algún otro lado, con Ramón. Ella vivió en Villa Gesell hasta que murió el abuelo y después se fue no sé para dónde, a vivir con Ramón.

—Supiste por qué se pelearon Miche y Ramón.

—No.

—No le preguntaste.

—Sí, pero creo que no me respondió.

—Habrá sido por la historia aquella del atraco y de la cárcel.

—Tal vez. Sobre eso me contó lo mismo que ya sabíamos, pero a lo *007*, ya sabes, en plan héroe. Lo nuevo es que me dijo que mi padre quería ese dinero para volver a organizar un partido político. El tío Miche quería la mitad que le tocaba para montar su carnicería en Villa Gesell, y Ramón para seguir haciendo la revolución. Eso fue lo que me dijo Miche. Después me preguntó si me gustaría pasear un rato por la playa y fuimos, pero tuvimos que refugiarnos de la arena en una caseta de latón, y él pidió una cerveza y me invitó a Coca-Cola. Me dijo que si el mar se tranquilizaba podíamos dar una vuelta en bote y a mí me gustó la idea, pero al fin de cuentas el mar no se tranquilizó.

—¿Bonita, la playa?

—No mucho. Hacía frío y había basura por ahí. El tío Miche dice que en verano se pone espectacular.

—Era una maravilla, el colectivo de tu tío Miche, en esos días de Coronda —dijo Lorenza—. Lo tenía decorado con luz negra, con motivos psicodélicos y carpetas de borlas rojas que se bamboleaban a cada sacudida. Le había instalado cientos de bombillitas, como árbol de Navidad, que se encendían al frenar. Para no hablar del equipo de sonido a full decibel ni de la colección de casetes que había grabado con cuanta canción andaba de moda por la ciudad.

—Poderosa discoteca ambulante.

—Eso. Y tenía éxito, el Miche, no creas que no. Tenía su éxito con las chicas que tomaban el colectivo y quedaban encantadas cuando lo veían ahí, al volante, muy señor de la noche con su corbatica negra, su camisa celeste y sus gafotas oscuras, atravesando la ciudad dormida en su flamante nave con montaje de luces negras, psicodelia y baladas románticas. A la Azucena se la levantó así. Luego, cuando se hicieron novios, pegó fotos de ella en el tablero, y en la parte de afuera, sobre la latonería, hizo pintar su nombre en letras fosforescentes. Una noche de cada diez, el Miche estaba eximido por la empresa de cubrir la ruta y entonces aprovechábamos. Tu padre equipaba el colectivo con Campari, sodas, aceitunas, galletitas, mayonesa de ave, encurtidos y embutidos, y nos íbamos los cuatro a correr la noche de Buenos Aires en nuestra propia discoteca ambulante y particular. La pasábamos bien, kiddo.

* * *

Todo allí resplandecía, como en un sueño. El cielo era de un azul ligero y el mundo parecía blando y amable bajo la nieve. Al fondo se dibujaba una formidable cadena de montañas que se duplicaban, invertidas, en el espejo de un lago; un hilo de humo salía de la chimenea de la cabaña de troncos que se encontraba en primer plano, detrás de la cabaña se extendía hacia el cerro un bosque de pinos, y bajando del cerro por entre el bosque, en un caballo viejo, se iba acercando un hombre que llevaba sentado delante a un niño pequeño, sosteniéndolo con los brazos mientras agarraba las riendas con las manos. Ambos se protegían del frío con gorros, suéteres y bufandas de colores vivos, y el niño parecía una reproducción en miniatura del hombre. Cuando estuvieron más cerca, Lorenza percibió placidez absoluta en la expresión del niño. Está feliz, supo. Ha estado feliz, ni cuenta se ha dado del drama, pensó, y la sensación de alivio le permitió sonreír, por primera vez en tanto tiempo. Ramón hizo que el niño volteara la vista hacia donde ella se encontraba. Mateo tardó unos segundos en reconocerla y luego se agitó de alegría, conmocionado por la sorpresa, y empezó a gritarle que mirara la nieve, y el caballo, y la nieve, y seguía empeñado en mostrárselos mientras ella corría a recibirlo de los brazos del padre, lo estrechaba contra el pecho con todas las fuerzas de su alma y se dejaba caer de rodillas en la nieve, con él abrazado.

Dos días antes, en Bogotá, había entrado la segunda y última llamada telefónica de Ramón, y esta vez habían hablado largamente. Pero no sobre el niño, que era lo único que a ella le interesaba; había tenido que morderse los labios una y otra vez para seguir el hilo de la conversación sin interrumpirlo para preguntar por él. Hablaron en cambio sobre la reconciliación. Ramón planteó la posibilidad y fue llevando la iniciativa y Lorenza le hizo eco, diciendo sólo lo que creía que él querría escuchar. A todo respondió que sí, pidió perdón, concedió perdón, se mostró muy triste por la ruptura de la relación, aceptó que en Bogotá las cosas habían salido mal, reconoció que era infinita su arrogancia de clase y la de su familia, accedió a intentarlo de nuevo, volver a empezar, quererse como antes, regresar a Argentina, criar al niño allí, verlo crecer juntos, hacer borrón y cuenta nueva, apostarle a la felicidad.

—Triste, decir esas mentiras —le dice Mateo a Lorenza.

—No las decía yo, Mazinger Zeta las decía por mí.

—Qué robot tan jodido.

—Uno al que le han quitado a su hijo y no le importa nada, salvo recuperarlo.

—Pobre Ramón, valiente pendejada la que tuvo que inventarse para sacudirte.

La llamada había sido hecha desde un teléfono público, en algún lugar de Argentina que no fue posible identificar. No hizo falta el dato; Ramón acababa de anunciarle que en unas horas le estaría enviando un boleto pago de avión. Cuando ella pudo reclamarlo, vio que era sólo de ida, para el día siguiente a las diez y treinta de la mañana, de Bogotá a Buenos Aires. Tenía muy claro que haría ese viaje con un solo objetivo: recuperar a Mateo y devolverse con él. En contra de la voluntad de Ramón. Pese a todas las precauciones que Ramón tomaría para evitar que lo hiciera. Discutió con su familia si debía ir acompañada, y todos se ofrecieron a viajar si fuera necesario. Pero eso implicaría declarar una guerra abierta, y en ese terreno quien llevaba las de perder era ella. De ahí en adelante, tendría que jugársela por su cuenta.

Y en ese avión se fue, literalmente volando de ansiedad y expectativa, otra vez sola hacia Buenos Aires, otra vez con dólares escondidos y pasaportes falsos, como si Argentina fuera un campo imantado, un territorio límite que exigiera de ella el máximo esfuerzo y la pusiera a prueba, una vez y otra vez, como si el ciclo se reiniciara, simétrico. Pero una simetría perversa, distorsionada, porque esta vez su guerra sería privada, y su enemigo, quien había sido su mejor aliado. Cuándo y cómo dieron la vuelta las cosas de esta dolorosa manera, quiso preguntarse pero no lo hizo; debía descartar cualquier pensamiento que le abriera la puerta a la perplejidad. No podía darle cabida a nada que no tuviera directamente que ver con qué hacer, cómo actuar, en qué momento.

Se bajó en el aeropuerto de Ezeiza con el anhelo, la casi certeza de que Mateo estaría esperándola; ella abriría los ojos y lo vería, como quien despierta de una pesadilla. En unos minutos estiraría los brazos y lo estrecharía, pasara lo que pasara nunca volvería a soltarlo, y atravesó los controles militares sabiendo que no caería, no podía caer, sería una jugarreta atroz que el azar la hiciera caer esta vez, cuando su viaje ya no tenía que ver con política, cuando Mateo la estaba esperando al otro lado. Además, a diferencia de su primera llegada, ahora traía un minuto que a los milicos les iba a parecer de lo más respetable: su carné de periodista y un documento según el cual el propósito del viaje era hacer para *La Crónica* una serie de reportajes sobre las más bellas estancias argentinas.

Pasó migración y aduana sin inconvenientes, pero se le cayó el alma al piso cuando vio que afuera no la esperaba nadie. No sólo no habían traído a Mateo, sino que tampoco estaba Ramón. En ese aeropuerto repleto de gente no había un alma conocida, y aparte del destino a Buenos Aires que venía indicado en el pasaje, Ramón no le había dado información alguna. Error, error, error, Lorenza hubiera querido darse en la cabeza contra las paredes, error nefasto no caer en cuenta de que Ramón tenía que haber sospechado una contraofensiva y no iba a ser tan torpe de presentarse en el aeropuerto, y menos de traer al niño. Tenía que haberle exigido un teléfono, o una dirección, algún punto de referencia, un hotel, aunque fuera un café donde rehacer contacto, en caso de que ocurriera la desgracia que en efecto estaba ocurriendo.

Esperó cinco minutos, diez, doce. Nada, nadie. Otra vez el hueco negro, la sensación de parálisis del primer día, de nuevo el abismo abierto entre ella y su hijo. En medio de tanta planificación, eso no lo había previsto. No se le había pasado por la mente la posibilidad de que Ramón la hiciera venir para dejarla allí, en medio de la nada. Había barajado otras mil eventualidades adversas, pero no esa. De nuevo estaba sin norte y sin posible plan de acción, otra vez en cero, en la pura angustia. La sangre se le escapó hacia los pies y los oídos le zumbaron, y respiraba hondo para no derrumbarse cuando vio que el Miche caminaba hacia ella. Ramón lo había encargado de recibirla, y estaba llegando tarde.

—Miche me ayudó con la maleta y tomamos juntos un taxi hasta la estación Avenida la Plata —le cuenta Lorenza a Mateo—, de ahí seguimos en subte hasta Plaza de Mayo, cambio a la línea A y trayecto hasta Castro Barros, donde nos bajamos y tomamos un nuevo taxi, con el Miche siempre mirando hacia atrás, chequeando y contrachequeando para verificar que no nos siguieran.

—No los siguieran quiénes —pregunta Mateo.

—Los míos, supongo. Ahora los míos debían ser el enemigo. De repente todo lo que hacíamos, tanto el par de hermanos Iribarren como yo, se había vuelto patético. Un juego de lo más raro. Y además ridículo, si el Miche había llegado tarde al aeropuerto, mejor dicho de entrada había hecho tronar el operativo, con razón lo primeritico que me dijo, apenas me vio, fue no le digas a Ramón que llegué tarde, porque me caga a pedos. Cómo no pensar en Marx, que dice que los hechos en la historia suceden la primera vez como tragedia, y la segunda como comedia. Lo que nos estaba pasando ahora era ridículo y a la vez aterrador, porque tú estabas de por medio.

—Y te quejas del Wei-Wulong de mi PlayStation.

—Wei-Wulong es un niño de pañales comparado con estos guerreros del metal en que nos habíamos convertido nosotros, dándonos en la madre los unos a los otros.

—Para qué tanta vuelta, Miche —le decía Lorenza—, si no te persigue nadie, me vine sola, te lo juro. Yo no soy el enemigo, Miche, soy una pobre mujer que quiere ver a su hijo. Estoy cansada, dale, ahórrame los trámites.

—Yo no tengo nada que ver en esto, che —le respondía el Miche—, yo cumplo órdenes.

—La cosa es que por fin llegamos a un edificio en Palermo —le dice Lorenza a Mateo—, y no me preguntes cómo, siendo tan despistada, logré grabarme en la cabeza cada vuelta del camino, cada cuadra, cada semáforo, al punto de que hoy podría repetir ese recorrido laberíntico que hicimos aquella noche. A partir del momento en que aterricé en Ezeiza, y hasta que te tuviera sano y salvo conmigo de vuelta en Bogotá, iba a ser mi obligación saber exactamente dónde andaba parada.

Lorenza le preguntó al Miche cómo estaba Mateo y él le dijo que la estaba pasando en grande, esas fueron sus palabras; ella no supo si interpretarlas como ingenuidad o como sarcasmo. Intentó que le dijera dónde estaba el niño pero él se limitó a responderle que al día siguiente lo sabría, y como ella insistió, queriendo saber por qué mañana y no esa misma noche, el Miche le soltó un despropósito, le dijo algo así como que tuviera paciencia, que para qué tanta prisa. Ella hizo lo posible por no mostrarse alterada. No podía permitirse ningún descontrol. Ante todo necesitaba cabeza fría, cada paso y cada palabra debían ser calculados, así que cerró la boca y siguieron camino en silencio, en medio de una tensión de cortar con cuchillo, hasta que llegaron a un departamento amoblado pero aparentemente deshabitado en ese edificio de Palermo, y Miche le dijo que ocupara la alcoba, que él dormiría en el sofá del living. Luego pidió a domicilio una pizza que se comieron también en silencio, o mejor que él se comió casi entera porque ella apenas si probó bocado, y eso por cortesía, o por hipocresía.

Todo muy extraño, para Lorenza era surrealista estar ahí, en ese lugar impersonal que representaba una especie de antesala, o limbo, en el camino hacia Mateo, con el tío Miche actuando de carcelero pero al mismo tiempo de guía, el guía que la llevaría hasta su hijo, y ya luego Miche le preguntó si quería ver un rato la tele y ella respondió que tal vez no, y le preguntó también si quería ducharse, ya que el viaje había sido tan largo, y ella aceptó, dijo que le caería bien, así que él estuvo bregando un buen rato a prender el calefón pero al fin no lo logró, y dijo que mejor así, mejor irse a dormir de una buena vez porque al día siguiente tendrían que salir a más tardar a las seis de la mañana, y ella se alegró infinitamente de que fueran a arrancar temprano y preguntó hacia dónde, pero él le repitió que tuviera paciencia.

—A qué estamos jugando, Miche —lo encaró Lorenza.

—A mí no me preguntes que yo no entiendo nada, yo hago lo que me indican y chao, este quilombo es entre Ramón y vos.

—Tú siempre has sido un buen tipo —le dijo ella, más bien le suplicó.

—Dormí un rato, piba, que estás agotada —el Miche pareció entender la súplica y le tomó las manos por un momento—, Mateo está bien y mañana vas a verlo. Como que me llamo Miguel mañana mismo vas a estar con él, te lo juro por mi vieja.

En el dormitorio había una cama doble pero ella no quiso acostarse. Se puso a caminar de un lado al otro de la habitación para no estallar de impaciencia, seis pasos de una pared a la otra, ida y vuelta, vuelta e ida, tal como había hecho la noche previa al parto, en el Hospital Ramón Sardá, de Parque Patricios, la muy popular *Maternidad Sardá*, cuando había rechazado los calmantes y se había negado a meterse a la cama, mientras Ramón, su madre, el interno y las enfermeras trataban de convencerla de que descansara, pero ella sólo quería que la dejaran sola para poder caminar por los pasillos, de arriba abajo y de abajo arriba. Te vas a agotar antes de tiempo, Ramón trataba de hacerla entrar en razón pero ella no paraba, no podía parar, caminó y caminó toda la noche, deteniéndose sólo cuando la doblaban las contracciones, hasta que se le anticipó al tiempo, y el parto, que esperaban para las ocho o nueve de la mañana, se adelantó a las cinco. No habían podido avisarle a su médico y tuvo que atenderla el interno, no alcanzaron a aplicarle la anestesia peridural porque el niño ya venía en camino, por poco ni siquiera llegan a la sala de partos y allí mismo, en la camilla, ella comprendió que el momento había llegado y que debía hacer un esfuerzo brutal. La sacudió un cataclismo, sintió que sus huesos se desplazaban y que tomaba posesión de ella un dolor tan intenso que ya no era dolor, tenía otro nombre, habría que llamarlo más bien una fuerza, no sólo de ella, era la fuerza de la naturaleza la que se concentraba en su cuerpo e iba aumentando, hasta alcanzar una intensidad insoportable. Y luego sobrevino la paz.

Sostenía en brazos a la criatura más serena que había visto nunca, un niñito de facciones finas y mínimas manos asombrosas por perfectas, tan cómodo en el mundo como había estado durante nueve meses en su vientre, dulcemente, como un gorgoteo de alegría que de tanto en tanto se anunciaba con leves patadas, y que al mismo tiempo era una presencia todopoderosa y aterradoramente contundente. Y así estaba ahora, tan unida a él como antes del parto pero más aún, porque al fin podía verlo a la clara luz de afuera, y a lo mejor también él la veía, y percibía la intensidad azul de esa primera mañana de su existencia.

A la mamaíta, que según habían acordado la noche anterior venía llegando al hospital a las seis y media en punto, ya descansada, lista y de zapato plano para permanecer a su lado durante la dura y larga faena del parto, la sorprendió una enfermera, que estaba parada contra el rectángulo de cielo de una ventana abierta, al entregarle una criatura envuelta en tela blanca.

—Es un hermoso varón —le anunció.

Y ahora, dos años y medio después, en esa habitación ajena de un departamento semivacío en el barrio de Palermo, Lorenza se recostó por fin, cuando ya iban a dar las tres de la madrugada. Lo hizo con el propósito deliberado de descansar un rato, para enfrentar con los cinco sentidos alertas lo que la esperaba al día siguiente, fuera lo que fuera.

—Del otro lado de la puerta me llegaba el sonido de las películas viejas que tu tío Miche veía, una tras otra, en el televisor de la sala —le cuenta a Mateo—. Tampoco él dormía.

—¿Te vigilaba?

—Supongo que sí. El teléfono y la puerta de salida estaban de su lado, así que podía mantenerme incomunicada. A mí me daba lo mismo, en realidad no tenía planeado comunicarme con nadie.

Antes de la siete de la mañana estaban en el aeroparque Jorge Newbery y a las ocho iban volando hacia San Carlos de Bariloche.

Bariloche, por supuesto, pensó Lorenza. Tendría que haberlo imaginado; dónde más iba a ser, si no en Bariloche, el lugar soñado de Ramón, su refugio, su utopía, pero además un punto conveniente para él y desfavorable para ella, porque dificultaría horriblemente cualquier plan de rescate o de escape. Ubicada en la Patagonia andina, al extremo sur del continente, a unos tres mil kilómetros de Tierra del Fuego y del Círculo Polar Antártico, Bariloche era en ese entonces una zona de colonización bastante aislada del mundo, donde ella nunca había estado y que en cambio él conocía bien por haber trabajado allí como guía de excursiones de alta montaña.

Durante el vuelo, Miche tuvo la gentileza de advertirle a Lorenza que Mateo no estaría en el aeropuerto, así que le ahorró el exceso de expectativa y decepción en este nuevo aterrizaje. Miche traía en el bolsillo las llaves de un Chevrolet Impala blanco que estaba esperándolos, y sin decir ni explicar nada, empezó alejarse del pueblo conduciendo hacia el oriente, según dedujo Lorenza de una señal que indicaba que estaban a pocos kilómetros de la frontera con Chile. Ella aprovechaba el silencio para ir grabándose en la mente cada letrero que aparecía en el camino, lago Nahuel Huapi, carretera de los Pioneros, Virgen de las Nieves, hostal El Retorno. Luego se desviaron por una subida que llevaba al cerro Catedral, según indicaba la flecha en el cruce. La ruta se estrechó, se hizo empinada y ya no volvieron a aparecer letreros de ninguna índole. A los cuarenta y cinco minutos de recorrido desde el aeropuerto, desembocaron en un valle a orillas de otro lago, donde pequeñas cabañas de troncos asomaban entre los árboles, a considerable distancia las unas de las otras. Si ella no hubiera estado calculando cómo iba a hacer para volarse por Chile, habría tenido que reconocer que se encontraba en uno de los rincones más bellos del planeta. El Miche detuvo el Impala al lado de una de las cabañas, Lorenza se bajó y al rato veía cómo del monte y a través del bosque venían bajando, en un caballo viejo, un hombre y un niño pequeño.

* * *

—¿Sigue en pie la oferta de ir a esquiar? –preguntó Mateo, de buenas a primeras.

—Dijiste que no querías.

—Antes no quería, pero ahora sí quisiera.

—Entonces nos vamos, no se diga más —se entusiasmó Lorenza—. Mañana es mi último compromiso de trabajo, a mediodía quedo libre y a la noche ya estamos en Bariloche, qué bueno que te animaste, kiddo, me parece la mejor noticia. ¿Te imaginas? Podemos quedarnos allá cinco o seis días, y hasta ocho si conseguimos una cabañita a buen precio, o un par de cuartos en un albergue bien lindo, tiene que haber alguno no muy caro, todavía no están en temporada plena, y los trajes y los equipos los alquilamos allá, por eso no habrá problema.

—Es sin ti, Lolé —dijo Mateo suavemente, pero para ella fue como si le dieran un golpe en la cabeza.

—¿Sin mí?

—Me gustaría ir, pero sin ti.

—Cómo así, sin mí.

—Me gustaría mucho ir. Pero sin ti.

—¿Y yo? Qué hago mientras tanto…

—Tú me esperas aquí, en Buenos Aires.

Mateo debía estar saturado de la excesiva presencia de su madre, de la irremediable ausencia de su padre, de historias de adultos, de días claustrofóbicos con Dynasty Warriors, de tanta ansiedad y tanto rulito en el mechón de la frente con el índice, de escuchar dramas de los tiempos idos de la militancia. Era apenas natural que se hubiera cansado de vagar entre fantasmas y quisiera pasarla bien al aire libre, en el presente, con gente de su edad. Lorenza comprendía, cómo no iba a comprender, era perfectamente comprensible, y al mismo tiempo no tanto, qué pasaba con su compañerito de siempre, por qué quería dejarla atrás, había algo ahí que no era del todo justo, también a ella le convendría hacer ejercicio. Mateo la acusaba de esquiar fatal y no le faltaba razón, pero de todos modos le encantaba hacerlo y Mateo lo sabía, sabía que ella era feliz dejándose venir montaña abajo aunque se cayera diez veces y tuviera que levantarse otras tantas, además vivía soñando con la nieve, se traía una verdadera obsesión con la nieve, a lo mejor porque nació en el trópico y hasta los ocho años, cuando la llevaron en avión a conocerla, tuvo que contentarse con los paisajes invernales que vienen en las cajas de galletas y en las postales de Navidad. Pero cómo impedirle al hijo que se fuera solo, si ayer no más ella se habría quitado un peso de encima al verlo independiente y activo, apasionado por algo en vez de encuevado entre el cuarto, con las neuronas electrocutadas por el PlayStation. Entonces por qué ahora se sentía disminuida, como si hubiera pasado de andar con tacones altos a estar descalza, y por qué no iba a poder disfrutar esos cinco días sin Mateo, si eran sólo cinco y en Buenos Aires tendría tanta gente por ver, tanta cosa por hacer, por qué la tristeza si al fin de cuentas no la habían bajado de ningún tren, ni sacado de ninguna fiesta. Aunque un poco sí.

Lo esperaría en casa de Gabriela, se vería con los compañeros, seguiría recuperando fragmentos de la vieja historia. De acuerdo: ella se quedaría y Mateo se iría. Y si la decisión estaba tomada no había tiempo que perder, tenían que averiguar por un camping de invierno, o una escuela de esquí, para que él hiciera su paseo con un grupo y un buen instructor.

—Entonces ya no vas a llamar a Ramón —no quiso decírselo pero se lo dijo, y se espantó al sospechar que se había sacado de la manga un último truco para retenerlo.

Mateo pasó de agache y no respondió. Estaba bien que no lo hiciera. Era apenas justo que diera por terminado este primer esfuerzo por encontrar a su padre, ya había hecho suficiente y algún día podría regresar a seguir con la búsqueda. Por ahora andaba con la cabeza disparada hacia otras cosas, ante todo quería un morral, opinaba que la maleta que había traído no servía, los demás llevarían morral y él no iba a presentarse a la excursión con una maleta de viejo.

—Date cuenta, Lolé. No va con mi personalidad.

Compraron un morral rojo, lleno de correas y compartimentos, que Mateo consideró a tono con su personalidad, y Lorenza se alegró de verlo tan alegre, se entusiasmó al verlo entusiasmado con sus propios planes. Luego se pelearon por unas botas. Ella se empeñaba en conseguirle unas apropiadas para la nieve y él se negaba, aseguraba que no hacían falta y que le daba pereza medírselas, ella abundó en argumentos convincentes, él se rindió, las compraron. Entraron a varias agencias de turismo, averiguaron, compararon precios, volvieron a averiguar, estudiaron catálogos, miraron fotos y finalmente optaron por un paquete completo que incluía pasaje de avión, alojamiento, comida, alquiler del equipo, entrenador y carné para los elevadores. Compraron un par de guantes térmicos y volvieron a discutir, esta vez sobre si sería o no necesaria una bufanda más abrigada. Él ganó, no compraron bufanda. Al día siguiente, a las once en punto de la mañana estaban en el aeroparque Jorge Newbery, buscando el lugar donde Mateo tendría que encontrarse con sus compañeros de viaje.

La vida, que se muerde la cola. Ahí estaba ella, despidiendo a Mateo exactamente en el lugar donde años antes había tomado el avión a Bariloche para ir a buscarlo. Pensó en decírselo, hacerle ver las coincidencias, las jugarretas del tiempo que se persigue a sí mismo y se reencuentra para cerrar ciclos y abrir otros nuevos. Pero no le dijo nada, obviamente no era el momento. Mateo tenía otra cara. Andaba iluminado, como si se hubiera abierto para él la puerta del mundo y le hubiera caído encima un chorro de luz. Y allá volvía, a Bariloche, ya adolescente, luciendo la camiseta *Bridges to Babylon* que había comprado en el concierto de los Rolling Stones, un poco tímido pero radiante a la hora de acercarse a los demás muchachos y muchachas del paseo, dieciséis en total más un par de instructoras de esquí, dos mujeres atléticas y cordiales, posesionadas de su papel de responsables del grupo, que le dieron una bienvenida efusiva y le presentaron a los demás, algunos nuevos, como él, y la mayoría veteranos tras varios inviernos de hacer la misma excursión con la misma gente. Hasta que llamaron a abordar por los altoparlantes y Mateo salió corriendo tras el tropel, con el morral rojo a la espalda y sin despedirse, tal era la conmoción que ni siquiera se dio cuenta de que no se había despedido de su madre, y ella tuvo que limitarse a decirle adiós con la mano, por si volteaba a mirarla.

—Me quedé ahí parada como una idiota, y te juro que tuve que hacer un esfuerzo para no llorar —le diría unas horas después a su amiga Gabriela.

—Huérfana de tu hijo —le respondió Gabriela—, conozco esa triste figura.

Lorenza se encaminaba hacia el ventanal desde donde se divisaba la pista, para asegurarse de que Mateo abordara el avión que correspondía, cuando la empujaron por la espalda y por poco la hacen caer.

—Adiós, Lolé, te quiero mucho —era él, que se le abalanzaba para darle un abrazo y enseguida volvía a correr, para alcanzar a los demás.

Ella aceptó la invitación de Gabriela a pasar esa semana en su departamento, al 6000 de la calle Zelada, barrio de Mataderos, en las orillas de Buenos Aires.

—Esto está lleno de pelusa —dijo Gabriela pasando la mano por los muebles rucios de polvo—. Debo tener los pulmones llenos de pelusa. Es por mi trabajo. Bordo aquí en casa, y la tela y los hilos sueltan pelusa.

—¿Bordas?

—Bordo. Sábanas, toallas, manteles, ropa de bebé, ajuares de novia…

—¿A mano?

—Mi vieja bordaba a mano, no sabés qué primores, yo no, yo trabajo con máquina industrial.

—Así que por eso me regalaste esa docena de camisitas bordadas cuando Mateo nació…

—No lo has olvidado —le dijo Gabriela mientras le tendía la cama en el sofá del living, después de quitar y apilar en el suelo, contra las paredes, las docenas de envoltorios que lo sepultaban.

—Qué son —preguntó Lorenza, que había vuelto a ser Aurelia, porque así la había conocido Gabriela y así seguía llamándola.

—Sábanas. Ciento veintisiete juegos de sábanas que tengo que tener bordadas, planchadas y listas para este lunes. Guardas y monograma en azul, así, mirá, *RCH*, Rochester Classic Hotel, el que me hizo el encargo.

Tenía el taller instalado allí mismo, en el departamento, así que dispondrían de todo el tiempo que quisieran para conversar, siempre y cuando Aurelia la dejara trabajar y quisiera ayudarla, planchando con un vaporizador de prensa las sábanas y las fundas que iban quedando bordadas, para que la entrega pudiera hacerse a tiempo.

Solían citarse en la basílica de San José de Flores, cuando militaban juntas en el frente de comercio. Según el minuto que habían acordado, se encontraban en lo que se conoce como el camarín, donde las miraba desde la bóveda un joven Cristo Pantocrátor que les inspiraba confianza, y ahí se arrodillaban rosario en mano y hacían como que rezaban a dúo, Dios te salve María llena eres de gracia, e iban entreverando avemarías con información del partido, bendita tú eres entre todas las mujeres, e iban planeando las actividades de la semana, y como ambas estaban embarazadas, antes de salir a la calle se rociaban la panza con agua bendita, para proteger al niño.

—Agua bendita, qué pavada —dijo Gabriela.

—Si no servía, al menos no perjudicaba.

—Modesto Zupichín.

—Lucil Lucifora.

—Lomolino Lomo.

—Abramo Lomazo.

Fueron recordando la lista de nombres para sus respectivos bebés que jugaban a encontrar en las páginas de la guía telefónica de Buenos Aires, apostando a la que diera con el más absurdo, Dora Lota, Lubli Lea, Tufik Salame, Delfor Malanga.

—Delfor Malanga, flor de nombre —dijo Gabriela—, y pensar que terminaste poniéndole Mateo al pibe.

—Y tú María a la tuya, habrá sido por tanto rosario que rezamos en San José de Flores.

—¿Podrás manejar la plancha?

—Soy la tigra de las planchas, mi papito lindo tenía taller de costura.

—En tiempos de tu papito lindo no había vaporizadores de prensa.

—Soy la tigra de los vaporizadores de prensa.

—A la que veo de vez en cuando es a Tina, ¿te acordás de Tina?

—Tina, la del ascensor, cómo no me voy a acordar. ¿Está bien, Tina?

—Tiene dos hijos grandes, ambos graduados de la universidad. Anda jubilada del magisterio. Era maestra, Tina.

—Debe ser mayor que nosotras. Cinco o seis años mayor. ¿Alguna vez le preguntaste?

—¿Por aquello? Ella me contó sin que yo le preguntara. Dijo que había sentido alivio.

—Cómo, alivio.

—Y sí, alivio.

—Madre mía.

—Dice que cuando vio que el cana se le iba detrás y se le metía al ascensor, ella pensó que la venía siguiendo y que por su culpa iban a caer los compañeros que estaban arriba, esperándola para empezar la reunión. Dice que en ese momento se quiso morir, y que por eso cuando el tipo la violó, y luego salió del ascensor y se alejó del edificio, en medio de todo lo que ella sintió fue eso, alivio. La habían violado pero estaba viva, estaban vivos los que la esperaban arriba, no los habían desaparecido, no los habían asesinado. Y sintió alivio.

—¿Tú crees?

—No sé, eso me dijo.

—Puede ser…

—¿Te acordás de Tebas, el que siempre venía a las reuniones con un hermano menor, Nandito, que tenía un retardo mental severo?

—A Tebas lo desaparecieron, eso yo lo supe.

—Fue el último de los desaparecidos del partido, cuando ya la Junta Militar estaba por caer. Pero no sé si sabés lo de Nandito. Lo agarraron con Tebas y lo desaparecieron también.

—Canallas. Debe haber sido la más inocente de todas las víctimas. Tenía la expresión dulce, Nandito.

—Dulce, sí, pero se masturbaba delante de la gente.

—Calla, qué dices.

—Te lo juro, no sabés qué sofoco en las reuniones cuando el nene empezaba con eso, Tebas sufría horrores pero qué iba a hacer, no podía amarrarle las manos.

—Como si eso ameritara…

—Ni lo digas.

—Y a Felicitas, ¿la recuerdas? La abogada que te presenté una vez.

—Una tipa muy paqueta, del Barrio Norte, que llevaba un tapado de zorro rojo aquella vez que la vimos, imponente ella, con bolso Gucci y botas de gamuza.

—Esa misma. Nos hicimos bien amigas después. Pero amigas así no más, nada de política, amigas de ir al cine, conversar de libros, eso. Y mira que la semana pasada estuve con ella y adivina qué, me contó que en ese tiempo defendía blanqueados. Yo ni sospechas, hubiera jurado que ella nada que ver con nada, hasta hace poco, cuando me lo contó.

—Mirá vos…

—Eso mismo le dije. Le dije que la veía tan elegante, en su aristocrático despacho, que delante de ella no me habría atrevido a abrir la boca. Me contó que nunca había sido de izquierda y que no militaba, pero que al recibirse de abogada había jurado defender principios elementales, viejos como la Revolución Francesa, y que no podía quedarse de brazos cruzados ante juicios que eran farsas y condenas arbitrarias.

—Quién iba a creer, con semejante tapado de zorro rojo.

—Pues fíjate que el famoso zorro rojo fue su salvavidas, su chaleco antibalas. Me dijo que gracias al zorro rojo entraba y salía del Superior Tribunal de las Fuerzas Armadas sin despertar sospechas por *zurda*.

—Ella, que es blanca, larga y flaca como un suspiro; yo me pongo eso encima y me detienen ahí mismo, por zorra y por roja.

—Me dijo además que ella sí sospechaba que yo andaba en algo, que era raro que no tuviera teléfono, que no precisara bien dónde vivía, que si me buscaba para invitarme no me encontraba, eso le había parecido raro, pero tampoco ella se había atrevido a preguntarme ni a ponerme el tema.

—Nadie se atrevía, esa es la verdad. Todos sabíamos todo pero aparentábamos no saber, aun ante la gente cercana. Los que dicen que no se enteraron, en realidad no quisieron enterarse, porque no hubo quien no tuviera algún conocido o pariente desaparecido. Para mí, el primer cimbronazo fue la desaparición de Mariana, mi mejor amiga de infancia, sólo porque figuraba en la libreta de direcciones de un militante. Todos éramos testigos. Sabíamos que los demás también sabían, pero no comentábamos nada. Yo tenía que militar a escondidas de mi marido, con eso te digo todo —le confesó Gabriela, ya separada de un empleado de banco.

—¿Simpatizaba con la Junta, tu marido?

—Para nada, pero tenía un miedo de la san puta.

El miedo: otra cosa que antes tampoco se hubieran atrevido a mencionar. Ningún militante decía que tenía miedo, jamás. Como si para librarse de él bastara con no nombrarlo. Lorenza le habló a Gabriela de los días con su madre, que había venido a Buenos Aires a acompañarla para el parto, y de la vida con Mateo recién nacido, Mateo que iba creciendo, Mateo que empezaba a caminar, y le confesó que ahí sí, en esa etapa, había sentido miedo. Para poder seguir militando, Ramón y ella habían tomado la decisión de matricularlo desde los tres meses de nacido en una guardería para bebés, el Jardín Pelusa, sobre la avenida Santa Fe, y en las tardes se turnaban para recogerlo, a las cuatro en punto.

—Esa fue la cara que para mí tuvo el miedo —le confesó—. Empecé a obsesionarme con la idea de que un día nos pasara algo, a Ramón y a mí, y dieran las cuatro de la tarde y nadie recogiera a Mateo.

Le había dado por pensar en eso a todas horas, por más que trataba no podía quitarse la idea de la cabeza, entraba en pánico y sacaba a Mateo de la cuna para abrazarlo, así lo despertara y tuviera que arrullarlo largo rato para dormirlo de nuevo. Hasta entonces no había sabido bien lo que era la zozobra. Ni la vez que tuvo que abandonar una casa por el tejado, ni tampoco cuando le cotizó San Jacinto al partido, firmando las escrituras ante notario y despidiéndose de su única herencia. No recordaba haber tenido miedo durante las veinticuatro horas que permaneció detenida en una comisaría en Icho Cruz, segura de que no iba a salir con vida. Sobresalto sí, y adrenalina a chorros, taquicardia también, vértigo de la aventura, todo eso. Pero no miedo. Miedo, lo que se llama miedo, esa sombra del enemigo que te invade y te va derrotando de a poco y desde dentro, de eso no había tenido. Hasta que nació Mateo.

De ahí en adelante, la imagen del niño abandonado en Pelusa, de los cientos de niños que eran arrebatados a las prisioneras y dados en adopción a familias de militares, la posibilidad de que a Mateo le sucediera algo semejante, se le fue convirtiendo en un pavor que le minó las fuerzas. Lo soportó como pudo, sin decir una palabra, hasta que Mateo cumplió los dos años, y ese mismo día, cuando el niño sopló el par de velas, ella le anunció a Ramón su decisión de llevárselo por un tiempo. Muy para sorpresa suya, Ramón estuvo de acuerdo. No sólo no discutió, ni le hizo reprimendas, ni la llamó fundida, ni la insultó por quebrada, sino que le dijo que se iría con ella. Por Mateo. Para que Mateo creciera lejos de la cadena de muerte y respirara un aire limpio de amenazas. Un mes más tarde salían los tres hacia Colombia, con la decisión tomada de alejarse del partido y de permanecer por fuera, al menos unos meses.

Entre nubes de vapor y de pelusa, al compás del golpeteo de la prensa y de la máquina, iba y venía esa charla cargada de confidencias que antes no se habrían hecho, que seguramente no se volverían a hacer. Se iban amontonando las sábanas ya bordadas y planchadas y había que armar cada juego —sábana, sobresábana y un par de fundas— para envolverlo en papel de seda y guardarlo cuidadosamente entre su caja. Y fue allí, en el departamento de Gabriela, donde Lorenza creyó encontrar el tono que iba a permitirle escribir, ahora sí, ese capítulo de su historia. Necesitaba ponerle por fin palabras a esta historia hasta ahora marcada por el silencio. Siempre había sabido que tarde o temprano tendría que darse a la tarea, no quedaba más remedio, porque pasado que no ha sido amansado con palabras no es memoria, es acechanza. El problema había sido cómo contarlo, y ahora creía descubrirlo: íntimo y simple, como una conversación a puerta cerrada entre dos mujeres que recuerdan. Sin héroes, sin adjetivos, sin consignas. En tono menor. Sin entrarle a los acontecimientos, quedándose apenas con el eco, para envolverlo en papel de seda, como a las sábanas, a ver si por fin dejaba de latir y poco a poco se iba amarilleando. Envolver en papel de seda, era bueno el símil, a lo mejor de eso, justamente, se trataba: era *sedante* la cháchara, la risa, el entretejido de momentos y dolores, las pequeñas confesiones que iban reduciendo a rumor cotidiano el viejo espanto.

* * *

—Me bajo yo de ese coche en medio de unas montañas nevadas que sólo conocía a través de los sueños de Ramón, un lugar que para mí no hacía parte de los mapas, sino de las cosas que él relataba y de las canciones de cuna que improvisaba para Mateo —le cuenta Lorenza a Gabriela—, y de repente sale de la nada un caballo, y en ese caballo viene Ramón, y Ramón tiene a mi niño. Y me lo entrega. Te juro que ni cuando nació había sentido yo una conmoción semejante, era como si estuviera pariendo de nuevo, pero después de un parto mucho más duro. Ahí estaba conmigo, mi bebé Mateo. Yo lo besaba y lo abrazaba, pobre pequeño, debía estar asfixiándolo de tanto estrujarlo pero no podía parar, tenía que convencerme de que era real.

Era lo único real en medio de ese paisaje inventado de postal navideña, donde la nieve todo lo serenaba y lo blanqueaba, ocultando la cara de las cosas. Pero ahí estaba su hijo. Lo demás se desvanecía en torno a ella, como un vahído o una alucinación. Pero Mateo se reía y había aprendido a decir palabras nuevas, tenía puesto un gorro rojo y era asombrosamente real. Dichosamente real.

—Yo besaba su nariz, sus ojos, su pelo, sus manos, su risa, su boquita de fresa, su piel tan suave. Agarré a besos hasta las botas amarillas que traía puestas.

—Mateo te estaba esperando —le llegaba la voz de Ramón.

—No podía mirarlo, Gabriela. A Ramón, no podía.

—Cómo lo estarías odiando…

—Eso no era lo grave, el odio al fin de cuentas se maneja. Pero no venía puro, venía mezclado con gratitud, casi con veneración, esa gratitud ruin y esa veneración odiosa que le tienes a tu victimario cuando te indulta. Por eso no quería mirarlo.

—Le expliqué a Mateo que estábamos de vacaciones, él y yo —decía la voz de Ramón—, y que vos tardarías unos días en alcanzarnos porque tenías mucho laburo, pero que ya estabas por llegar.

—Yo pensé: entonces Mateo no se enteró —le dice Lorenza a Gabriela—, y sentí un alivio inmenso. Si el niño estaba feliz era porque no sabía del drama y andaba como en vacaciones, fascinado con la nieve y con el caballo, con el fuego de la chimenea, con el agua del lago. Ramón me decía cosas. Me decía que Mateo andaba enamorado del caballo, que la primera noche quería que lo metieran a la cabaña para que no tuviera frío, y que a él no le quedó más remedio que salir a mostrarle el establo, donde dormía el caballo. El establo de los vecinos, los que le alquilaban el caballo. Yo tomé nota del dato, había vecinos cerca, podría pedirles ayuda. Y además había caballo. No sería Bucéfalo, pero le funcionaban las cuatro patas. Si no lograba echarle mano al coche, me volaba con el niño en el caballo.

—Bárbaro —dice Gabriela—, con las pestañas congeladas, como el doctor Zhivago.

—Hacía un frío de cagarse, todo oscuro —seguía diciendo la voz—, no se veía un corno, y Mateo y yo a medianoche, con la linterna, buscando el establo.

Hay linterna, registró Lorenza; tenía que fijarse dónde la guardaba Ramón. Miró alrededor y no vio cables de luz. En esas estaba y al mismo tiempo hacía esfuerzos por mirar a Ramón, para decirle algo amable.

—Cuál amable, con la bronca que tenías —dice Gabriela.

—Cualquier cosa, que lo había extrañado o que el paisaje era lindo, lo que fuera, pero no me salía nada. Había venido a jugar en frío y no lo estaba logrando. Debía sobreponerme, hacerle ver que me alegraba verlo.

—Pero qué esperaba él de vos, no iba a creer que todo estaba arreglado.

—Yo sabía bien qué esperaba yo de él: nada. Había ido a recuperar a mi hijo, y punto. Ahora, qué esperaba él de mí, eso no lo sabía, tendría que ir adivinándolo.

—¿Creería que eso era de veras la reconciliación?

—Difícil, Ramón es cualquier cosa, menos ingenuo. O sí, no sé, a lo mejor estaba actuando de buena fe. Como te digo, yo andaba al tanteo. Necesitaba tiempo para ingeniarme la manera de llevarme a Mateo, y mientras tanto tenía por fuerza que estar en buenos términos con Ramón. En buenos términos, según sus términos, claro, o sea a tono con esta historia de amor que se suponía que estaba recomenzando. Todo era muy raro, Gabriela, se me había armado un zaperoco en la cabeza, cómo entender que el patán que un mes antes me había arrebatado al niño y me había tirado al muere para alzarse con la plata del mafioso, fuera este mismo padre amoroso, este príncipe azul que salía a recibirme como en cuento de hadas. Qué lógica tenía eso. Y al mismo tiempo él me vigilaba, yo sentía que no me quitaba los ojos de encima, debía estar en las mismas, con dudas horribles con respecto a mí. Los dos tratábamos de parecer espontáneos, pero andábamos como pisando huevos. Tampoco él las llevaba todas consigo; me tranquilicé un poco cuando me di cuenta de eso.

—Podés estar tranquila —le decía la voz—, Mateo no tuvo ni un minuto malo, lo único que le faltaba era su mamá, y acá la tiene.

Debía ser cierto; ella no percibía sombra de inquietud o malestar en Mateo. Lo veía radiante, quizá como nunca. Ahora le mostraba muy orgulloso su pulóver de lana, rojo con muñequitos verdes y azules y gorro compañero, prendas desconocidas para ella, que el padre debía haberle comprado. Era evidente que de todas las cosas que maravillaban a Mateo en este inesperado paraíso, el padre era de lejos su preferida. Y ahora también ella, su madre, que llegaba sin que él sospechara siquiera que hubiera podido no llegar nunca.

Tenía que mantenerse lúcida, hacerse una clara composición de lugar y tomar decisiones lo antes posible. Pero le resultaba difícil pensar. La cabeza le enviaba mensajes contradictorios, como si la alegría desprevenida de Mateo fuera una luz en el episodio oscuro, como si las cosas, después de todo, no hubieran sido tan atroces como ella las había vivido, y se hubiera imaginado la pesadilla.

—Estás flaca, vos —le había dicho Ramón, haciéndole trizas el espejismo. Había soltado la frase como si la culpa no fuera suya, como si cada kilo perdido no hubiera sido vida escapada en la agonía de la espera.

—Me preguntó si quería comer —le cuenta a Gabriela—. Dijo que iba a descorchar un borgoña para celebrar mi llegada. Yo me desparpajé por fin, lo miré a la cara, y le hablé. Le dije que prefería desempacar primero.

—Gran frase.

—Algo es algo. Y él: vení, que te muestro la cabaña, vas a ver, es la casita de Hansel y Gretel. Y saca mi maleta del Impala y el maletín con el doble fondo, el de los pasaportes falsos, y la bolsita de cosméticos con el Revlon aquel de las gotas letales. Medio se me heló la sangre, pero mi maletín no me delató, ya te dije, era una vaina para profesionales. Ahora, la cabaña un primor, chiquita y acogedora y con la chimenea prendida. Como para los Robinson suizos. Pero claro, a Ramón la comparación no le había salido buena, en el cuento de Hansel y Gretel la casita de dulce acaba siendo un lugar de terror.

Lorenza sintió que todo allí era ficticio, una puesta en escena. Acababa de pasar veinte días con sus noches preparándose para la guerra, venía resuelta a enfrentar a su enemigo, y su enemigo se estaba haciendo el pendejo. La recibía con los brazos abiertos como si el asunto estuviera perdonado, peor aún, como si no hubiera nada que perdonar.

—Y yo, que venía dispuesta a envenenarlo.

—¿En serio pensaste en la posibilidad de envenenarlo, con las gotas esas?

—Bueno, no. Tanto no, pero sí a dejarlo turulato. O más dormido que la Bella Durmiente, en el peor de los casos. ¿No matarías tú por tu María?

—Ah, sí. Yo sí, pero yo soy más salvaje que vos.

Lorenza se sentó al lado del fuego, todavía apretando contra el pecho al niño, que forcejeaba para zafarse y llevarla hacia afuera. Ella lo siguió y se dio cuenta de que ya no estaban ahí ni el Miche ni el Impala blanco.

—Mal comienzo —dice Gabriela.

—Muy malo. Quise mostrarle a Mateo lo que yo había aprendido de niña de mis amiguitas gringas en el invierno de Washington, que si te tiras de espalda en la nieve y mueves los brazos hacia arriba y hacia abajo, dejas estampada la figura de un ángel con grandes alas. La primera vez que vi aquello quedé deslumbrada, ni que se me hubiera aparecido de verdad un ángel. En cambio mi Mateo no captó la sutileza, pensó que se trataba de revolcarnos en la nieve y eso sí le pareció estupendo.

—¿Y el Miche? —preguntó Lorenza al entrar, y Ramón le respondió que se olvidara de Miche, que le había advertido que querían estar solos, esto no era Coronda para que entrara y saliera cuando se le cantara. Por fin, toda una casa para ellos solos.

—Idílico —dice Gabriela.

Si no hay Miche, no hay Impala, pensó Lorenza. Iba a ser de locos, ese *Escape from Alcatraz* en el caballito viejo. Otra cosa: no veía teléfono. Pero no se atrevió a preguntar; habría sido desastrosamente obvio.

—Enseguida él me dijo, *no hay teléfono*, y su voz ya no me sonó tan cordial, como si me hubiera leído el pensamiento y se hubiera ofendido. O quizá no, quizá no estaba ofendido, porque iba y venía, colocando la comida sobre la mesa. Era agotador estar tratando de calibrar hasta las mínimas señales.

Había pan, jamón de cordero, queso de cabra y algo que según él era tradicional del lugar, peras de invierno con salsa de frambuesa. Ramón salía a traer leña de la enorme pila que había afuera, se agachaba a atizar el fuego, buscaba vasos para el vino. Ella lo ayudaba, pero mientras tanto le medía los pasos, los movimientos, observaba cada rincón de la casa.

—Aquel lugar tan amable era una prisión fríamente calculada —le dice a Gabriela—. Una prisión de puertas abiertas, que no llevaban a ninguna parte. Pero comimos bien, todos tres, y yo hice lo que nunca, me tomé dos copas de vino.

—¿No tomás vino?

—Rojo no, me produce jaqueca. Pero ese día tomé, y hasta brindamos.

—Inimaginable, ese brindis. Espero que no haya sido por la felicidad.

—Afortunadamente no. Brindamos por Mateo, y a ambos nos salió del alma.

La cabaña, construida en dos niveles, tenía abajo una estufa de kerosene, la mesa en la que comieron y un par de sillones frente a la chimenea, y al subir la escalera se llegaba a un altillo donde había una cama doble y al lado otra pequeña. Ramón había colocado la pequeña al fondo, contra la pared, y la doble atravesada, bloqueándola. Para que Mateo no se vaya de cabeza por la baranda si se levanta al amanecer y le da por buscar al caballo, dijo, y añadió, en cualquier caso tendría que pasar por encima de nosotros.

—Les ha caído serrín, debe haber comején en las vigas —decía Lorenza mientras sacudía las mantas, pero iba pensando que también ella tendría que pasar por encima de Ramón si intentaba sacar al niño en la noche. Hasta eso tenía él bien calculado. Cero posibilidades de no despertarlo durante la maniobra, a menos que lo agarrara a pinchazos de Revlon. Lo mejor sería mantener el maletín y la bolsa de cosméticos al lado de la cama. Todo su instrumental a mano. Claro que era bien fornido, este Ramón, a ella se le había olvidado cuánto. Si le entro a Revlon, que sea con saña, pensó, o no le hago ni cosquillas.

Así que dormirían los dos en la cama doble. Al parecer eso ya estaba decidido. ¿No recordaba Ramón, o no quería recordar, que se habían separado, que ya no vivían juntos, que ya no dormían juntos? Lorenza optó por no protestar. También ella jugaría a hacerse la loca, mientras fuera indispensable.

—En esas apareció Mateo con un paquete más grande que él mismo. Lo desenvolví y era un pulóver, para mí. Tejido a mano por las mujeres del pueblo, dijo Ramón. Precioso, la verdad. Abierto adelante, en fondo negro, con renitos en azul y blanco.

—Si era abierto no era pulóver.

—¿Suéter?

—Tampoco.

—A la mierda, entonces qué era.

—Un cárdigan. Debía ser un cárdigan tejido en punto de revés escandinavo. En Bariloche lo hacen divino. Justamente aquí tengo... mirá. Mirá esta bufanda. Es hecha en punto de revés escandinavo. Para que la trama te quede así, tenés que sujetar el hilo por el revés. En realidad no es tan complicado.

—Pero además me regalaron un gorrito negro que usé muchos años, quién sabe dónde lo habré perdido, y unas botas para la nieve, forradas en piel. Bien escogidas, no creas que no, exactamente de mi talla. Me derritió el corazón el entusiasmo de Mateo, los brincos que daba cuando nos vio a los tres con todo eso puesto, como gnomos del bosque. Yo los abracé. A los dos. Me habían sorprendido con un detallazo, Gabriela, cómo no iba a festejarlo.

—Ya veo para dónde va esto. Siempre fue un seductor, este Forcás.

Las excursiones a pie eran todavía posibles porque aún no había arreciado el invierno, y esa misma tarde salieron a hacer un primer recorrido por los alrededores. Corto, había dispuesto Ramón, no muy lejos, apenas para ir entrando en calor, con el niño a caballo, sostenido desde abajo para que no fuera a caerse. Aunque Lorenza estaba resuelta a no dejarse impresionar por nada que le nublara el juicio, la belleza de aquellos parajes nevados la dejó boquiabierta, y no pudo impedir que se le cortara el aliento cuando desde un pico contemplaron el universo entero, extendido a sus pies. Pero también se percataba ella de lo despoblados que eran los alrededores. Estaban solos en el confín del mundo, y eso ni era metáfora, ni la tranquilizaba. Fueron descendiendo al tiempo con la tarde. Mateo se adormecía, como arrobado, al vaivén del caballo, y los últimos rayos de sol le arrancaban brillos dorados a los mechones que a Ramón se le escapaban del gorro. Nada que hacer, pensó ella, el maldito tiene lindo pelo.

A falta de electricidad, la chimenea era la fuente de calor con que contaban. El buitrón subía por entre el muro que daba contra las cabeceras de las camas, caldeando el espacio superior. Se llegó la noche, la primera que iban a pasar los tres en la cabaña. Lorenza empiyamó al chiquito, que no alcanzó a tomarse la leche cuando ya estaba dormido, y lo acostó en la cama pequeña. Se recostó, arrebujada en las mantas y sin quitarse del todo la ropa, del lado de la cama doble que daba contra la de Mateo, bien hacia el borde, lo más cerca posible del niño, para sentir en la oscuridad el soplo dulce de su respiración. Ramón permanecía abajo.

—No me quería dormir —le dice Lorenza a Gabriela—, tenía a Mateo junto a mí y deseaba que ese momento tan esperado durara para siempre. No me quería dormir, pero en algún momento me quedé dormida.

La mezcla de cansancio absoluto y calma recuperada la había hecho bajar la guardia. Al menos por esa noche no habría escapatoria; ni en sueños podría salir con Mateo del calor de aquel refugio al helaje de la noche, y atravesar el campo nevado para salir volando, por entre las cortinas del sueño, en un caballo viejo o en un carro blanco. En algún momento la despertó el frío. La chimenea debía haberse apagado. Sintió el cuerpo de Ramón tendido a su lado, dándole la espalda. Mateo se pasó a la cama grande y quedaron los tres apretados, como en madriguera, con ella al centro.

—Y me sentía bien, Gabriela. Qué diferencia con esos desvelos atormentados que había pasado sola. En momentos como ese olvidaba las perradas que me había hecho Ramón. Bueno, y las que le había hecho yo a él en Bogotá.

Enseguida recordaba el desastre y volvía a poner en movimiento sus maquinaciones de fuga. Al fin de cuentas esa cabaña no era más que una trampa, una ilusión sin fundamento, una situación insostenible y extravagante que Ramón se había sacado de la manga para arreglar la relación a la brava, y ella tendría que volver a poner distancia. Tendría que levantar entre los dos una imperceptible alambrada de púas. Pero sentía el cuerpo de él contra el suyo, y agradecía su calor.

—Pará —dice Gabriela—, todavía no entiendo qué fue lo que pasó en Bogotá. A qué te referís cuando decís que también vos hiciste perradas. Cuáles.

—Ignorarlo, dejarlo solo, hacerlo a un lado cuando tenía que haberlo apoyado, como había hecho él conmigo en Buenos Aires, como estaba intentando hacer de nuevo en Bariloche.

—Pero el calibre de los dos males no se compara, escuchame, ¡quitarle un niño a su madre! Aunque lo esté haciendo el propio padre, es un método brutal que tiene cierto parecido —ojo al *cierto*— con lo que hacía el enemigo. No entiendo cómo no se lo echabas en cara. Yo, lo agarro a bofetadas. Le rompo los dientes, lo cago a palos. ¿Ni siquiera el dinero le reclamaste?

—Ya te digo, se hubiera jodido todo antes de tiempo. Las palabras eran un peligro, Gabriela. Había que evitarlas. También él lo hacía, no creas que no, también él sabía que los ajustes de cuentas le habrían puesto fin al juego. Hablábamos de otras cosas. De Mateo, principalmente; de cualquier monería que hiciera Mateo. Los dos andábamos locos con el niño y ahí no había desacuerdo. Y de política, claro. Aquello fue cuando la guerra de las Malvinas, ni más ni menos, y nosotros allá arriba, entregados a nuestro drama y siguiendo por un radiecito de pilas la de Dios es Cristo que se estaba armando abajo.

Pegaban la oreja al radiecito, pendientes de las noticias, y discutían el día entero, los dos allá solos pero como si estuvieran en plenaria del partido, que si hay que apoyar al ejército argentino en el justo reclamo de un trozo de territorio nacional; que cómo vas a apoyar la fanfarronada patriotera de la Junta, que sólo busca tapar la crisis interna; que me cago en la Junta pero también en los bríos imperiales con que la Thatcher moviliza su Royal Navy, sus gurkas y sus Task Forces para dominar unas cuantas islas del tamaño de monedas, que no son suyas y que le quedan al otro lado del océano.

Ante el temor de caer en temas personales, se entregaban a las caminatas, a trepar montaña, a rajar leña, a despejar la nieve del camino con la pala, a pasear a Mateo en el caballo, a remar en el lago: todo lo que fuera exigirle a los músculos, hasta caer rendidos del cansancio. Sólo así les resultaba posible estar juntos, como si sus cuerpos fueran menos propensos a agresiones o venganzas, más dados a ir con la corriente. Ramón, que conocía los vericuetos de esas montañas, los llevaba a visitar lugares que se les habían vuelto míticos de tanto escucharlo hablar de ellos, la cueva donde se refugiaron las monjas eslovenas, el glaciar llamado Ventisquero Negro, las laderas del cerro Catedral, que venían a caer en las aguas del lago Gutiérrez, el pico del cerro Otto, donde presenciaban atardeceres cósmicos con una taza de chocolate caliente en la mano. Cuando las excursiones los llevaban por riscos empinados, dejaban el caballo y Ramón cargaba en hombros a Mateo. Se detenían para ahuecar en la nieve una cuna que recubrían con sus sacos de piel, para que el niño pudiera tomarse la leche y dormir un rato, y así coronaban travesías de ocho horas, o diez, desde el amanecer hasta llegar a los refugios de alta montaña, que permanecían abiertos para todo caminante alcanzado por la noche que buscara techo, leña y mantas. De pico en pico y de un acantilado al otro, iban todo el trayecto bordeando abismos. Se paraban sobre enormes rocas negras asomadas al vacío, como narices del diablo. Con un empujón que le diera, pensaba Lorenza cuando veía que Ramón se acercaba al filo, un empujoncito nada más y saldría yo del problema. Pero se le esfumaba la iniciativa tan pronto sus ojos chocaban con los de él, que la miraba raro, como si estuviera tramando exactamente lo mismo.

Los días se fueron sucediendo unos a otros, placenteros contra toda evidencia. Desde Coronda no tenían una casa que los acogiera como esta cabaña de troncos, donde podían encerrarse mientras el mundo giraba afuera. Por momentos Lorenza creía estar con el Forcás guapo y seguro de los primeros tiempos, tan distinto a ese otro, torvo, celoso y de malas pulgas que tuvo que lidiar en Bogotá. Una luna de miel, pensaba asombrada, estamos como en luna de miel. Quién lo hubiera pensado.

—Una luna de miel un tanto macabra. Además, no hay luna de miel sin sexo —dice Gabriela.

—Hubo sexo, cómo no. Al principio no, pero después sí lo hubo. Buen sexo.

—Yo no habría podido. En esa situación, ni pensarlo.

—No era sexo conversado, hasta en la cama nos mataban los silencios. Pero de resto funcionaba, quizá porque lo físico siempre estuvo fuera del campo de batalla. En particular recuerdo una ocasión. Habíamos cenado y andábamos pendientes de la radio, que seguía transmitiendo esos comunicados oficiales locamente triunfalistas, que sólo te confirmaban que la guerra se estaba perdiendo.

La gente, que al principio había celebrado con entusiasmo la recuperación de las islas, ahora lloraba el sacrificio de cientos de reclutas adolescentes, mal entrenados, mal comidos y muertos del frío, a quienes la ineptitud burocrática de sus superiores abandonó a su suerte cuando los ingleses cayeron encima con todos los fierros. La fiebre patriótica de los argentinos se convirtió en desencanto y en oleadas de rabia callejera. Rabia contra el engaño, contra la ineficacia y la bravuconería de quienes adentro se comportaban como carniceros, y como corderos a la hora de enfrentar un ejército extranjero. Los medios, que la semana anterior todavía se atenían a la censura, le montaron la chacota al general Menéndez, gobernador militar de las Malvinas, que acababa de firmar la rendición ante Moore, el comandante de las tropas inglesas.

—Estábamos ahí, pendientes —le dice Lorenza a Gabriela—, cuando nos llega desde Buenos Aires la voz de un reportero uruguayo que dice encontrarse en la esquina de Diagonal y Florida, donde un grupo de personas le ha quitado la gorra a un policía y anda jugando con ella, poniéndosela en la cabeza, pasándosela de mano en mano. Se acabó el miedo, nos dijimos. Y nos abrazamos. Ahora sí se cae la dictadura, porque la gente ya no tiene miedo.

En Buenos Aires se había armado Troya. La gente iba gritando hacia la Plaza de Mayo. La policía respondía tímidamente y nadie se dispersaba ni se callaba la boca. Al general Leopoldo Fortunato Galtieri, cabeza de la Junta en ese momento, quien además de ser el ideólogo de la derrota era alcohólico, se le ocurrió salir borracho al balcón de la Casa de Gobierno, a responder los reclamos de la multitud con un discurso delirante. *Los que cayeron están vivos y serán esculpidos en bronce*, vociferaba, y aseguraba que *seremos dueños totales del destino y encenderemos como antorchas los valores más altos.*

—Justo esa semana yo estaba hospitalizada, por úlcera gástrica —dice Gabriela—. Pero mi hermana Alina sí andaba en la calle, ella que de política no entiende nada, y llegó agitadísima a contarme que algo estaba sucediendo. Se asustó, viste. Sintió que las cosas estaban fuera de control. De pronto, escucho que afuera hay quilombo y le pido a Alina que abra la ventana. Mamma mía, qué escucho, *se va a acabar, se va a acabar, la dictadura militar.*

—Y en Plaza de Mayo, el borrachín del Galtieri arengaba sus disparates y la gente lo callaba, gritándole en la cara el *se va a acabar*. Se estaba acabando, Gabriela, y nosotros tan lejos, con ese radiecito de mierda, lleno de interferencias, de ruidajones que no permitían oír. O a lo mejor sí, a lo mejor lo que escuchábamos era el estrépito del derrumbe.

La guerra se perdía, la dictadura se venía abajo y a Ramón y a Lorenza los atenazaban sentimientos agridulces, por un lado la euforia ante el ridículo inmarcesible que habían hecho los tiranos; por el otro, la pesadumbre por los reclutas mandados al muere. Por un lado, victoria: las Malvinas habían derrocado a la Junta Militar argentina. Por el otro, derrota: le habían asegurado la reelección a la Thatcher.

—Me anunciaste una película porno —le recuerda Gabriela—, y me estás contando una de guerra.

—Perdón, ahora vamos con la porno, pero va a ser mucho más corta. No, nada, sólo que esa noche hicimos el amor, cómo te dijera, intensamente pero con una enorme melancolía, como si ese encuentro fuera a la vez la despedida. Ramón lo sabía, esa noche me di cuenta de que él también lo sabía. Fin de la película.

Según la representación en que estaban montados, Ramón desempeñaba de manera impecable su papel de enamorado y de padre. Pero estaba claro que no se confiaba. Nunca cerraba los ojos. Miche empezó a visitarlos con frecuencia, a traer botellones de agua y provisiones, a ayudar con lo que hiciera falta, y durante sus visitas el Impala quedaba estacionado afuera, frente a la cabaña. Pero las llaves desaparecían. Lorenza había tomado nota de que cuando Miche las dejaba sobre la mesa, antes de cinco minutos Ramón se las había guardado entre el bolsillo.

Cuando bajaban al pueblo, Lorenza se las arreglaba para cortarse sola por unos minutos y fijarse en los letreros para recoger alguna información, a veces hasta alcanzaba a preguntar algo, paradas y horarios de ómnibus, alquiler de vehículos, hoteles cercanos, mapas de carreteras. Chile se había convertido en su obsesión secreta. Si pudieran cruzar la frontera, estarían fuera del alcance. Pero durante estas breves escapadas, nunca estaba sola con Mateo. Ramón se las arreglaba para no dejarlos solos cuando estaban juntos, ni en la cabaña, ni de paseo, ni en la calle.

En la cabaña, Lorenza jugaba horas de horas con Mateo, le contaba cuentos, hacía oficios domésticos, se sentaba a leer junto al fuego. Sin sentir apremio, entregada a ese artificioso pero al fin y al cabo plácido estancamiento del tiempo. El tiempo. Dejar correr el tiempo. Después de darle muchas vueltas a las posibilidades de escape, había llegado a comprender que lo único que jugaba a su favor era el tiempo. Ya con Mateo a su lado, no tendría inconveniente en esperar. En la revista le habían dado licencia indefinida de trabajo. Podría esperar. Otra semana, dos más, un mes. Tarde o temprano Ramón se descuidaría. Me tiene aislada, pensaba ella, pero no derrotada. Si el espacio es su herramienta, el tiempo va a ser la mía. Y dejaba correr las horas, siempre a la espera del momento.

De tanto en tanto se sorprendía al despertarse cuando ya el padre había vestido al hijo y lo había llevado a desayunar, o a pasear a caballo. Una de esas mañanas escuchó desde la duermevela voces masculinas abajo. Un vecino había venido a pedir ayuda, para alguna reparación en su cabaña. Lorenza abrió los ojos y vio por la ventana un cielo espeso. Extraña cosa, siempre amanecía trasparente y ahora parecía más bajo, lanudo, pesado. Cielo panza de burro, pensó, así llaman los limeños a este tipo de cielo. Ramón subió.

—Acá queda Mateo. Ojo con el nene, acá te lo dejo —le dijo.

—¿Vas donde el vecino?

—No, va Miche a ayudarlo. Puse en la mesa galletitas, manzanas y té, bajá a desayunar cuando quieras.

—Panza de burro, panza de burro —ella le hizo cosquillas a Mateo en la panza.

Al salir de las cobijas sintió la casa fría. La chimenea debía estar apagándose. Raro, Ramón siempre se ocupaba de mantenerla encendida.

—¿Ramón? —lo llamó varias veces, y como no hubo respuesta se echó sobre los hombros una de las mantas y bajó con el niño a azuzar el fuego.

—Se apagó —dijo Mateo, y era cierto.

Ramón no estaba adentro, pero tendría que andar cerca. Ella dejó al niño sobre la alfombra, entretenido con sus viejas cuberas, y miró por la ventana, extrañada por el silencio. La nevada que había caído durante la noche había borrado la línea divisoria entre cielo y tierra, dejando todo confundido en una sola vaguedad. Huellas grandes, de tres pares de pies, se alejaban de la casa y se perdían hacia la izquierda. Lorenza salió, para mirarlas de cerca. Estas son las botas de Ramón, supo con seguridad. Conocía bien las rayas en zigzag que dejaban impresas, y el redondelito con la marca en el centro. No había confusión posible. A menos que Miche las llevara puestas… Pero entonces dónde estaba Ramón. Lorenza buscó alrededor de la cabaña y no lo vio.

En cambio, ahí estaba parqueado el Impala, rucio de barro, mimetizado con el paisaje. Ella se acercó a mirar. En el piso del asiento delantero, en el trasero. No había nada, qué iba a haber. Regresó a la cabaña y vio las llaves.

Ahí, sin más ni más, sobre la mesa. Las llaves del coche. Como en un sueño. Tan evidentes, que le pareció extraño no haberlas visto antes. Entonces alzó a Mateo y subió al altillo, despacio, sin dejarse atropellar por el afán, escalón por escalón, ceremoniosamente.

—Panza de burro, panza de burro —insistía Mateo, y ella iba haciéndole cosquillas con una mano, mientras con la otra bregaba a abrigarlo y a cambiarle las pantuflas por las botas amarillas. Se vistió con lo que encontró a mano y rescató el dinero y los pasaportes, que había escondido entre las tablas de uno de los postigos, por si a Ramón le despertaba sospechas el maletín de marras.

—Me había jalado un trabajito fino para esconder eso, desprendiendo las tablas del postigo y volviendo a ajustarlas.

—¿Y el Revlon? —pregunta Gabriela—. Me inquieta, el Revlon.

—Hacía días lo había enterrado. Lejos de la cabaña. Por miedo a que en un descuido Mateo lo encontrara y se pusiera a jugar con eso.

Luego bajó las escaleras con el niño en brazos, deteniéndose otra vez en cada escalón, como si la vida dependiera de la lentitud de sus movimientos. No se preguntaba si quería, o debía, hacer lo que estaba haciendo; actuaba como quien obedece un mandato. Acomodó entre el maletín las manzanas, el paquete de galletas y un tetero de Mateo. Miró a su alrededor, se asomó a las ventanas y constató que el mundo seguía inmóvil. Nadie se acercaba. Entonces sí, tomó las llaves, que como por encanto seguían allí, sobre la mesa, esperándola.

Héroes o payasos, dijo al salir de la cabaña, y con Mateo de la mano se fue acercando al Impala. Se tomó el tiempo necesario para retirar la escarcha del parabrisas, instaló en el asiento de atrás a Mateo, al lado puso el maletín y al momento de cerrar la puerta se sobresaltó ante la posibilidad de que el ruido la hubiera delatado. Miró alrededor una vez más. Las pisadas de Ramón y los otros dos hombres se iban borrando bajo la nieve que empezaba a caer. El universo entero parecía estar en calma.

Se sentó al volante con la parsimonia que proviene de una decisión inevitable, quitó el freno de mano, puso en neutro la palanca de cambios y el inmenso Impala, por su propia voluntad, como si supiera exactamente lo que se esperaba de él, se dio a rodar suavemente por la pendiente, con delicadeza cómplice, mudo como la nieve, invisible entre la nieve, amable como el manto de nieve que parecía prestarse para camuflarlos.

Veinte minutos después orillaba el Impala en el cruce del camino con la carretera, y no había esperado mucho cuando vio acercarse un Volkswagen que avanzaba en dirección al pueblo. Se bajó del Impala y le hizo señas. La mujer que conducía se detuvo enseguida y ofreció darles un aventón, preguntando por cuenta propia si se había averiado el coche, y ahorrándole así a Lorenza la necesidad de improvisar disculpas. Sin mirar hacia atrás, sabiendo por instinto que nadie venía tras ella y actuando como si el día le perteneciera, Lorenza dejó las llaves entre el Impala y el vidrio a medio cerrar, para que Ramón y Miche no tuvieran problemas cuando lo encontraran. Con el niño y el maletín se subió al Volkswagen, durante el trayecto conversó con la mujer sobre los peligros de conducir en invierno por una vía con tanto bache, y le dio las gracias cuando los dejó en la plaza central de San Carlos de Bariloche, frente al ayuntamiento.

Hasta ese momento todo había sido sospechosamente fácil, pero de repente Mateo se soltó a llorar, cosa rara en él, que últimamente lo hacía tan poco, y justamente ahora se desataba en un ataque de llanto desconsolado, incontrolable, como si quisiera ir dejando un rastro de lágrimas que Ramón pudiera seguir hasta encontrarlo, y no paró de llorar ni cuando se detuvieron a acariciar un perro manso que esperaba a su dueño a la entrada de una tienda, ni cuando Lorenza le compró un pan dulce decorado con glasé amarillo y rosado, ni cuando lo sentó junto a la ventana del autobús que los llevaría, bordeando el Nahuel Huapi y por entre bosques milenarios, hasta Puyehue, el paso fronterizo donde las autoridades chilenas les darían vía libre, tras sellarles la documentación falsa que Lorenza iba a presentarles. Sólo vino a calmarse Mateo, y a dejar de sollozar, cuando su madre le señaló una manada de ciervos que buscaba entre la nieve briznas de pasto, a orillas del lago.

* * *

Desde el departamento de Gabriela, Lorenza llamaba todas las noches a Mateo, al albergue donde estaba hospedado con su grupo. Habría querido saber si a su hijo Bariloche le traía recuerdos, si no le resultaban familiares esas montañas, pero él andaba demasiado ocupado y la añoranza ya no era lo suyo. O no contestaba al teléfono porque bailaba con los demás en una discoteca, o había tal gritería en su cuarto que no escuchaba nada, o ya cabeceaba de sueño después de una larga jornada de esquí, o tenía prisa porque lo esperaban para ir a patinar en el hielo.

Cuando por fin hablaban, los minutos en que podían hablar, Mateo le contaba cosas como que se había lanzado sin problema por las pistas rojas, pero por las negras no tanto, aunque sí, se había atrevido con un trecho corto pero terrorífico de pista negra.

—Un precipicio de locos, Lolé, no sabes, yo me dije, héroes o payasos, y me tiré detrás de los otros a ver qué mierda me pasaba. Y no me pasó nada, te juro que en esa pistotota negra estuve totalmente héroe. Bueno, sí, se me perdió un guante, ahí salí un poco payaso, perdón, Lolé, qué cagada, perdí uno de los súper guantes térmicos que me compraste, pero seguí esquiando y ya por la tarde tenía la mano entumida y toda morada.

—Cómo se te ocurre esquiar sin guante, Mateo, por qué no le dijiste a la instructora que lo habías perdido.

—Acaso crees que Ulrica anda por ahí, con una bolsa de guantes de repuesto.

—¿Ulrica?

—Mi instructora. Es campeona olímpica, Lorenza, qué te crees. Bueno, ya no, ahora enseña, pero cuando joven era del equipo argentino y competía en las Olimpiadas de invierno. No te preocupes, mañana veo a ver qué hago.

—Cómprate otro par, Mateo, prométeme que no vas a volver a esquiar sin guante, es un disparate, se te van a congelar los dedos, nadie puede esquiar sin guante.

—Ni creas que me voy a comprar unos guantes, aquí deben ser carísimos, no voy a gastar el dinero en eso.

—Hazme caso, Mateo, cómprate unos, no me dejes preocupada —trató de decirle, pero él se despidió porque ya lo estaban llamando para la cena.

—Adivina qué, Lorenza —le anunciaba a la noche siguiente, cuando por fin lograron conversar más largo—. ¿Me puedes creer? Encontré un guante y solucioné el problema.

—¿Encontraste un guante? Increíble, kiddo. De verdad, increíble. ¿Y de la mano que era?

—Sí, de la mano que es, y además de mi tamaño.

—Mateo suertudo, eso sólo te pasa a ti, entonces pudiste esquiar a tus anchas...

—¿No te la pillas? El guante que encontré es el mismo mío, el que se me perdió ayer, sólo que no se me había perdido sino que lo tenía embutido en el fondo del bolsillo y no me daba cuenta.

Se llegó el domingo y se acababa el paseo. El de Mateo en Bariloche, y también el de ambos en Argentina. Lorenza estaba inquieta porque no lograba comunicarse con su hijo. Tenían que planear bien las cosas para el día siguiente, manejar con precisión las movidas de aeropuerto, encontrarse para tomar juntos el avión de regreso a Bogotá.

—No hay caso, ese niño no contesta —se quejaba ante Gabriela, cuando sonó el teléfono. Era Mateo.

—Por Dios, kiddo, me pegaste un susto, no te encontraba y tenía que...

—Adivina quién está aquí.

—Quién.

—Adivina.

—No puedo, no sé los nombres de tus amigos. Ya sé. Ulrica.

—No.

—Dale, kiddo, dime quién, hay cosas por arreglar, apuesto a que no has empacado todavía.

—Ramón.

—¿Qué?

—Ramón. Está abajo. Lo llamé la otra noche, a su teléfono de Buenos Aires.

—Repíteme eso.

—Ramón, lo llamé y vino. Se vino manejando, con su familia.

—Me estás tomando el pelo…

—Te lo juro. ¿Sabes lo que dice? Que nos dejó ir. Esa vez, cuando nos le escapamos de la cabaña. Dice que nos dejó ir. Que pudo impedirlo y no lo impidió.

—…

—¿Lolé?

—Dime.

—¿Estás ahí?

—Sí.

—¿Te sorprende?

—No del todo.

—Está mintiendo, ¿cierto?

—No sé. A lo mejor es verdad. Fue demasiado fácil, en todo caso.

—¿No te da rabia? A mí sí.

—A mí no. Yo te llevaba conmigo. Había ido por ti, y me iba contigo. Lo demás no era asunto mío.

—Pero por qué iba a dejarnos ir…

—Qué te dijo él.

—No me dijo nada. Lloró. No dijo nada.

—Pudo tener dos razones. Al menos es lo que siempre he pensado.

—La primera.

—La primera, se dio cuenta de que no había caso. Las cosas no se iban a arreglar a la fuerza.

—No era tan difícil darse cuenta. La segunda.

—La segunda, se le acabó el dinero.

—¿El dinero del mafioso?

—Supongo que lo utilizó para pagar aquello.

—Cuál aquello.

—Pues todo el operativo que nos montó en Bariloche. Fin del dinero, fin de la felicidad. Pero allá lo tienes a él, puedes preguntarle.

—No creo. No habla mucho. Sólo llora.

—Cuéntame qué está pasando, hijo, dime cómo estás. Cristo Jesús, cómo habrá sido ese encuentro... Así que lo llamaste, kiddo, quién te mira y quién te ve. Te esperaste hasta salir de mí para llamarlo, condenado. ¿Acaba de llegar?

—Qué va, llegó anoche.

—¡Cómo es posible que no me llamaras!

—Te llamé, te lo juro. Te llamé a la casa de tu amiga y no contestaban.

—Maldita sea, estábamos en cine. Pero dime, ¿ha sido amable contigo? ¿Está viejo ya?

—Panzón. Pero era verdad lo de los hombros anchos.

—¿Han estado suaves las cosas con él? ¿Te ha caído bien tu padre?

—Por lo pronto me cayó bien mi hermana. Ayer me estuve deslizando con ella en trineo.

—Así que tienes una hermana. Cuántos años tiene, cómo se llama.

—¿Ella? Tiene once. Se llama Eleonora. Y el bebé se llama Diego.

—También hay un bebé...

—De dieciocho meses.

—Y le diste a tu padre la boina vasca.

—No. La dejé en Buenos Aires, entre la maleta negra.

—Qué vaina, kiddo, desde hace tanto le tienes ese regalo... No te preocupes, luego buscamos la manera de hacérsela llegar.

—No hace falta, no parece la clase de tipo que anda con boina.

—¿Y has podido conversar con él, contarle tus cosas, como imaginaste todo este tiempo?

—No mucho. No hay intimidad.

—Ah, caramba.

—Están su mujer y sus niños, no hemos podido hablar los dos solos. Su mujer también me cae bien, dice que en el cuarto de los niños hay una foto mía, colgada en la pared. De cuando era bebé. Mentira, sí. Anoche sí hablamos un rato él y yo solos, pero sobre el neoliberalismo. No le gusta para nada a Ramón, el neoliberalismo.

—Y tú, qué dijiste.

—Nada, no me pidió mi opinión. Mejor así, no tengo opinión sobre eso. Pero debo decirte una cosa, y tiene que ser ya porque le prometí a Eleonora que la acompañaba a dormir al bebé. Es responsabilidad de ella, dormir al bebé todas las noches.

—Espera, Mateo, espera. Hay que coordinar todo bien, porque mañana tú y yo tenemos que movernos con precisión de reloj suizo. Tú te vienes para Buenos Aires, yo te espero en el aeroparque, nos vamos en un taxi directo hasta el aeropuerto internacional y ahí tomamos juntos el avión a Bogotá. Hay tiempo suficiente, puedes estar tranquilo, pero eso sí, con las pilas puestas para que no ocurra un desencuentro.

—Para eso te llamaba, Lolé. Mejor te vas sola a Bogotá, ¿estás de acuerdo?

—Cómo voy a estar de acuerdo, qué estás diciendo.

—Yo me quedo con Ramón. Ya está todo arreglado.

—¡¿Cómo?!

—La boina vasca es para ti. Te la regalo.

—Espera, Mateo, esto es serio. Cómo así que te quedas con Ramón, tú no puedes tomar esa decisión por tu cuenta, ya sabes que yo…

—Sólo dos o tres semanas, hasta que se acaben mis vacaciones del colegio.

—Pero Mateo…

—No te preocupes, ya no tengo dos años y medio. Si me huelo una ramonada, arranco a correr y este Ramón no me alcanza ni en las curvas. Total, peso la mitad que él y le llevo una cabeza. Confía en mí, Lorenza. Voy a averiguar quién es este hombre, y cuando lo haya averiguado regreso.